L'INITIATION

SONIA BIRDY

L'INITIATION

Luv

1

Leïla

Je déteste l'hiver ! Tout est gris, froid et triste. Je déteste ma ville ! Enfin, j'adore Paris, mais je ne connais de cette ville que la banlieue. J'habite à La Courneuve, c'est un bien trop joli nom pour une ville aussi pauvre et désœuvrée. Ici, rien n'est neuf ni ne ressemble à une cour.

Je m'appelle Leïla, j'ai 17 ans, je vis avec ma mère, ma sœur Sonia, mon frère Rayan et, surtout, avec mon tortionnaire de père qui ne connaît qu'un seul moyen d'expression : la violence. Nous habitons tous ensemble dans un petit appartement vétuste et nous avons souvent du mal à boucler les fins de mois. Bien que papa travaille depuis peu dans une usine automobile, nous ne roulons pas sur l'or, alors je fais de mon mieux pour aider : je bosse sur des marchés le week-end, je fais des ménages, du baby-sitting, ou donne des cours après le lycée. Je ne gagne pas grand-chose, mais c'est toujours ça de pris.

Parfois, je suis tentée de garder cet argent pour moi. M'acheter quelques vêtements ne serait pas du luxe. Je ne l'ai encore jamais fait, à presque 18 ans, c'est un comble! Les rares fringues que je possède viennent de la garde-robe de ma cousine, plus âgée que moi. Je dois me contenter de ce qui ne lui va plus. Une méthode pour faire des économies, selon mon père. Ma petite sœur, Sonia, s'en sort mieux que moi grâce à ses copines qui font les mêmes mensurations de rêve qu'elle et lui offrent souvent des fringues.

Difficile dans ces conditions d'être à la dernière mode, d'autant que ma cousine fait deux tailles de plus que moi, alors même si mes talents de couturière me permettent de réajuster certaines pièces, je ne peux pas toujours échapper au ridicule. C'est pour cette raison que je suis le souffre-douleur de quelques filles branchées du lycée. Mon look mais aussi ma timidité maladive ont fait de moi une proie idéale, et ce, depuis des années.

Je suis consciente de ne pas être comme les autres, à la mode ou grande gueule. Et s'il m'arrive parfois de l'oublier, je peux compter sur ces pimbêches pour me le rappeler en m'humiliant. Je ne comprends pas le plaisir que l'on puisse trouver à se moquer de quelqu'un qui ne vous a rien fait et qui passe le plus clair de son temps à raser les murs pour ne pas être repérée. Mais bon… Qu'est-ce que j'y peux? Alors, au lieu de m'en rendre malade, je ravale mes larmes et ma fierté, et essaie tant bien que mal de tous les ignorer. Je vais de toute façon bientôt passer mon bac et dire adieu à cet enfer.

–Leïla! Qu'est-ce que tu veux pour ton anniversaire?

Ma sœur entre en trombe dans ma chambre, interrompant le fil de mes pensées. Elle saute sur mon lit et semble excitée comme une puce. Sonia joue un rôle capital dans ma vie. Du haut de ses 16 ans – presque 17, comme elle aime le clamer haut et fort – elle est à la fois une sœur et une meilleure amie pour moi. Elle est aussi celle qui a des amis plus âgés, qui est hyper réputée, qui ose tout et qui n'a peur de rien. *Sauf de notre père.* Mais heureusement, il la punit bien moins que moi.

– Je ne sais pas ! lui avoué-je. Peut-être un nouveau jean ou un sac à dos. Je commence la fac en octobre, alors...

– Non mais t'es folle ! C'est beaucoup trop ! Il ne s'agit que de ton dix-huitième anniversaire, après tout ! Tu devrais recevoir un paquet de mouchoirs, c'est largement suffisant, ironise-t-elle avant de me balancer un coussin en pleine tête.

– OK ! Tu penses à quoi, alors ?

Le sourire malicieux qui fend son visage angélique m'indique qu'elle a déjà une idée bien précise.

– Je pensais t'organiser une soirée sur Paris et peut-être même sortir en boîte !

– Mais t'es dingue ou quoi ? On ne peut même pas aller au bout de la rue sans se faire engueuler par papa ou Rayan.

– T'inquiète, j'ai un plan !

– Les filles, venez m'aider à préparer le dîner !

C'est maman qui nous appelle depuis la cuisine. Sonia et moi soupirons en même temps, mais obéissons malgré tout.

Une fois le dîner préparé, je mets la table pendant que mon frère et mon père regardent la télé, ne considérant pas nécessaire de nous apporter leur aide. Je bous à l'intérieur mais ne dis rien, je me suis pris suffisamment de coups dans ma vie pour savoir qu'une femme doit « fermer sa bouche et faire son boulot qui consiste à servir les hommes ».

– À table, annonce maman.

Toute la famille s'installe en silence. Je commence à servir mon père qui me tend son assiette. Au moment de l'attraper, mes doigts tremblent, l'assiette m'échappe et se brise par terre. Mon père entre dans une rage folle, et, une seconde plus tard, sa main s'abat sur ma joue. Ma tête est comme projetée sur le côté et une douleur trop familière me brûle.

–Mais tu ne peux pas faire attention ! Tu sais combien ça coûte ? On voit bien que ce n'est pas toi qui l'as payée ! hurle-t-il, comme si je venais de commettre le pire des crimes.

Je garde les yeux au sol, trop effrayée pour affronter son regard noir. Mes lèvres tremblent tandis que je m'agenouille afin de ramasser les morceaux.

–Je suis dé… désolée.

J'ose à peine parler et lutte pour empêcher mes larmes de couler. Je sais à quel point cela le fait enrager de me voir pleurer. Comme il le répète souvent, je suis une mauviette et ne sais faire que ça : « pleurnicher ».

J'entends ma mère se lever de sa chaise pour m'aider.

–Non ! Laisse-la faire. C'est ta faute si elle est bonne à rien ! Tu fais tout pour elle !

Je ravale mes sanglots, me relève et rapporte les débris à la poubelle avant de me réinstaller le plus discrètement possible, le nez plongé dans ma soupe. J'essaie de me faire oublier. Si j'arrête de respirer, peut-être que j'échapperai à sa mauvaise humeur.

–Tu sais, maintenant que tu vas avoir 18 ans, tu devrais trouver un vrai boulot pour te rendre utile ! Comme ça, si tu casses quelque chose, tu pourras au moins le remplacer !

lance-t-il après quelques minutes d'un silence pesant.

Visiblement, il n'en a pas fini avec moi !

– Et la fac ? osé-je demander. J'ai de bonnes notes, je voudrais faire des études pour…

Il m'interrompt en tapant du poing sur la table, me faisant sursauter au passage. *Pourvu qu'il ne me frappe pas à nouveau.*

– Je ne suis pas là pour tous vous nourrir jusqu'à la fin des temps ! Trouve un boulot pour aider ta famille au lieu d'aller à la fac. Ça ne sert à rien, les études. Je ne connais aucun abruti assez bête pour embaucher une empotée comme toi, même avec des diplômes !

Il quitte violemment la pièce, nous laissant finir le dîner dans une ambiance glaciale. Je n'en veux ni à ma mère ni à ma sœur de ne pas intervenir. Cela n'aurait fait qu'aggraver la situation, nous ne le savons toutes les trois que trop bien.

De retour dans ma chambre, je me glisse dans mon lit et rejoue la scène de ce soir dans ma tête. Les larmes menacent à nouveau quand je touche ma joue et sens la douleur causée par sa brutalité. Pourquoi mon père est-il si violent ? Et maintenant, il exige de moi que je trouve un travail. Je soupire, désespérée… Mais hors de question de me laisser aller. Il faut que je me ressaisisse ! Après tout, ça peut être une bonne chose… Au moins, je pourrais m'acheter des trucs de temps en temps, sortir de cet appartement, soigner mon look et aider maman…

J'espère juste que ça ne m'empêchera pas de faire mes études.

2

Leïla
Quelques semaines plus tard

–Dépêche-toi, on va être en retard! s'impatiente Sonia sur le pas de la porte de l'appartement.

C'est mon anniversaire aujourd'hui, et ma sœur a réussi à monter un plan du tonnerre. Normalement, on n'a pas le droit de sortir, mon père et mon frère considérant que la place d'une femme est à la maison, là où elle ne peut pas s'attirer l'œil malveillant des hommes. Mais ce soir, Sonia a réussi à convaincre Rayan de partir en week-end avec ses copains. Quant à Papa, il bosse de nuit et ne sera rentré qu'au petit matin. Depuis peu, ma sœur a trouvé un job le week-end dans une parfumerie sur les Champs-Élysées. Usant de son charme, elle a obtenu l'autorisation écrite de nos parents, obligatoire puisqu'elle est mineure. Si elle donne une bonne partie de sa paie à notre père, il lui reste suffisamment d'argent pour nous permettre de profiter un peu, comme ce soir!

Quand nous arrivons dans la rue, nous accélérons le pas pour ne pas nous faire repérer par les mecs du quartier.

À l'angle, une 206 grise nous attend.

–Salut, les meufs! Alors, prêtes à faire la fête ce soir? nous interpelle une petite rousse près de la voiture.

–Lisa! Je te présente ma sœur Leïla!

–Salut!

L'amie de Sonia me toise de haut en bas.

–Dis donc, tu ne m'avais pas dit que ta sœur était super canon! Si j'avais su! Elle va nous piquer tous les mecs, ce soir!

Je rougis. Moi, canon? Elle a besoin de lunettes? On m'a souvent dit que j'avais un joli visage, mais je suis bien trop maigre et mal fagotée. Je ne ressemble en rien à toutes ces beautés que je vois dans les magazines.

Ma sœur et Lisa discutent de leur boulot à la parfumerie pendant que j'admire la vue à travers la vitre de la voiture. Je suis éblouie par la beauté de Paris. J'ai grandi à quelques kilomètres de cette ville, mais je n'ai eu que très peu l'occasion de la visiter. Mon Dieu, je n'arrive pas à croire que je m'apprête à fêter mon anniversaire à Paris!

J'aperçois mon grand sourire dans le reflet de la fenêtre.

Une vraie soirée! Enfin!

Le trajet s'avère beaucoup plus court que ce que j'imaginais, et nous voilà déjà arrivées à destination, chez Lisa, dans le dix-huitième arrondissement.

–Entrez, les filles, voici mon humble demeure!

L'appart de Lisa est petit mais cosy, décoré avec goût et simplicité.

–Que voulez-vous boire? J'ai de la vodka! propose-t-elle gentiment tout en nous débarrassant de nos manteaux.

–Une vodka Red Bull pour moi, répond ma sœur.

Lisa disparaît dans la cuisine pour préparer nos boissons, et j'en profite pour sermonner Sonia.

–Je rêve ou tu vas boire de l'alcool?

–Oui et alors? Toi aussi tu devrais, pour une fois qu'on sort, on va profiter à fond. Qui sait quand on pourra s'amuser à nouveau? Alors, arrête de faire ta prude et éclate-toi un peu!

Je savais que ma sœur avait des amis plus âgés qu'elle, mais je n'en reviens pas de la voir si à l'aise dans le rôle de la fille qui sait faire la fête. Je n'ai pas l'impression d'être l'aînée dans cette situation, moi qui n'ai jamais fait de soirées ou bu d'alcool.

Notre hôtesse revient avec un plateau contenant toutes sortes d'apéritifs qu'elle dépose sur la table.

–Et toi, Leïla, tu ne m'as pas dit ce que tu voulais boire?

J'hésite puis finis par répondre:

–Une vodka Red Bull aussi…

Ma sœur m'adresse un sourire satisfait.

–Allez, on trinque à ton anniversaire, chérie!

La vodka a un goût amer et me brûle la gorge. Je tousse après ma première gorgée, et les deux se moquent de moi. Lisa me scrute de la tête aux pieds pendant quelques secondes:

–Tu ne comptes pas sortir habillée comme ça, n'est-ce pas?

Je rougis, honteuse en jaugeant ma tenue: un simple jean et un débardeur, pas vraiment idéal pour une soirée, mais je n'ai de toute façon que très peu de fringues, et donc que très peu d'options.

–Ben si, pourquoi?

–Parce que, chérie, on est à Paris! Tu n'entreras dans aucun club habillée comme ça, je te le garantis.

–Ah!

Je fais la moue, un peu vexée…

–Viens, je vais te relooker.

Debout dans un coin de sa chambre, je l'observe qui farfouille dans son placard. Elle fait glisser les cintres les uns après les autres, la mine hyper concentrée, puis finit par en sortir une minirobe noire extrêmement moulante.

–Tiens, essaie ça!

J'hésite et regarde ma sœur à l'autre bout de la pièce qui s'est déjà changée dans la voiture et qui m'encourage vivement d'un geste de la main. J'enfile la robe, elle m'arrive à peine en dessous des fesses, le décolleté est indécent et me fait des seins énormes.

–J'ai l'air d'une pute! m'exclamé-je.

Elles éclatent toutes les deux de rire.

–Non, tu as l'air d'une jeune fille branchée de 18 ans! affirme Lisa. OK, maintenant, les chaussures.

Elle me tend des escarpins noirs, élégants et pas trop hauts.

–Wow, ils sont beaux!

–Super! Tu peux les garder, et la robe aussi! Considère que c'est ton cadeau d'anniversaire!

–Oh, merci! C'est adorable.

Je n'en crois pas mes yeux. Je n'ai jamais rien possédé d'aussi beau. Je parle des chaussures parce que, la robe, il va me falloir un moment avant de m'y habituer.

–Et maintenant, la touche finale !

Lisa tire sur mon élastique pour s'occuper de mes cheveux. Après une séance rapide de lissage et de maquillage, je me trouve plutôt pas mal. Mes yeux ont l'air plus grands, le gloss me fait une bouche pulpeuse, et les talons allongent considérablement mes jambes. Je rougis en me regardant dans le miroir et me sens belle pour la première fois de ma vie.

–Leïla ! Tu es magnifique ! Soigne ton look, et tu vas faire des ravages, c'est une certitude.

La gentillesse de Lisa me déroute complètement. Ça me change des filles du lycée qui passent leur temps à se moquer de moi.

Les autres invités arrivent progressivement. Ils sont tous aussi sympas les uns que les autres. On boit, on discute et on danse au son de la musique, je les regarde avec beaucoup d'envie. Pour eux, c'est un samedi soir normal ; pour moi, c'est la plus belle soirée de ma vie et j'aimerais qu'elle dure toujours.

–Allez ! On y va ! annonce soudain Lisa.

–On va où ?

–Au Cab ! Apparemment, c'est une boîte sympa, me répond Sonia.

–Mais tu n'es pas majeure ! m'exclamé-je, tout à coup inquiète.

–Chuuut, personne ne le sait ! Je me mêlerai au groupe, tu vas voir, ça va être facile !

Je suis moins optimiste qu'elle, aucune de nous deux n'a jamais mis les pieds dans une boîte de nuit… Enfin, je crois, pour ce qui est de Sonia ! Mais sans protester, je suis le mouvement.

Tout le monde se dirige vers les voitures, et nous voilà en route. Je me retrouve à côté de Nicolas, l'excentrique de la bande. Il me fixe avec insistance, un sourire en coin :

– Tu es vraiment belle, tu sais !

– Merci !

J'exulte intérieurement, je n'ai jamais reçu autant de compliments de ma vie.

– Chérie, si je n'étais pas gay...

C'est quoi cette façon d'appeler tout le monde « chérie » ?

– Bon, c'est ton dix-huitième anniversaire, continue-t-il, alors, ce soir, tu baises !

Je m'étouffe avec ma propre salive et reste sans voix. Qui dit un truc comme ça à une personne qu'il vient à peine de rencontrer ?

– Tu m'as l'air d'être vierge, toi, n'est-ce pas ?

Il arque un sourcil avant de me faire un clin d'œil malicieux. Ce mec est complètement dingue ! Je ne réponds pas, je suis mortifiée, et tout le monde éclate de rire dans la voiture, même Sonia. Quant à moi, je rougis tellement fort que je pense pouvoir faire concurrence à une tomate. Vierge ? Si seulement il savait ! Je n'ai même jamais embrassé un garçon.

– T'inquiète, me rassure ma sœur, Nicolas est toujours comme ça : vulgaire et provocateur, mais on l'aime quand même !

Pour ma part, je ne sais pas si j'arriverai à m'y faire, mais c'est ma soirée et je décide d'en profiter, quoi qu'il arrive !

Arrivés en boîte, on entre facilement. C'est vrai que Sonia fait plus que son âge et le vigile semble n'y avoir vu que du feu. Ou alors il s'en fout tant que des filles habillées en moulant entrent dans l'établissement? À l'intérieur, on se dirige vers une table où des bouteilles de vodka et de champagne nous attendent.

–Qui va payer tout ça?

J'angoisse. Je ne sais pas combien tout cela coûte, mais je sais que je n'ai pas les moyens.

–Ne t'inquiète pas, me répond Sonia, le petit ami de Lisa a proposé de nous inviter.

Soulagée, je m'assois et observe autour de moi. La décoration de la boîte est fabuleuse: des murs et des sièges en velours pourpre, des chandeliers qui habillent le plafond. La piste de danse n'est pas très grande, mais déjà prise d'assaut par les fêtards qui dansent et ondulent sur les derniers morceaux à la mode.

Alors c'est comme ça qu'on sort le samedi soir quand on est jeune et riche comme eux? Je suis tellement heureuse de faire partie de la fête pour une fois que je ne peux cacher mon excitation. Je souris comme une petite fille dans un magasin de bonbons.

Je scrute l'immense salle plongée dans l'obscurité lorsque tout à coup mes yeux se posent sur un mec assis à une table face à la nôtre, avec des amis. Il est grand, des cheveux bouclés marron, des yeux d'un vert perçant et un sourire à tomber. Nos regards se croisent pendant quelques secondes avant que je baisse les yeux. Quand je les relève, je remarque que les siens sont encore posés sur moi. Je détourne immédiatement le regard et me sens affreusement mal à l'aise. Pourquoi me fixe-t-il ainsi ? Ça me trouble. Je ne sais pas quoi faire de mon corps. Je décide de me servir un verre pour me donner de la contenance. À ce moment-là, Nicolas s'écrase à côté de moi et commence à me faire la conversation :

– Alors, chérie, tu t'amuses ?

Je souris et en profite pour observer discrètement mon bel inconnu qui continue de me dévisager intensément. Il fronce les sourcils et me déshabille des yeux. Une sensation de chaleur envahit mon corps. Mais qu'est-ce que j'ai ? Ça doit être la vodka ! Sonia s'assoit de l'autre côté et me serre dans ses bras.

– Joyeux anniversaire, Leïla ! Je t'aime, tu le sais ! Ce soir, tu t'amuses et tu ne penses à rien !

J'opine du chef puis avale une gorgée de mon verre. La musique semble de plus en plus forte, ma vision se trouble, et tout mon corps se détend. Je discute avec Nicolas qui me raconte sa vie. Il parle vite, avec beaucoup d'humour. Finalement, il est plutôt sympa. Amusée, je l'écoute me raconter ses derniers déboires avec son ex-petit ami quand soudain, il se fige et me tape sur la cuisse :

– Leïla, tu as vu cet apollon là-bas qui te bouffe des yeux ?

Je suis le regard de Nicolas et, sans surprise, tombe sur l'inconnu aux yeux verts qui m'observe toujours. Il porte son verre à sa bouche, humidifie ses lèvres charnues et me fait un demi-sourire, laissant apparaître une adorable fossette sur sa joue. Je ne sais pas si c'est la vodka, mais je ressens l'envie de lui sourire également.

–Putain, c'est qui ce mec? C'est un mannequin, j'en suis sûr! Il te dévore des yeux! Pourquoi tous les beaux mecs sont hétéros? Leïla, si tu ne vas pas lui parler, je le fais pour toi!

Nicolas se lève brusquement, mais je le rattrape par le poignet.

–Non! Tu es malade ou quoi? Que veux-tu que je lui dise? On n'a visiblement rien en commun.

À mon grand soulagement, Nicolas hausse les épaules et se rassoit à côté de moi. Je secoue la tête et décide d'arrêter de me torturer à regarder ce garçon qui est à l'évidence beaucoup trop bien pour moi.

La soirée bat son plein, toutes les dernières musiques à la mode retentissent les unes après les autres. Mon excentrique voisin de table s'excite et danse comme un fou, il m'attrape le bras et m'oblige à aller sur la piste. Je le suis docilement bien que je sois un peu intimidée par la foule. Je ferme les yeux pour faire abstraction du monde autour de moi et me mets à danser timidement d'abord, puis d'un pas de plus en plus assuré. L'alcool faisant son effet, je suis comme libérée de mes complexes.

Quelques minutes plus tard, je sens dans mon dos deux bras glisser autour de ma taille. Des mains frôlent mes hanches et accompagnent mon mouvement. L'odeur d'un parfum envahit mes narines, je crois dans un premier temps qu'il s'agit de Nicolas, mais au moment où j'entends une voix rauque murmurer à mon oreille, je me crispe.

3

Leïla

– Comment tu t'appelles ?

Mon bel inconnu incline légèrement la tête, son souffle chaud caresse mon cou et me fait frissonner. Comme je ne réponds pas, il saisit mon coude pour me faire pivoter vers lui. Ses yeux vert émeraude me transpercent. Je n'ai jamais vu un regard aussi intense et aussi captivant. Il est vraiment grand et encore plus beau de près, une peau lisse légèrement hâlée, une bouche parfaite, rose, charnue. Il me repose la question alors que je le dévisage. Sa voix grave et cassée ajoute à son charme. Il parle très lentement avec un accent anglais. Je suis bouche bée, complètement médusée. J'ai l'air d'une idiote et bégaie en lui répondant.

– Leï… Leïla !

Il regarde mes lèvres intensément, puis mes yeux.

– Tu es absolument magnifique, Leïla. Puis-je t'offrir un verre ?

– Non, j'ai déjà assez bu ! m'exclamé-je sans réfléchir.

Son regard tombe, un peu déçu.

–Mais on peut danser, si tu veux?

– Oui, j'adorerais ça!

Ai-je vraiment dit ça à voix haute? Il enroule ses bras autour de ma taille tout en bougeant au son de la musique. Nos corps sont très proches. Il sent divinement bon. Jamais je n'ai été aussi proche d'un garçon de toute ma vie, mais bizarrement, je ne me sens pas honteuse ou dans une position inconfortable. De temps en temps, je lève les yeux et nos regards se croisent. Il me sourit, et je suis comme hypnotisée par sa présence magnétique.

Il place sa main sur ma nuque et m'étreint fermement. Nos hanches bougent à l'unisson. Il me retourne d'un geste gracieux, puis se frotte lascivement contre moi. Tout mon corps s'électrise. Que m'arrive-t-il? Cette situation devrait m'effrayer! Je devrais avoir envie de prendre mes jambes à mon cou, mais je n'en fais rien. Au contraire, j'ondule mes hanches contre lui pour chercher son contact. Ses lèvres s'approchent de mon cou et y déposent de doux baisers. Je ferme les yeux, savourant cette incroyable sensation, et lorsqu'un gémissement m'échappe, je le sens sourire contre ma peau et j'ouvre immédiatement les yeux. J'aperçois Sonia et Nicolas qui m'observent au bar. Nicolas me fait le signe de la victoire, et ma sœur, un clin d'œil.

–Ce sont tes amis? Ou ton petit ami? questionne-t-il entre deux baisers qui me font littéralement défaillir.

Je réponds en continuant à bouger et en guidant ses mains sur mon ventre.

–Ma sœur et un pote. Je n'ai pas de petit ami!

–Super! Viens!

Mon bel inconnu me saisit par le coude et me dirige vers la sortie. Je ne pense même pas à l'en empêcher. Dehors, un groupe de gens discutent et fument des clopes. On se faufile, il prend ma main et me pousse contre un mur. Ses lèvres sont à quelques centimètres des miennes, et je sens son haleine chaude et sucrée contre ma peau. Ses yeux bougent et observent chaque parcelle de mon visage. Je tremble à l'idée de ce qui va se passer. Je n'ai jamais embrassé personne. Je ne sais même pas comment faire, mais surtout, je suis dans la rue avec un parfait étranger. Je me languis de sentir ses lèvres contre les miennes alors que je ne connais même pas son prénom. La vodka me fait perdre la tête, à moins que ce ne soit… lui?

Et alors que j'attends le contact de sa bouche sur la mienne, il recule, palpe sa poche pour en sortir un paquet de cigarettes. Je ne peux cacher ma surprise, et surtout, ma déception.

–Je m'appelle Edward, Edward Fyles, déclare-t-il fièrement.

Il allume sa clope et j'en profite pour l'observer de haut en bas. Il porte un jean slim noir, une chemise bleu clair à moitié ouverte qui laisse apparaître les tatouages de son torse. Je n'arrive pas à détourner mon regard, je n'ai jamais vu un mec aussi attirant de toute ma vie. Edward semble le remarquer. Il sourit, puis secoue la tête. J'arrête immédiatement de le mater. Un peu embarrassée, je regarde mes pieds, et mes joues me brûlent.

–Tu es belle quand tu rougis, Leïla! J'aimerais pouvoir te faire rougir souvent.

Son regard s'assombrit soudain. Il me regarde intensément, je déglutis.

–Je ne t'ai jamais vue ici? Tu viens souvent?

–Non, c'est la première fois que je sors.

–Ah ouais, et pourquoi ça? articule-t-il entre deux taffes.

Parce que mon père et mon frère sont des psychopathes qui refusent de me laisser sortir pour m'amuser.

Je ris de ma propre pensée, et Edward arque un sourcil, attendant impatiemment une réponse.

–Parce que, ce soir, je fête mes 18 ans et que, par conséquent, je peux légalement sortir.

Soudain, il éclate de rire et jette sa tête en arrière comme le ferait un enfant. Ses yeux se ferment et des fossettes se creusent. Mon Dieu, je fonds littéralement! Comment fait-il pour être à la fois mignon et sexy?

–Personne n'attend d'avoir 18 ans pour sortir!

Je fronce les sourcils, un peu vexée. Il le remarque, s'arrête de rire, puis s'approche lentement de moi jusqu'à réduire complètement la distance qui nous sépare. Il caresse mon front, puis mes joues, tout en regardant ma bouche. Je sens mon cœur battre à tout rompre. Cette proximité anime tous mes sens. Il se retourne, jette sa cigarette et prend mon visage en coupe. Son pouce frôle ma lèvre inférieure tandis que nos fronts se touchent.

–J'ai très envie de t'embrasser, Leïla. Je peux?

Je ne sais pas quoi répondre. D'un côté, j'en meurs d'envie, mais d'un autre, je suis complètement terrifiée. Ne me laissant pas le temps de répondre, il inspire profondément puis dépose délicatement ses lèvres contre les miennes. Il m'embrasse doucement, tendrement, la sensation bien qu'étrangère est exquise, nos bouches s'animent à l'unisson.

Ses mains quittent mes joues et s'aventurent dangereusement dans le bas de mon dos. Il resserre subitement son étreinte, je gémis dans sa bouche. Lorsqu'il introduit sa langue, je me crispe et ouvre les yeux. Mon Dieu, je ne sais pas quoi faire !

–Embrasse-moi, s'il te plaît, murmure-t-il d'une voix suppliante, sans jamais interrompre le baiser.

Je défaille et décide de suivre les mouvements de sa langue. Le baiser se fait de plus en plus intense, ses mains sont partout, son corps semble s'être intégré au mien. Je n'entends plus le bruit de la ville, ni les gens autour de nous. Je suis perdue, envahie par la magie de ce moment de grâce. La douceur de ses caresses, son odeur, le mouvement de sa langue, tout me fascine. Je sens une étrange sensation dans mon ventre, et j'ai envie de plus, d'être encore plus proche de lui. Cette urgence me pousse à caresser son dos, puis à tirer légèrement sur ses cheveux. Sa réaction ne se fait pas attendre, il grogne et déconnecte nos lèvres, mais continue de les promener contre mes joues, mon nez et mon front.

–Oh, Leïla… Tu ne sais pas quel effet tu me fais.

Sa voix est devenue plus grave. Il caresse ce qui me semble être son érection contre ma cuisse. Je rougis. Et dire que c'est moi qui le mets dans cet état ! Comment est-ce possible ? Comment ce Dieu vivant peut s'intéresser à moi ? Pas le temps de répondre à ma question : deux personnes nous interrompent en lui tapant sur l'épaule alors qu'il continue de me dévorer des yeux.

–Hey, poto ! Tu fais quoi, là, ça fait des plombes qu'on te cherche !

Mon bel inconnu s'écarte de moi et me laisse pantelante

contre le mur. J'essaie de reprendre rapidement contenance sous le regard scrutateur de ses amis, tire nerveusement sur ma jupe et arrange mes cheveux décoiffés par notre échange.

–C'est qui, cette meuf? crache une bimbo blonde en me scrutant de haut en bas avec dégoût.

–Voici Leïla! Leïla, je te présente mes amis, Zack et Andrea!

–Enchantée!

Je les salue poliment, mais me sens affreusement mal à l'aise, consciente d'être jugée et surtout honteuse d'avoir été surprise en train de me faire peloter dans un coin sombre. Zack me détaille en souriant.

–Canon! lance-t-il avant de siffler entre ses dents.

Andrea ignore ouvertement la main que je lui tends, elle se retourne vers son ami, l'attrape par le col et fait la moue.

–Bon, Edward, on y va! Elle est nulle, cette boîte! Il n'y a que des banlieusards! En plus, Louis fait un after chez lui, et il nous attend.

Je sens une vague de jalousie et de tristesse m'envahir devant leur proximité. Edward pousse gentiment Andrea et pose sa main dans le bas de mon dos. Son geste me surprend et me rassure en même temps.

–Viens avec nous, Leïla.

–Non merci, décliné-je avec regret.

J'ai envie de le suivre jusqu'au bout du monde, mais je ne peux pas faire ça. Il est bientôt l'heure pour moi de rentrer. Contrairement à eux, j'ai un couvre-feu à respecter et mon carrosse est malheureusement sur le point de se transformer en citrouille.

– Pourquoi ? insiste-t-il. Je te raccompagnerai chez toi juste après.

J'aperçois « Bimbo » qui souffle exagérément d'impatience. Elle n'a pas l'air de m'apprécier, celle-là, et je me demande bien pourquoi.

– Non, vraiment, merci pour la proposition, mais je vais rester là avec mes amis, ils doivent sûrement s'inquiéter pour moi.

Edward fronce les sourcils, un peu déçu, et prend mes mains dans les siennes.

– OK, Leïla, je comprends. Mais je veux te revoir, donne-moi ton numéro.

Je sors mon portable, Andrea pouffe de rire à la vue de mon engin archaïque. Je réalise tout d'un coup à quel point je suis ridicule. Je ne suis pas de leur milieu. Mes mains se mettent à trembler nerveusement. Je réussis quand même à lui communiquer mon numéro. Il l'enregistre, puis m'appelle pour que j'aie le sien.

– À très vite, beauté, murmure-t-il au creux de mon oreille avant de tourner les talons et de suivre ses amis.

Et c'est ainsi qu'il disparaît, me laissant, troublée, sur un trottoir de Paris.

4

Leïla

–Alors? Alors?

Nicolas et Sonia me sautent dessus dès qu'ils m'aperçoivent!

–Alors quoi?

–Ben raconte, c'est qui, ce Dieu vivant?

Je m'assois sur le canapé de notre section et me sers un verre pour reprendre mes esprits. Je suis encore toute chancelante de ce qui s'est passé. Je prends une gorgée de vodka et lâche un cri strident d'excitation, réalisant subitement ce qui vient de m'arriver.

– Il s'appelle Edward Fyles et il est anglais, enfin... je crois.

–Il a quel âge?

–Je ne sais pas!

–Il habite où?

–Je ne sais pas!

–Il est mannequin?

–Je ne sais pas!

Sonia et Nicolas se regardent, puis éclatent de rire.

–Bon, bref, en gros, tu ne sais rien! Qu'est-ce que vous

avez foutu pendant une heure dehors? se moque Nicolas en remuant les sourcils. Visiblement, vous n'avez pas beaucoup parlé!

Je rougis et regarde mes mains. Je ne peux pas m'empêcher de sourire.

–Il m'a embrassée.

Ma sœur crie et me prend dans ses bras pendant que Nico fait semblant de s'évanouir et se ventile le visage avec la main.

–Comment c'était?

Je jette la tête en arrière, les sens encore en émoi d'avoir vécu ce moment de bonheur.

–C'était le rêve! Un délice! Je n'ai jamais rien ressenti de pareil!

Les deux tapent dans leurs mains.

–Attends de baiser avec lui, chérie! lance mon excentrique nouvel ami, nous faisant partir dans un fou rire.

Tout à l'heure, je trouvais ses blagues complètement déplacées, mais je commence à m'habituer à son humour et à son franc-parler.

La soirée poursuit son cours, tout le monde boit, danse, s'amuse, quant à moi, je ne peux pas m'empêcher de penser à Edward. Ses lèvres si douces sur les miennes, ses yeux verts perçants, son sourire d'ange, sa voix diablement sexy, cette façon qu'il a de parler lentement, de choisir ses mots avec précaution, de me toucher, son odeur…

–Bon, Leïla, il faut qu'on y aille! Papa rentre bientôt du boulot, il ne faut surtout pas qu'on arrive après lui! déclare Sonia, interrompant mes rêveries.

Elle attrape nos sacs à main avant de dire au revoir à tous ses amis. Je soupire, mais obéis à contrecœur. Je me sens triste à l'idée que cette soirée se termine. Quand est-ce que je pourrais ressortir? Quand pourrais-je m'amuser comme les jeunes de mon âge? Et surtout, pourrais-je un jour revoir Edward? En aurait-il envie après ce soir?

Il avait l'air de bien m'aimer, mais ma vie est tellement compliquée. Je n'ai pas le droit de sortir. Même si je le désirais, il me serait de toute façon très difficile de le revoir. Accepterait-il de me rencontrer quelques minutes après le lycée? C'est le seul moment où j'ai un peu de liberté. Je ferais croire à mes parents que je suis en cours et…

Rends-toi à l'évidence, Leïla, vous n'êtes pas du même milieu.

Pourquoi s'embêterait-il avec une misérable comme toi alors qu'il est entouré de jolies filles riches et disponibles, comme cette Andrea avec son corps et sa tenue parfaite?

Ce qui s'est passé ce soir, c'était juste une illusion, ça ne se reproduira plus.

Prends-le comme un cadeau d'anniversaire et rien de plus.

Cette prise de conscience me fait horriblement mal et mon cœur se crispe dans ma poitrine.

Lisa nous raccompagne gentiment jusqu'à La Courneuve. Pendant tout le trajet, elle ne cesse de répéter à quel point son mec est génial, généreux, et comment il a payé pour tout le monde. J'aime beaucoup Lisa, mais je pense qu'elle est plus intéressée par le porte-monnaie de son petit ami que par sa personnalité. Je sens soudainement ma pochette vibrer et regarde mon téléphone. Mon cœur fait un bond, c'est un message d'Edward ! Je clique dessus pour le lire :

[Je n'arrête pas
de penser à toi !
J'espère te revoir très vite.]

J'hésite à lui répondre tout de suite, mais je ne peux me retenir très longtemps.

[Moi aussi !]

[Je peux passer
maintenant si tu veux.
Donne-moi ton adresse.]

Je panique aussitôt. Non ! Non ! Non ! Il ne peut pas venir maintenant. Je ne peux pas lui dire que j'habite à La Courneuve. Je réfléchis un instant…

[Non ! Désolée, pas maintenant !
Mes parents dorment
et je risque de les déranger.
Ils sont très stricts.]

[Je comprends, princesse !
Mais j'ai vraiment envie
de te revoir le plus vite possible.
Appelle-moi demain.]

Il a envie de me revoir au plus vite ! Je serre mon portable contre ma poitrine pour calmer mon cœur qui bat la chamade.

Quand nous arrivons en bas de la tour, Lisa se gare et je regarde avec désarroi l'immeuble qui me sert de prison. Une peur familière me noue le ventre et je lis la même chose sur le visage de ma sœur.

–Merci, Lisa, à la prochaine !

Au moment où Sonia et moi passons la porte de l'appart, je sens un violent coup s'abattre sur ma tête, et je crois perdre connaissance pendant quelques secondes. À peine ai-je le temps de reprendre mes esprits que j'entends mon frère hurler avant de nous marteler de coups.

–Vous étiez où comme ça ? Et c'est quoi cette robe ?

Ma sœur et moi, nous nous protégeons comme nous pouvons pour échapper à sa fureur. Je me mets au-dessus d'elle afin de faire bouclier et je reçois toute la brutalité de Rayan en pleine figure. Un violent coup de poing s'écrase sur ma joue. Je tombe en arrière. Le goût du sang se propage dans ma bouche. Je n'essaie même pas de me défendre, j'ai l'habitude de me prendre des coups sans broncher. Ma seule réaction est de protéger mon visage et de pleurer. J'entends ma mère sangloter derrière moi et supplier mon frère d'arrêter. Il finit par obéir après m'avoir donné un dernier coup de pied dans le ventre qui me coupe la respiration. Je halète en essayant de me relever. La douleur est insupportable, j'ai du mal à faire le moindre mouvement. Maman et Sonia m'aident à me remettre sur pied. Je titube douloureusement jusqu'à ma chambre, puis m'écrase sur mon lit. Mes lèvres saignent et tremblent de manière hystérique. Je touche ma bouche pour vérifier qu'aucune dent n'est cassée et je hoquette de douleur. Je voudrais partir loin, très loin d'ici, mais sans ma mère et ma sœur, c'est impossible. Il les tuerait, j'en suis certaine. Mon téléphone vibre. J'ose à peine le regarder.

[Bonne nuit, princesse !
Fais de beaux rêves
et à demain !]

J'éclate en sanglots et cache ma tête sous la couverture. Je caresse l'écran avec mon pouce. Je repense à Edward, à sa gentillesse et à sa douceur. Personne ne m'a jamais traitée ainsi. Je pleure à l'idée de ne plus le revoir. Comment le pourrais-je ?

Après ce soir, je n'aurai sûrement plus le droit de passer la porte.

5

Leïla
Le lendemain matin

– Leïla, réveille-toi, ma puce.

J'entends la douce voix de ma mère et je m'étire sous les couvertures.

– Allez, il faut te lever, petite marmotte, il est tard et je t'ai fait du café.

J'ouvre difficilement un œil et extirpe ma tête de sous le drap. Ma mère pose sa main sur sa bouche pour étouffer un cri d'horreur et je comprends à sa réaction que je ne suis pas belle à voir.

– Mon Dieu, ma chérie !

Elle me dévisage avec tristesse et pose délicatement son pouce sur le coin de ma bouche. J'ai un mouvement de recul incontrôlé, et ses yeux s'emplissent aussitôt de larmes. Habituellement, ma mère arrive à faire comme si tout allait bien, mais pas aujourd'hui.

– C'est rien, maman, je suis sûre que c'est moins grave que ça en a l'air.

Je me redresse pour m'asseoir et elle me tend la tasse de café. L'odeur que j'affectionne tant me chatouille les narines et me réconforte un peu. Ma mère me regarde, l'air désolé, mais ne dit rien. Cela fait longtemps que toutes les deux nous nous sommes résignées. Les mots ne servent à rien dans cette situation. J'ai accepté qu'elle ne puisse pas me protéger, elle a renoncé à essayer. Pourtant, je décide de tenter ma chance, une nouvelle fois, sans vraiment y croire.

– Maman, pourquoi on ne partirait pas toutes les trois?

– Leïla, soupire-t-elle, je suis désolée, on ne peut pas. Où irait-on? De quoi on vivrait? Je sais que... Enfin, c'est difficile, mais on est une famille, les familles doivent rester ensemble. De plus, on est heureux! La plupart du temps.

– Stop, maman, l'interromps-je.

J'aime ma mère plus que tout, mais je ne suis pas capable d'être aussi optimiste qu'elle à ce moment. C'est vrai que j'ai eu une enfance heureuse. Mon père me frappait plus rarement et moins fort. Mais depuis mes 15 ans, depuis qu'il a changé de travail et qu'on a dû déménager dans un autre appartement plus petit mais moins cher, tout a changé. Ou peut-être est-ce depuis mon entrée au lycée? Ou depuis que mon père a reçu le mot d'entrée du CPE? Ce dernier «attirait l'attention des parents sur le fait que leurs enfants étaient encore des adolescents qui découvraient les relations amoureuses et leurs conséquences». Mon père m'avait prévenue: qu'il ne me prenne pas à fréquenter un garçon... Et mon frère s'était porté volontaire pour assurer mon intégrité.

Comme hier soir.

Je chasse ces souvenirs en secouant la tête.

–Pourquoi Rayan est rentré plus tôt que prévu hier soir? finis-je par demander à ma mère.

–Il s'est disputé avec ses copains et a fait demi-tour. Au début, il n'a pas remarqué votre absence, et je suis partie me coucher en espérant qu'il fasse de même, mais il s'est mis à jouer aux jeux vidéo et lorsque vous êtes rentrées, il vous a surprises.

Je regarde ma pauvre mère, elle semble exténuée, ses traits sont tirés et bien que sa beauté soit toujours aussi vivace, je sens que sa misérable vie commence à peser sur son physique. C'est normal, elle vit dans l'angoisse permanente d'assister à des scènes de violence et jongle avec des émotions contradictoires, essayant de faire plaisir à ses filles tout en évitant de contrarier son fils et son mari. Le pari impossible.

–Tu crois qu'il va le dire à papa?

Si mon père apprend que nous sommes sorties, il va nous massacrer.

–Non, je ne pense pas. J'ai réussi à le convaincre de ne pas le faire, ce matin, avant qu'il aille au foot.

Je lâche un long soupir de soulagement et ma mère me tapote la main avant de me dire de prendre une douche et de la rejoindre dans la cuisine. J'obéis et me dirige vers la salle de bains. Tous les mouvements que j'entreprends sont une véritable torture, le moindre centimètre carré de ma peau me fait souffrir. Des images de mon frère qui me roue de coups et d'insultes défilent dans ma tête, et les larmes de la veille refont surface.

Au moment où j'aperçois mon visage dans le miroir, un cri d'horreur m'échappe. Des hématomes bleus, violets, jaunes couvrent la quasi-totalité de mon visage. Mes lèvres sont fissurées, et ma paupière droite est enflée. L'infâme spectacle de mon reflet me retourne littéralement l'estomac. C'est la première fois que je suis aussi marquée.

À la douleur des coups s'ajoute un autre problème : je vais devoir faire face aux regards intrigués ou moqueurs de mes camarades du lycée. Comme toujours, l'assistante sociale va me convoquer et me questionner. Je commence à être à court d'excuses pour expliquer mes blessures, elle n'est pas dupe et ne croit pas du tout aux histoires tirées par les cheveux que je lui invente à chaque fois. Je vais peut-être devoir me faire passer pour malade. Je me déshabille lentement pour ne pas causer plus de dommages à mon corps et trouve un petit réconfort lorsque l'eau chaude entre en contact avec ma peau.

Après une longue douche, je rejoins ma mère et ma sœur qui préparent le déjeuner. Le visage de Sonia est beaucoup moins marqué que le mien. Ses yeux s'écarquillent lorsqu'elle me voit, je lui fais un demi-sourire pour la rassurer, mais son expression reste grave. Elle me prend dans ses bras :

– Oh, Leïla, tout est ma faute ! Si je ne t'avais pas entraînée dans ce plan foireux, rien de tout ça ne serait arrivé. Je voulais juste qu'on s'amuse !

– Ce n'est pas grave. Tu ne pouvais pas savoir qu'il allait rentrer plus tôt, lui dis-je avec sincérité, alors je t'en supplie, ne culpabilise pas.

Je me dégage de son étreinte avant de me diriger vers

l'évier pour faire la vaisselle. Je suis en mode automatique comme à chaque fois.

Surtout ne pas réfléchir.

Le repas préparé, je décide de retourner dans ma chambre sans même prendre le temps de déjeuner et m'enferme pour la journée. Ma chambre, c'est mon havre de paix, le seul endroit de l'appart où je me sente à peu près en sécurité. De plus, il ne vaut mieux pas que mon père me voie comme ça, cela éveillerait ses soupçons et je ne suis pas une très bonne menteuse. Il faudra que je me tartine de fond de teint pour lui cacher. Mais plus tard.

Mon téléphone vibre.

[Bonjour beauté !
J'espère que tu as bien dormi.
J'aimerais te voir aujourd'hui.
Donne-moi ton adresse,
et je passe te chercher.]

Mon cœur menace de sortir de ma poitrine. Je souris béatement et imagine Edward se réveillant torse nu, les traits tirés, fatigué de la veille et tapotant sur le clavier de son téléphone. Qu'est-ce que je ne ferais pas pour être avec lui en ce moment, blottie dans ses bras, au chaud, en sécurité…

La porte de ma chambre s'ouvre subitement. Je sursaute et cache mon téléphone sous mon coussin. Rayan s'approche furieusement de moi, m'attrape par le col et me secoue.

–Alors, salope ! Tu t'es bien amusée hier soir ?

Je suis tétanisée, incapable de dire ou de faire quoi que

ce soit. Il lève la main pour me gifler et je ferme aussitôt les yeux. Il s'arrête pour une raison que j'ignore et lâche mon col.

–Je t'ai déjà assez amochée comme ça! Je crois que t'as compris la leçon. Bon sang, Leïla, pourquoi tu te conduis comme une traînée? Et pourquoi avoir embarqué Sonia là-dedans? Papa et moi, on essaie de vous protéger toutes les deux, tu le sais! Bon, tu sors plus d'ici, c'est clair? Si jamais j'apprends que tu as désobéi, je te balance à papa. Et crois-moi, lui, il ne t'épargnera pas!

Il quitte ma chambre dans un fracas. Je pousse un soupir de soulagement: s'il croit que c'est moi qui ai tout organisé, il épargnera Sonia. J'ai toujours protégé ma sœur et je ne le regrette pas, même si c'est moi qui prends les coups les plus violents et qui a maintenant la réputation de débauchée de la famille…

S'il savait que j'ai embrassé un garçon hier…

Je regarde mon portable et décide d'ignorer le message d'Edward. À quoi bon me bercer d'illusions? Je ne peux décemment plus le voir, même si j'arrivais à échapper à la vigilance de mon frère, comment lui expliquer mes bleus? Il me prendrait pour une pauvre banlieusarde. Le cliché de la fille qui se fait frapper. Il ne pourrait pas comprendre, il vit dans un autre monde. Il vaut mieux qu'on en reste là avant que je me fasse encore plus de mal. Je n'ai vu Edward que quelques heures, mais je sais que son souvenir restera gravé en moi. Personne ne m'a jamais traitée avec autant de douceur et de considération. Sa façon de me regarder et de me toucher a fait naître en moi un désir inavouable…

Voilà que je recommence avec mes niaiseries!

Je dois arrêter de me torturer avec ça, c'est ridicule! C'était juste une soirée! Une parenthèse enchantée dans mon quotidien sordide. Papa et Rayan ont peut-être raison, si je ne fais pas attention, je pourrais mal tourner: il a suffi d'un garçon pour que je me jette sur lui et fantasme. Je dois revenir à la réalité et me concentrer sur mon bac qu'il faut que je décroche avec mention pour m'inscrire à la Sorbonne.

C'est ça, le plan, Leïla, tu te souviens?

Tu vas à la fac, tu décroches tes diplômes, tu trouves un super boulot bien payé et tu sors ta mère et ta sœur de leur vie d'esclave. Pas de place pour autre chose! Pas de place pour un garçon! Mon téléphone vibre encore.

[Princesse, réponds.
Tu dors encore?
J'aimerais être à tes côtés,
embrasser chaque parcelle
de ta peau pour te réveiller.]

Je rougis, souris, soupire et pleure. J'ignore le message.

Une heure plus tard.

[Bon, il est 3 h de l'aprèm,
je pense que tu ne dors plus…
Réponds!]

Quarante-cinq minutes plus tard.

[:(]

Trente minutes plus tard.

[OK, j'ai compris, tu m'ignores…
je pensais vraiment
qu'il y avait un truc spécial
entre nous, apparemment,
je me suis trompé.]

Quatre heures plus tard et après plusieurs appels en absence.

[Leïla ! S'il te plaît, réponds !
Je mérite au moins
une explication.]

Mon téléphone vibre à nouveau, et je décide de mettre fin à son tourment. Après tout, c'était injuste de ma part, il ne méritait pas ça.

– Allô ? Leïla ?

Il semble étonné. Sa voix est encore plus sexy au téléphone et provoque un essaim de papillons dans mon ventre. Pourquoi ai-je répondu ? Il reste silencieux un instant.

– Heu… Ça va ? Pourquoi tu chuchotes ?

– Parce que… parce que… c'est… compliqué.

– Pourquoi tu m'as ignoré ? Je croyais qu'hier soir…

Je le coupe dans son élan avant qu'il en dise trop.

– Écoute, Edward, hier soir, c'était magique. (Je le sens

sourire au téléphone.) Mais ça ne peut pas se reproduire !

–Quoi ? Mais pourquoi ? Je veux te revoir, Leïla ! Tous les deux, on a un truc. Je sais que tu l'as ressenti comme moi.

Je soupire.

– Oui, mais je ne peux pas ! Je ne peux pas t'expliquer… c'est compliqué.

Je sens ma gorge se nouer et les larmes monter.

–Edward, s'il te plaît, oublie-moi, dis-je d'une voix étranglée avant d'éteindre mon téléphone, ne lui laissant pas l'occasion de répondre.

Ça peut paraître mélodramatique, mais je m'écroule de tristesse et de douleur au creux de mon lit. Je n'y peux rien : trop d'émotions, trop de déception et de douleurs. Je pleure tellement ce soir-là que je crois ne plus avoir de larmes disponibles au petit matin.

6

Leïla
Quelques mois plus tard

–Et vous cherchez quelle pointure?

–38, mademoiselle.

–Donnez-moi une seconde et je vous apporte ça tout de suite.

Je me dirige vers le rangement et cherche la paire de chaussures.

–Voilà, madame!

–Merci, vous êtes un amour, mon petit!

La vieille dame me sourit et je lui rends la pareille. Je travaille depuis quelques semaines chez Gucci Shoes sur les Champs-Élysées. C'est Sonia qui m'a trouvé ce boulot grâce à ses contacts à la parfumerie. Ce n'est pas la carrière que j'avais envisagée, mais c'est un bon moyen de gagner des sous, aider ma famille et économiser pour mes futures études à la Sorbonne. J'ai eu mon bac avec mention bien et j'ai été acceptée à la fac, mais la bourse qu'on m'a allouée ne couvre pas tous les frais: les livres, les transports, la nourriture. Du coup, j'ai décidé de travailler pendant un an et de m'inscrire à l'université l'automne prochain. Ça a permis également à mon père de se détendre à mon sujet. Tant que je participe aux frais de la maison, il me considère moins comme un parasite. Hier soir, il a même été agréable avec moi. J'aimerais tellement qu'il soit toujours comme ça.

J'aime travailler, je me sens plus libre et indépendante. Bien sûr, je vis toujours chez mes parents et subis les trajets en RER tous les jours. C'est épuisant, mais au moins, je suis à Paris dans la journée. J'ai des copines : ma collègue Camille qui me fait toujours rire, Sonia, ma sœur, qui travaille à quelques mètres, mais surtout le seul et l'unique, Nicolas, qui passe me voir dès qu'il peut.

Le travail en lui-même n'est pas très éprouvant, mais il peut s'avérer parfois irritant. Chausser des vieilles bourgeoises ou des gosses de riches n'est pas une mince affaire. Je ne compte plus le nombre de fois où je me suis agenouillée devant des pimbêches qui m'ignoraient complètement, ou pire, me toisaient d'un regard dédaigneux, m'accusant de mentir quand je ne trouvais pas la pointure demandée ou leur apprenais la rupture de stock. Une fois, une vieille mégère m'a même jeté une chaussure à la figure, de rage. Mais je ne me plains pas, ma vie s'est considérablement améliorée depuis que je suis ici.

–J'y vais, Camille, lancé-je à ma collègue, c'est l'heure de ma pause déjeuner.

–OK, à tout à l'heure, Leïla !

Je me dirige vers mon café préféré où j'ai pris l'habitude

de me rendre tous les midis. Le serveur est sympa, il me drague un peu, et du coup m'offre souvent des trucs. J'accepte à chaque fois, j'espère qu'il ne prend pas ça pour un signe. Je culpabilise, mais je suis trop pauvre pour ne pas accepter sa gentillesse.

Je m'installe à une petite table près de la fenêtre et me débarrasse de mon manteau. Dès qu'il m'aperçoit, Raphaël, le serveur, m'offre son plus beau sourire et s'approche de ma table.

–Salut, la plus belle! Comment ça va? Qu'est-ce que je te sers aujourd'hui?

–La même chose. Un allongé et un verre d'eau.

–OK, ça marche! Je t'apporte ça tout de suite, ma belle.

Il s'éloigne et j'en profite pour sortir un livre que j'ai emprunté à la bibliothèque du quartier ainsi que le sandwich que je me suis préparé ce matin avant de partir. C'est une habitude dont Nicolas se moque lorsqu'il me rejoint parfois pour le déjeuner. La première fois qu'il m'a vue sortir de mon sac à main mon pain enveloppé dans du papier aluminium, il m'a fait un speech de trois quarts d'heure: «Non mais, chérie, on est à Paris! Pas en province! Personne ne se balade avec des sandwichs faits maison dans son sac! Et personne ne les sort dans les cafés!»

Je souris en repensant à son discours et Raphaël m'apporte mon allongé, interrompant ainsi mes pensées.

–Tu es belle quand tu souris, affirme-t-il. Je t'ai ajouté un pain au chocolat!

–Merci beaucoup!

Mes yeux brillent à la vue de cette gourmandise que je ne

me permets d'acheter qu'en de très rares occasions. Je croque immédiatement dans la viennoiserie et soupire d'extase lorsque le chocolat fond dans ma bouche. Je sursaute quand Raphaël revient près de ma table.

–Tu sais que j'aimerais beaucoup t'inviter à dîner un de ces soirs ?

Mes yeux quittent la très intéressante tasse de café entre mes doigts pour rencontrer son regard. Je bégaie, ne sachant pas quoi répondre.

–Merci… mais… je ne peux pas, je suis… occupée et…

Raphaël me fait signe que ce n'est pas la peine de continuer avant que j'aie le temps de terminer mon douloureux discours. Il sourit, n'a pas l'air vexé.

–Je comprends. Un jour peut-être ?

J'acquiesce et il s'en va. Je ne sais pas quoi penser. En avais-je envie ? Est-ce que je n'ai pas refusé par habitude ? Tout serait tellement plus simple si j'avais les moyens de me payer un appartement et de choisir comment vivre ma vie. Je soupire.

Après mon déjeuner, je retourne à la boutique. Camille prend sa pause à son tour et je me retrouve seule. Je range quelques étagères lorsque j'entends la porte s'ouvrir. Ah, enfin un client ! Je commençais à m'ennuyer. Je me fige immédiatement lorsque je vois apparaître devant moi une personne que je ne pensais plus jamais revoir : Edward !

7

Leïla

Il entre dans le magasin accompagné d'une jolie blonde qu'il tient par la main. Il est concentré sur son téléphone et ne remarque pas ma présence.

– Chéri, je vais regarder les chaussures.

– OK, répond Edward sans détourner les yeux de son écran.

– Bonjour mademoiselle! Je cherche une paire que je pourrais porter à un gala. Quelque chose de classe.

– Je… euh… Oui, bien sûr! Suivez-moi, je vais vous montrer notre dernière collection.

Je suis toute retournée. Mes genoux tremblent et mes mains sont moites. Qui est cette fille? Grande, blonde, des jambes interminables, drapée d'une robe Chanel, équipée d'un énorme sac Vuitton. Son maquillage, ses cheveux, son parfum, tout est parfait. Une vague de jalousie m'envahit, et j'ai envie de crier de rage. Sont-ils ensemble? Ils sont trop bien assortis pour ne pas l'être, répond ma maudite conscience. Qu'est-ce que j'ai? Après tout, ça ne me regarde pas.

Je secoue la tête pour me débarrasser de mes pensées déprimantes et me concentre sur ma mission. Trouver la dernière paire branchée pour Miss Parfaite. Je retourne dans le centre du magasin où la bimbo est assise sur un canapé avec Edward, qui est toujours concentré sur son téléphone. Je les observe une dernière fois, prends une grande inspiration pour me donner du courage et me dirige vers les deux tourtereaux. Je m'agenouille devant la bimbo pour l'aider à enfiler la première paire.

–Je pense que celles-ci vont vous plaire!

Au moment où je prononce ces mots, Edward lève les yeux, me regarde, puis se fige, visiblement surpris. Sa bouche s'entrouvre et se referme plusieurs fois, comme s'il essayait de dire quelque chose mais ne trouvait pas les mots. La vision de ses traits parfaits me brise le cœur. Je ressens encore cette incroyable attirance pour lui et je n'ai qu'une seule envie: embrasser ses magnifiques lèvres roses et pulpeuses dont je rêve régulièrement.

–Qu'en penses-tu?

Edward continue de me dévisager intensément, ignorant la question de Bimbo.

–Edward! Edward! EDWARD!

–Hein?… Oui. Elles sont belles, tu devrais les prendre, Andrea.

Andrea? Andrea! Je ne l'avais pas reconnue, mais c'est la pimbêche qui était avec lui le soir où on s'est rencontrés! Je croyais qu'ils étaient seulement amis. Est-ce que les choses ont changé?

Une douleur incompressible menace de faire exploser

mon cœur, et je mords ma lèvre pour empêcher mes larmes de surgir. Pour une raison que j'ignore, je me sens trahie. C'est ridicule, je sais. Il ne me doit rien, mais le fait qu'il soit peut-être avec elle m'attriste au plus haut point.

– Nous allons prendre celles-ci, mademoiselle.

Elle ne m'a pas reconnue non plus. Je dois être aussi importante à ses yeux qu'une mouche. Je ferme les yeux un instant pour reprendre mes esprits, il ne manquerait plus que je me mette à chialer devant eux. Je me redresse et me dirige vers la caisse, suivie des deux amoureux.

– Ça vous fera 750 euros ! annoncé-je d'une voix monotone.

Edward me tend sa carte. Au moment de la saisir, nos doigts se touchent, et ce foutu courant électrique que j'ai ressenti à chaque fois que nous avons été en contact me traverse. Je me déteste pour ma faiblesse. Edward m'observe intensément pendant que je finalise la transaction sans jamais prononcer le moindre mot. Je ne sais pas ce qui me fait le plus mal : qu'il soit ici avec elle ou qu'il fasse semblant de ne pas me connaître. Je reste professionnelle malgré ma peine, lui offre mon plus beau sourire et tends le paquet à Andrea qui s'empresse d'embrasser Edward sur la joue.

– Merci beaucoup !

Je les regarde s'éloigner tous les deux. S'ils ne sont pas ensemble, ils devraient sauter le pas : ils forment le parfait petit couple. Au moment où ils passent la porte, je me sens mal comme la pauvre idiote que je suis.

8

Leïla

Camille revient de sa pause déjeuner et nous passons le reste du temps à papoter, servir les clients, ranger et rire. Je ne vois pas la journée passer et lorsque je regarde l'heure, il est déjà dix-huit heures trente : le moment pour moi de quitter le magasin. Je rassemble mes affaires, fais un gros bisou à Camille et me dirige vers la porte. Mes horaires peuvent être très différents d'un jour à l'autre, ce qui m'a valu bien des problèmes avec mon père au début. Il ne comprenait pas que certains jours je rentrais tôt, et d'autres tard. La première fois que je suis arrivée à la maison à vingt-deux heures, après ma première fermeture de magasin, il m'a battue à mort en m'accusant d'avoir menti et d'être allée traîner je ne sais où. Il lui en a fallu, du temps, pour comprendre la flexibilité d'un emploi du temps de vendeuse.

Au moment où je passe la porte, je sens l'air s'évader peu à peu de mes poumons. Edward est là, seul, adossé au mur. On dirait qu'il attend quelqu'un, et lorsqu'il me voit, il s'approche. Je me fige, tout comme lui. Nous nous observons pendant quelques secondes. Il me fait la bise et je tremble quand il pose la main sur mon bras.

–Je pensais ne jamais te revoir, Leïla…

Il souffle ces mots dans ma nuque. Son odeur et sa chaleur envahissent mon corps et je suis perdue, plus rien ne compte, le temps s'est arrêté. Il caresse mes joues avec ses deux mains, observant chaque parcelle de mon visage comme il l'a fait à notre première rencontre.

–Pourquoi tu as décidé de m'ignorer? me demande-t-il sans s'embarrasser de préliminaire.

Je soupire, baisse les yeux, mais Edward m'oblige à le regarder.

–Je… je… C'est compliqué.

–Je voudrais une explication, Leïla.

–OK, mais c'est une longue histoire…

–J'ai tout mon temps, dit-il gentiment.

Je souris, émue par sa détermination et l'intérêt qu'il me porte malgré les mois qui ont séparé notre rencontre.

–OK, je te raconte, mais pas ici, pas au milieu de la rue…

–Viens!

Il me prend par la main et hèle un taxi.

Après un court trajet, nous voilà devant un immeuble luxueux du seizième. Il tape le code et nous sommes accueillis par un homme qui garde l'entrée. J'hésite à suivre Edward: après tout, je ne le connais pas et il est peut-être en couple. Pourquoi m'emmènerait-il chez lui? Mais je ne résiste pas bien longtemps quand il me tient la porte et me fait signe d'entrer. Nous traversons un long corridor et prenons l'ascenseur. Je suis impressionnée par la beauté des lieux et ne cesse de scruter les moindres recoins. On se croirait dans un hôtel de luxe.

Au dernier étage, l'ascenseur s'ouvre directement sur son appartement. Je n'ai jamais vu un truc pareil. Son intérieur est immense, lumineux et hyper luxueux. Je n'en reviens pas que ce soit le sien : il est vraiment riche ! Cette constatation ne m'aide pas à me détendre. Edward me dirige vers le canapé, me fait signe de m'asseoir.

– Gin tonic, ça va te détendre ! dit-il en m'apportant un verre.

Je saisis le verre sans broncher et trempe mes lèvres. Le goût est intéressant, j'avale plusieurs gorgées.

– Alors, raconte-moi, je t'écoute.

Je prends une grande inspiration et décide de lui expliquer ce que je peux.

Je lui raconte, La Courneuve, la vie là-bas, le petit appartement pour nous cinq, mon manque de liberté, la sévérité de mon père et de mon frère. Sans parler des coups de mon frère le soir où l'on s'est rencontrés, j'essaie de lui faire comprendre que c'est Rayan qui m'a empêchée de sortir, de le revoir. Je ne sais pas où je trouve la force de me livrer ainsi. Ce n'est pas grand-chose, et je garde la plus grosse partie pour moi, mais d'habitude, je suis plutôt quelqu'un de secret. Les mensonges que je raconte à tout le monde par peur ou par honte pèsent aussi lourdement sur mes épaules que les violences que je subis.

Tout au long de mon récit, Edward me regarde intensément. À la fin de ma confession, je me sens un peu embarrassée et regarde mes pieds. J'ai peur de sa réaction.

Maintenant qu'il sait d'où je viens, il va sûrement se désintéresser de moi, il ne peut pas en être autrement. Tant pis, au moins j'aurai été honnête.

–Leïla, comment tu fais pour endurer tout ça? Ce n'est pas une vie. Je comprends mieux pourquoi tu es si…

Il hésite à finir sa phrase.

–Si quoi?

–Si… différente, si douce, si… bouleversante.

–Mais ça ne te dérange pas que je vienne de La Courneuve et que ma vie soit si compliquée? m'étonné-je.

–Non. Pourquoi voudrais-tu que ça me dérange? C'est toi qui m'intéresses, Leïla, et l'endroit d'où tu viens n'a aucune importance pour moi. J'avais plus ou moins compris, le soir où je t'ai rencontrée, que tu n'étais pas… disons que tu n'étais pas du seizième.

–Ah…

–Par contre, le fait que tu ne puisses pas sortir est plus embêtant. Mais je me contenterai de te voir dix minutes par jour si c'est tout ce que tu me proposes. C'est bien mieux que de ne pas te voir du tout. (Je souris, soulagée et quelque peu émue, et il fait de même.) Enfin, si tu acceptes de me revoir, évidemment. Je veux vraiment apprendre à te connaître, Leïla. Je ne sais pas… Il y a quelque chose chez toi qui me…

Il ne finit pas sa phrase, caresse ma joue. Son regard fait des allers-retours entre ma bouche et mes yeux plusieurs fois. Et subitement, il m'embrasse. Je gémis à ce contact délicieux. Edward balaie sa langue sur mes lèvres pour les séparer et explore l'intérieur de ma bouche. Ses mains passent délicatement de mes joues à mes cheveux. Il m'attire vers lui et me couche lentement sur le canapé en cuir sans jamais interrompre le baiser.

Ses lèvres quittent les miennes pour dévorer mon cou. La sensation est exquise. Je ne pense plus à rien. Tout me paraît simple soudain, j'ai oublié mon inexpérience, notre incompatibilité sociale et même sa bimbo.

Il n'est sûrement pas avec elle s'il m'embrasse comme ça, hein?

Une vague électrisante s'empare de tout mon corps, je lâche un soupir de plaisir lorsque Edward m'embrasse en dessous de l'oreille. Mon cou, ma clavicule. Il m'inonde de baisers, ses doigts déboutonnent rapidement mon chemisier pendant que sa bouche continue de suivre le chemin que tracent ses mains. Mon top est maintenant complètement ouvert. Je vois ses yeux s'écarquiller à la vue de ma poitrine, ce qui me rappelle que je n'ai jamais été nue devant un garçon auparavant. À cette pensée, je reviens brutalement sur terre et referme vite mon chemisier.

–Leïla, dit-il de sa voix grave et sexy, tu es magnifique, s'il te plaît, ne te cache pas.

Il prend mes mains dans les siennes et ouvre délicatement mon haut alors que ses yeux me supplient de le laisser continuer.

–Je peux?

Contre toute raison, j'acquiesce. Je ne sais pas si c'est le fait qu'il me demande la permission ou si je deviens simplement folle, mais j'ai envie de plus. Il dépose un baiser sur mes lèvres, comme pour me remercier de le laisser faire, et s'attarde un instant avant de reprendre son chemin vers ma poitrine. Je gémis malgré moi quand sa langue se met à y tracer des cercles, ce qui l'excite particulièrement car il grogne à son tour.

Tout s'accélère. Je suis en train de perdre la tête, je devrais lui dire d'arrêter car je ne sais pas jusqu'où ceci va nous mener, mais je ne peux m'y résoudre. Je suis bien trop excitée pour suivre ma raison qui m'intime de me calmer.

Edward me relève subitement, m'obligeant à m'asseoir à cheval sur lui. Il enlève ma chemise, dégrafe mon soutien-gorge en un éclair, jette les deux au sol et prend mes seins en coupe. Il les malaxe doucement, puis lèche l'aréole droite tout en massant le gauche. Je jette la tête en arrière et geins de plus belle. Ma respiration se fait de plus en plus irrégulière. La sensation est douloureusement délicieuse, presque insoutenable. Je sens son sourire sur ma peau quand je frotte mon sexe contre son érection pour me soulager de la chaleur qui m'envahit.

Je ne comprends pas ce qui m'arrive, mais mon instinct me pousse à onduler des hanches contre lui. Il grogne et place une main sur mes fesses pour accompagner mon mouvement. Sa bouche, qui continue de sucer et tirer sur mes tétons endoloris, me submerge de plaisir.

–J'ai envie de toi, Leïla, tu me rends fou.

Il essaie de déboutonner mon jean mais je l'arrête en bloquant ses mains.

–Non!

Ses yeux interrogent les miens.

–Je… je… Je suis désolée, je ne peux pas.

–Pourquoi?

–Je… Je suis vierge, avoué-je sans trop réfléchir.

Les yeux d'Edward s'écarquillent tellement que j'ai l'impression qu'ils vont sortir de leurs orbites.

–Quoi?! Tu es vierge?

–Oui…

Je baisse les yeux, honteuse d'aborder ce sujet avec lui. Il se mord les lèvres pour masquer son sourire. Je fronce les sourcils et le frappe sur la poitrine. Il éclate soudainement de rire, et mon envie de le gifler grandit dangereusement.

–Je ne vois pas ce qu'il y a de drôle!

Je couvre ma poitrine de mes deux mains tout en essayant de me dégager de son étreinte, mais Edward me rattrape doucement.

–Où crois-tu aller comme ça?

Son magnifique sourire m'éblouit, emportant au passage mon irritation. J'enterre mon visage dans sa nuque. Il me caresse le dos en m'embrassant les tempes:

–C'est une bonne chose…

–Quoi?

–Que tu sois vierge.

–Pourquoi?

–Je ne sais pas, c'est rare. C'est beau! Tu es si innocente, Leïla. Tu ne sais pas quel effet ça me fait…

Pas le temps de digérer ses mots que j'entends mon téléphone sonner. Je me redresse pour répondre, c'est ma sœur.

–Leïla, t'es où?

–Toujours à Paris. Pourquoi?

–Dépêche-toi de rentrer! Papa est de mauvais poil et il ne va pas te louper si tu rentres tard!

–OK, merci, j'arrive.

–Tu dois partir?

J'acquiesce. Il se lève, m'enlace, puis m'embrasse tendrement.

–Cette fois, Leïla, je ne compte pas te laisser t'échapper. Je sais où tu travailles, je saurai où te trouver!

Il sourit à moitié et une fossette apparaît. Oh mon Dieu, j'adore quand il me regarde ainsi! Edward se baisse, ramasse mon soutien-gorge et me l'enfile avec un sourire en coin.

–Je peux m'habiller seule, je ne suis pas une poupée, affirmé-je en riant.

–Je te déshabille, je te rhabille, c'est la règle, dit-il en déposant un dernier baiser sur ma poitrine alors que je l'observe, amusée et rougissante.

–C'est quoi cette obsession pour les seins?

Il plonge ses grands yeux verts dans les miens.

–Je ne suis pas obsédé par les seins en général, juste par les tiens. Ils sont divins, ronds, lourds, et ce grain de beauté…

Je place ma main sur sa bouche pour l'empêcher de poursuivre sa litanie sur une partie si intime de mon anatomie. Il rit, puis me lèche la paume. Je retire ma main immédiatement, écœurée, ce qui le fait pouffer de rire. Son rire est la plus belle chose que j'aie vue de ma vie: il rejette la tête en arrière, ses yeux pétillent et ses fossettes se creusent.

–Pervers!

–Tu n'as pas idée à quel point! répond-il du tac au tac avant de me faire un clin d'œil. Viens, je te ramène chez toi!

–Non, Edward, je te remercie mais je vais prendre le train, j'ai de toute façon quelques courses à faire avant de rentrer.

Je mens pour le dissuader. Je n'ai absolument aucune envie qu'il découvre dans quelle misère je vis réellement. Lui en faire part est une chose, lui montrer en est une autre.

–Le train? Hors de question que tu prennes le train. Il est déjà tard et ce n'est pas prudent, insiste-t-il. Je t'emmène, Leïla, fin de la discussion.

Dépitée, j'accepte sa proposition. Edward ne fait aucune remarque lorsqu'on arrive dans le quartier où j'ai grandi. Je l'observe du coin de l'œil, et mon embarras s'intensifie à mesure que l'on passe à côté des façades d'immeubles délabrées, des carcasses de voitures abandonnées, ou des enfants qui organisent des courses sur les parkings avec des chariots de supermarchés. Je transpire et retiens mon souffle. Pourvu qu'il ne remarque pas la vieille dame qui fait les poubelles à droite. Bon sang, pourquoi j'ai accepté qu'il me dépose, c'était complètement stupide, à croire que j'adore me torturer. C'est sûr qu'après avoir vu ça, il ne voudra plus jamais de moi. Je veux dire, là, je crois qu'il a compris qu'on ne vient vraiment pas du même monde. Quand je dis «pas du même monde», je veux dire pas de la même planète. Je lui demande de me déposer à quelques pâtés de maisons de chez moi pour plus de discrétion et il accepte sans broncher. Il éteint le moteur et me regarde longuement en silence, je ne peux m'empêcher de me sentir humiliée, je baisse les yeux, triture mes doigts, mes mains sont affreusement moites, je les essuie sur mon jean, en attendant que la sentence tombe :

–Je peux t'embrasser ? Ou c'est interdit par la loi du quartier ?

Mes yeux rejoignent les siens. Je suis complètement prise au dépourvu par sa réaction, mais une fois encore, je n'ai pas le temps de réagir que ses lèvres sont déjà sur les miennes. Je suis soulagée et l'embrasse à pleine bouche sans me soucier des risques que je prends. Heureusement, les vitres de sa Mercedes sont teintées.

***

Quand je rentre à l'appart, l'ambiance est étonnamment silencieuse. Je balaie l'intérieur des yeux et aperçois mon père affalé sur le canapé qui, comme d'habitude, regarde la télé. Je ferme la porte discrètement pour ne pas me faire remarquer, puis marche sur la pointe des pieds jusqu'à ma chambre. Je soupire, soulagée de ne pas avoir été repérée, mets rapidement mon pyjama et m'écroule sur mon lit, épuisée par cette folle journée. Mon téléphone vibre.

[Bien rentrée, beauté ?]

[Oui, merci de m'avoir
bien ramenée !]

[Tout va bien chez toi ?]

[Oui, j'ai réussi à me faufiler
discrètement dans
ma chambre.
Tout le monde dort déjà
à part mon père.]

[Ta chambre?
Tu es déjà couchée?]

[Oui.]

[Mais tu n'as rien mangé
ce soir.]

Le fait qu'Edward s'inquiète de mon bien-être me réchauffe le cœur et je souris.

[Quelle perspicacité!]

[Ne te moque pas de moi.
Mange quelque chose, bébé.
Tu es déjà assez maigre.
J'aurai peur de te briser
quand je vais te…]

Je rougis instantanément, comprenant évidemment son allusion sexuelle. Je ne suis pas à l'aise avec le sujet. Depuis toute petite, on me répète que le sexe est un péché et qu'il ne faut pas y songer avant le mariage.

[Qui a dit que j'étais
d'accord de faire quoi que
ce soit avec toi?]

[Bébé, vu la manière
dont tu bougeais
tes hanches et gémissais
mon nom tout à l'heure,
je te confirme
que c'est pour bientôt.]

[Pervers!]

[Tu n'as pas idée à quel point.]

[Bonne nuit!]

[Fais de beaux rêves,
princesse!]

Je souris à mon téléphone comme une idiote et entends mon estomac gronder. J'ai vraiment très faim, la dernière chose que j'ai avalée, c'est un minuscule sandwich à l'heure du déjeuner. Malheureusement, il serait trop dangereux de s'aventurer dans la cuisine. Sonia m'a prévenue que papa était de mauvaise humeur. Croiser son chemin serait lui rappeler que je n'étais pas là ce soir pour le dîner et risquer de me faire frapper. Je décide donc de rester au lit et de dormir le ventre vide.

9

Leïla
Le lendemain matin

– Leïla, dépêche-toi !

Sonia m'attend impatiemment à la porte de l'appart.

– Qu'est-ce que tu as aujourd'hui ? D'habitude, c'est moi qui suis en retard.

– Rien ! Allez, viens, on y va !

La vérité, c'est qu'aujourd'hui j'ai mis plus de temps pour me préparer car je me suis faite belle pour Edward, au cas où il déciderait de passer me voir dans la journée. Je me suis épilé les jambes, les sourcils, j'ai essayé au moins trois tenues avant de trouver la bonne. Une jupe crayon noire et un chemisier blanc serré légèrement décolleté. De toute façon, je ne pouvais pas hésiter très longtemps vu qu'il n'y a pas grand-chose dans mon dressing.

Dans le bus, Sonia et moi sommes plongées dans nos livres respectifs. Toutes les deux, nous adorons lire et nous profitons des trajets pour assouvir cette passion. J'ai envie de lui raconter que j'ai revu Edward, mais en même temps, je ne suis pas sûre de la nature de notre relation, si on peut appeler ça une relation… L'excitation de le revoir était tellement forte hier que je n'ai pas voulu lui poser de questions, notamment sur Andrea. Sont-ils ensemble? Ils avaient l'air d'un couple. Pourtant, il a affirmé qu'il voulait me revoir et mieux me connaître, il ne ferait pas ça s'il était déjà pris. Sans parler de tout ce qu'il m'a fait, et que je lui ai laissé faire. Mon Dieu! Quand je repense à tout ça, je rougis furieusement. Si mes parents savaient, ils me renieraient, c'est sûr. Pourtant, je ne regrette rien. Le pire, c'est que j'ai envie de recommencer. Tandis que Sonia descend à l'arrêt du lycée, je continue mon trajet jusqu'à la gare RER. Le trajet en train est interminable.

Quand enfin j'arrive et ouvre la porte du magasin, je vois Camille sautiller derrière la caisse comme une petite fille.

–Salut, petite cachottière!

Je la regarde, surprise.

–« Cachottière », pourquoi tu dis ça?

Elle me montre un grand bouquet de roses rouges.

–Tu as reçu ça ce matin.

Je m'approche, prends les fleurs et les admire de près.

–Oh! Elles sont magnifiques et elles sentent tellement bon.

C'est la première fois que je reçois des fleurs de ma vie. Je sautille à mon tour comme une gamine.

–Vite! Regarde la carte, je me languis de savoir qui est le gentleman qui te couvre de fleurs un jeudi matin.

Je sais déjà de qui il s'agit, mais j'ai hâte de voir ce qu'il m'a écrit:

Accepte d'aller déjeuner avec moi aujourd'hui.
Je passe te prendre dès que tu m'auras indiqué
l'heure de ta pause.
Edward Fyles

Je serre fort le message dans mes mains.

–Alors, c'est qui?

–C'est... C'est signé «un admirateur secret» !

Camille me regarde avec suspicion, sentant bien que je lui cache quelque chose, mais elle décide finalement de me croire.

–Je suis sûre que c'est M. Bernard! Il a toujours eu le béguin pour toi. Chaque fois qu'il vient faire des achats ici, il demande spécifiquement ton assistance.

–Tu as raison! C'est sûrement lui!

Je sais que je ne devrais pas mentir, mais j'ai envie de garder mon histoire pour moi. Enfin, pour l'instant.

Je ne vois pas la matinée passer et avant que je le réalise, il est déjà l'heure de ma pause déjeuner. Je marche jusqu'à l'angle de la rue où j'ai donné rendez-vous à Edward. Je suis tellement excitée à l'idée de le revoir que j'ai envie de crier. Je l'aperçois au loin et accélère machinalement le pas pour le retrouver au plus vite.

Il est adossé au mur, je le détaille de haut en bas, éblouie par sa beauté. Il porte un jean noir et une chemise bleu nuit. Les manches sont légèrement relevées, laissant apparaître une galerie de tatouages sur son avant-bras. Son visage s'illumine lorsqu'il m'aperçoit, il s'approche, m'enlace tendrement, avant de m'embrasser doucement au coin de la bouche.

–Où veux-tu aller manger?

–Chez Marcello! propose Edward avec enthousiasme.

Je lève un sourcil interrogateur, et il enroule son bras autour de mon cou.

–Tu aimes la cuisine italienne?

–Oui!

–Alors viens, tu vas adorer.

Nous arrivons sur les lieux où nous sommes accueillis en grande pompe. Un serveur nous emmène à notre table tout en plaisantant avec Edward. Visiblement, c'est un habitué.

–Après toi!

Edward tire ma chaise pour m'aider à m'asseoir, avant de prendre place à son tour en face de moi. Je balaie la pièce des yeux, impressionnée. Ce resto est sublime, bien trop sublime pour être dans mes moyens, et je commence à m'inquiéter des prix ainsi que de la durée du déjeuner. Je dois être de retour dans une heure.

–Qu'est-ce qui se passe, Leïla? Tu n'aimes pas cet endroit?

Il caresse mes phalanges avec son pouce en attendant ma réponse. Je remarque qu'il a une petite croix tatouée sur la main. Je joue avec la fourchette, un peu embarrassée de devoir parler de prix, mais je n'ai pas les moyens de déjeuner dans un endroit pareil. J'éclaircis ma gorge:

–Si, bien sûr, j'aime beaucoup. Mais je dois être de retour au magasin dans une heure et le service n'a pas l'air d'être rapide. Et... et...

–Et quoi? Dis-moi.

–Euh... Ça m'a l'air horriblement cher! Et je... Je n'ai pas les moyens.

Je regarde la nappe en rougissant de honte et sursaute quand j'entends Edward éclater bruyamment de rire. Je me renfrogne immédiatement, vexée, et essaie de retirer ma main, mais il raffermit sa prise.

–Désolé, je ne me moque pas de toi, dit-il, les yeux remplis d'humour. Tu es tellement mignonne et naïve, je n'ai pas l'habitude.

Il amène ma main à ses lèvres et embrasse ma paume. Son geste me fait fondre et j'oublie immédiatement mon irritation. Il est tellement doux et affectueux, je crois que je ne pourrais jamais m'en lasser.

–Je vais leur demander de faire vite avec le service. Et pour le prix… (Il sourit et secoue la tête.) Ne t'inquiète pas, je t'invite.

Je suis un peu gênée qu'il m'offre le repas, mais après tout je ne lui ai pas caché ma situation financière et il a quand même choisi de me revoir.

Le serveur arrive et nous commandons nos plats: tagliatelles aux fruits de mer pour moi et escalope à la milanaise pour lui.

–Alors, parle-moi de toi. Je veux tout savoir.

–Tout savoir, carrément?

Je souris et Edward fait de même

–… J'ai du mal à parler de moi, tu sais, avoué-je.

–Je vois.

Il fronce les sourcils, réfléchit un instant, puis ajoute:

–As-tu déjà joué au jeu des dix questions?

–Non… Mais je devine de quoi il s'agit.

–Alors, on va se poser dix questions successivement pour apprendre à se connaître.

–On pourrait commencer par cinq, tu ne crois pas?

–Tu ne veux rien lâcher, toi! répond-il, visiblement amusé par ma repartie. OK pour cinq, alors, mais je commence.

–Ça marche!

–Pourquoi travailles-tu dans ce magasin?

–Pour gagner de l'argent. Certains d'entre nous ont besoin de travailler pour vivre! répliqué-je sarcastiquement avant de regretter aussitôt ma pique.

Il m'invite au restaurant et je l'attaque sur son compte en banque.

Bien joué, Leïla!

–Qui te dit que je ne bosse pas?

–Ah, ça fait déjà deux questions. Il ne t'en reste plus que trois.

Il se mord les lèvres et secoue la tête.

–À toi?

Je réfléchis un instant, j'ai très envie de lui demander pour Andrea, mais j'ai peur de sa réponse. Alors j'oriente la conversation vers quelque chose de moins dangereux.

–J'ai remarqué que tu avais un léger accent anglais, c'est subtil, mais tout de même présent, tu as des origines anglo-saxonnes?

–On ne peut rien te cacher, à ce que je vois. Oui, je suis anglais, je suis né et j'ai grandi à Londres. Je suis arrivé à Paris à l'âge de 11 ans, après le divorce de mes parents. Mon père a eu ma garde, et on est venus s'installer ici parce qu'il venait d'ouvrir une filiale de son entreprise.

–Ah, ça n'a pas dû être facile.

–En effet, je détestais cette ville grise et impersonnelle, mon pays me manquait, ma mère et ma sœur me manquaient, mes amis aussi, mais peu à peu je m'y suis fait et maintenant je ne quitterais Paris pour rien au monde. Les filles y sont bien plus belles, fait-il en m'adressant un clin d'œil séducteur.

Mais je ne me laisse pas distraire par son charme ravageur, son histoire m'intrigue, j'ai envie de lui poser mille questions.

–Et ta mère?

–Je ne la vois plus que très rarement.

–Pourquoi?

–C'est une longue histoire, mais disons qu'elle m'a laissé partir sans trop se battre et s'est remariée avec un véritable connard que je méprise.

Il me fait un sourire forcé, mais son humeur s'est clairement assombrie, et cela m'attriste un peu pour lui. Je ne m'attendais pas à ça, je croyais qu'il avait vécu une enfance aisée et sans accroc, je vois que je me suis trompée sur son compte, j'aimerais pouvoir creuser un peu plus, mais je sens bien que c'est douloureux, alors je n'insiste pas.

–J'ai une autre question!

–Tu veux vraiment tout savoir!

–C'est toi qui as lancé ce jeu, et puis, c'est un peu normal que j'en sache un peu plus sur toi, vu qu'hier c'est moi qui me suis dévoilée.

–C'est vrai, et dans tous les sens du terme.

Encore ce sourire aguicheur pour me faire perdre pied.

–Bon, OK, vas-y, mais après ce sera mon tour, et on parlera de trucs beaucoup plus croustillants, dit-il en s'humidifiant les lèvres.

Mes yeux s'y perdent un instant, je m'éclaircis la gorge.

–OK! Est-ce que tu travailles?

–Non! Je viens de finir mes études. École de commerce. J'ai décidé de prendre une année sabbatique pour explorer mes options. Mon père voudrait que je travaille pour lui, dans la multinationale familiale, mais je ne suis pas sûr d'être fait pour ça! Je déteste le monde des affaires. J'aspire à autre chose, le problème, c'est que je ne sais pas encore quoi.

Il a murmuré la dernière phrase comme si ça le mettait mal à l'aise d'avouer ça, il se recompose néanmoins rapidement et reprend:

–À moi! As-tu déjà eu un petit ami?

Je rougis et regarde nos doigts qui sont toujours entrelacés. C'est ce moment que choisit le serveur pour nous apporter nos plats, et je soupire, soulagée d'échapper à cette question. Nous nous jetons littéralement sur la nourriture, tous les deux visiblement affamés. Je remarque qu'Edward ne me quitte pas des yeux tout au long du repas Il me sourit constamment. Quant à moi, je suis comme hypnotisée par ses lèvres roses et parfaitement dessinées. Je n'ai jamais rien vu d'aussi sexy que la bouche de ce mec. Nous terminons nos assiettes en un temps record. Edward paie l'addition et me raccompagne au magasin.

–Alors?

–Alors quoi?

–As-tu déjà eu un petit ami? Tu ne m'as pas répondu tout à l'heure.

–Pourquoi tu me poses cette question?

J'essaie de m'en sortir en détournant le sujet

–Parce que je trouve hallucinant qu'une fille aussi belle

que toi soit vierge à son âge.

Mais je n'ai que 18 ans. Pourquoi trouve-t-il ça si incroyable?

–Je me dis que si tu avais eu un petit ami, il n'aurait pas pu s'empêcher de te toucher. Tu es tellement sexy, et je vais peut-être te choquer mais, entre mecs, on dirait que tu es bandante!

Je rougis à sa vulgarité et cela semble l'amuser.

–Alors, la seule explication que j'ai trouvée, c'est celle-là, conclut-il avec un sourire malicieux.

–OK! J'abdique. Je n'ai jamais eu de petit ami. Personne ne s'est jamais intéressé à moi. Voilà, tu es content!

Je me sens humiliée par mon aveu.

–Et pourquoi ça?

–Parce que... Parce que je ne m'habille pas à la dernière mode. Pour être tout à fait franche, je m'habillais comme un sac jusqu'à peu. Je n'ai pas le droit de me maquiller et très peu le droit de sortir... Je ne représente pas vraiment la petite amie idéale.

À ma grande honte, ma voix se brise en prononçant ces mots, et je sens les larmes monter. Edward s'arrête et me prend dans ses bras.

–Eh! Ne dis pas ça, bébé, tu es plus qu'idéale. Tu es parfaite. Tu pourrais te mettre un sac à patates sur la tête que tu serais toujours la plus belle fille que j'aie jamais vue.

Il dit ça avec tant de sincérité que j'ai envie de le croire. Je ne sais pas si je le peux... mais il est déjà temps de nous séparer. Il m'embrasse tendrement, puis me laisse rejoindre le magasin.

Dix-huit heures trente. Je quitte le travail. Sonia m'attend à l'angle de la rue et nous rentrons chez nous. À peine arrivées à l'appart, nous rejoignons maman dans la cuisine pour l'aider à préparer le dîner. C'est notre rituel du soir, notre moment privilégié à toutes les trois où nous en profitons pour papoter et nous raconter notre journée.

–Leïla, tu m'as l'air de bonne humeur aujourd'hui, tes yeux brillent. Ça fait plaisir de te voir comme ça, ma chérie!

Je souris à ma mère. Heureusement qu'elle ne connaît pas la raison de mon bonheur soudain. J'adore maman, mais elle est un peu vieux jeu et ne cautionne pas les relations amoureuses qu'elle qualifie d'enfantillages.

Rayan entre dans la cuisine et nous arrêtons tout de suite de bavarder. Il se sert un verre de Coca dans un silence de mort puis sort sans piper mot. Depuis qu'il m'a salement amochée, j'ai décidé de ne plus lui adresser la parole et Sonia fait de même. Cette situation crée une ambiance glaciale à la maison.

Nous dînons en famille comme la plupart des soirs.

–Leïla, c'est quand ta prochaine paie? me demande papa au moment du dessert.

–À la fin du mois, pourquoi?

–J'aurai besoin que tu me donnes 800 euros cette fois.

Je déglutis, regarde mon assiette avec tristesse et acquiesce d'un geste de la tête. Que faire d'autre? Je sais pertinemment que si je refuse ou argumente, je vais me prendre une gifle ou peut-être pire. Mais je ne peux m'empêcher de trouver cette situation injuste.

Retiens tes larmes, Leïla, sinon tu vas t'en prendre une.

À la fin du repas, j'aide maman à débarrasser et à faire

la vaisselle. Celle-ci m'enlace par-derrière lorsqu'elle remarque mon air blasé.

– Ça va aller, ma chérie !

– Pourquoi a-t-il besoin d'autant d'argent ?

– Je ne sais pas ! Je suis aussi surprise que toi. Il ne me dit rien, tu sais.

Je soupire de désespoir. J'ai envie de secouer ma mère, de lui demander pourquoi elle reste avec lui, pourquoi elle me fait subir ça ? Je voudrais lui crier qu'elle est elle aussi un peu responsable. Mais je me retiens à temps. Je ne veux pas l'accabler car la seule fois où je l'ai fait, elle a tellement pleuré sur son impuissance que j'ai juré de ne plus jamais lui causer cette peine. Si je veux partir, c'est à moi de le faire. Sauf qu'à ce rythme, je n'aurai jamais assez d'économie pour commencer la fac en octobre prochain.

– Je vais me coucher.

– Bonne nuit, ma chérie !

– Bonne nuit, maman !

Une fois dans ma chambre, je m'écrase dans mon lit et repense aux nouvelles exigences de mon père. 800 euros. Je n'en gagne que 1 200 ! Comment vais-je faire avec toutes mes dépenses ? Je regarde mon téléphone et remarque que j'ai quatre appels en absence d'Edward et plusieurs messages.

[Bonsoir, la plus belle !
Qu'est-ce que tu fais ?]

[Tu me dois encore
deux questions ! :)]

[S'il te plaît, réponds
et arrête de m'ignorer.]

Je souris à la vue de son monologue et décide de mettre fin à ses souffrances.

[Tu me dois
deux questions
également.]

Il répond instantanément.

[Je suis tout à toi.]

[Je ne sais pas
si je peux te poser
cette question ?]

[Plus qu'une question.]

[Toi d'abord.]

[Est-ce que tu dors nue ?]

Quoi?

Je m'étouffe avec ma propre salive et tousse comme une hystérique. Heureusement qu'il n'est pas avec moi en ce moment car je ne saurais plus où me mettre. Je décide néanmoins de le taquiner un peu.

[Oui, je suis nue dans mon lit.]

[Non? Vraiment?
Putain, Leïla, tu me fais
bander, là! Je suis
à deux doigts de conduire
jusqu'à La Courneuve
pour te voler ta vertu.]

[Oups! Tu as grillé
ta dernière question.]

[Non. Pourquoi?]

[« Non? Vraiment? Pourquoi? »
Toutes des questions, Edward.]

[OK, tu gagnes! À toi!
Réfléchis bien
car c'est ta dernière.]

Je prends une grande inspiration et pose la dernière question que j'ai envie de lui poser, redoutant horriblement sa réponse.

[Est-ce que tu es en couple
avec Andrea?]

Il prend son temps pour répondre, et je ferme les yeux pour atténuer mon angoisse. J'entends mon téléphone vibrer.

[Oui. Non! C'est compliqué...]

Je serre mon téléphone entre mes mains avec la furieuse envie de l'exploser contre le mur. Je l'éteins et m'endors péniblement cette nuit-là.

10

Leïla

–Je te promets, c'est l'homme de ma vie, ce mec, dit Nicolas avec enthousiasme en toisant Raphaël, le serveur, de haut en bas.

Je souris à sa remarque.

–Nicolas, il n'est pas gay! lâche l'affaire.

–Ah ouais? Et comment tu sais ça, toi? Miss Virgin. T'as baisé avec?

–Je le sais, c'est tout.

Nous sommes vendredi et c'est le jour où Nicolas et moi nous nous retrouvons pour le déjeuner au café Le Bureau, notre quartier général. Aujourd'hui, Nicolas a catégoriquement refusé de me voir sortir mon sandwich maison et a proposé de m'offrir le repas à la place.

–Alors, quoi de neuf, Leïla?

J'hésite à lui parler d'Edward, mais que lui dire? De toute façon, je ne suis pas sûre d'avoir envie de le revoir après sa confession d'hier soir. Il me prend pour quoi? Une pauvre meuf de banlieue avec qui il peut s'éclater, en attendant d'épouser sa petite princesse de bonne famille?

–Hum… Mon père veut me taxer de 800 euros tous les mois.

Nicolas ouvre grand les yeux, surpris par ma déclaration.

–Quoi? Mais il est dingue? C'est du racket, chérie!

Je ris à l'exagération des propos de Nicolas. Il a l'art et la manière de toujours tout exagérer, et c'est un trait de caractère que j'adore chez lui.

–Je suis sérieux. C'est quoi ça? Il ne te reste que 400 euros pour vivre. Il essaie de te contrôler, Leïla!

–Tu crois? Merci «capitaine de l'évidence», dis-je en levant un sourcil moqueur.

Depuis un lapsus hilarant qui nous a valu un de nos plus gros fous rires ensemble, nous avons transformé l'expression anglaise «captain obvious» en «capitaine de l'évidence». À utiliser sans modération quand l'un de nous affirme quelque chose qui nous paraît aller de soi. Habituellement, cela fait toujours rire Nicolas quand je l'utilise. Mais pas aujourd'hui.

–Oui! Enfin, OK, ton père est strict et ne vous laisse rien faire. Mais là! Il ne veut pas que tu puisses prendre ton indépendance, Leïla. Il a peur que tu réalises que tu n'as pas besoin de lui et que tu claques la porte.

–Je n'avais pas vu ça comme ça, soupiré-je, restant quand même dubitative. Tu as peut-être raison.

–J'ai carrément raison, tu veux dire!

Je ne sais pas. J'ai quand même besoin de mon père, tout est cher à Paris. Et puis, comme dit ma mère, malgré tout, on forme une famille. C'est ce moment que choisit Raphaël pour arriver avec l'addition en me faisant un grand sourire. Il s'installe sur la chaise à côté de moi à califourchon. Nicolas est littéralement en train de baver. C'est vrai que Raphaël est plutôt beau garçon : grand, bien foutu, des yeux bleu azur et une série de tatouages, un look sympa, plutôt hipster et décontracté.

–T'es pas venue hier déjeuner ici ? m'interroge-t-il. Ce n'est pas moi qui t'ai fait fuir avec ma proposition ?

–Non, non !... J'avais trop de choses à faire au magasin, c'est tout.

–OK, alors dans ce cas, je ne peux pas t'en vouloir.

Il se redresse et me fait un clin d'œil avant de retourner travailler. À ce stade, la bouche de Nicolas est arrivée au sol.

–Leïlaaaa ! Mais il te drague ouvertement ! Salope ! Tu me prends tous mes mecs avec ton air de vierge effarouchée !

Je ris de sa mine boudeuse et secoue la tête.

–Oui, je crois bien qu'il m'apprécie.

–Il t'apprécie ? Il te baise littéralement du regard ! S'il n'y avait personne autour, il t'aurait déjà sauté dessus.

–Tu exagères encore !!

Nous rions de concert et finissons notre déjeuner avant de retourner à nos activités respectives.

Au moment où j'arrive au niveau du magasin, j'aperçois Edward qui m'attend, adossé au mur. Il est concentré sur son téléphone et ne regarde pas dans ma direction. J'inspire profondément et accélère le pas. J'arrive à son niveau, bien déterminée à l'ignorer et à entrer directement sans lui parler. Il attrape mon bras pour m'arrêter, mais je me dégage violemment de sa prise.

–Ne me touche pas !

Son regard s'assombrit.

–Leïla! Laisse-moi au moins t'expliquer!

–Non, il n'y a rien à expliquer! Tu as une meuf. Tu te sers de moi, et c'est tout.

–Je me sers de toi? ricane-t-il. Pour me servir de toi, il faudrait déjà que j'obtienne quelque chose en retour. On n'a pas baisé, à ce que je sache.

Aïe!

Ces mots me heurtent comme une tonne de briques. Ça fait vraiment mal, surtout venant de lui. J'aimerais avoir assez d'assurance pour le gifler, mais, à la place, ce sont seulement les larmes qui me montent aux yeux.

–Désolé. Ce n'est pas ce que je voulais dire, s'excuse-t-il en s'approchant de moi.

Quand il prend mes mains dans les siennes, je sursaute et m'en dégage brusquement.

–Laisse-moi passer ou je hurle.

Edward semble réellement affecté par mon rejet. Ses yeux sont tristes et sa bouche tombe. Le voir ainsi me ferait presque oublier ce qu'il vient de dire, et je lutte contre l'envie de le prendre dans mes bras. Il finit par me laisser passer après un long instant d'hésitation. J'ouvre la porte du magasin et l'entends soupirer profondément derrière moi.

Je le regretterai sûrement plus tard, mais pour l'instant, je suis trop blessée pour y penser.

11

Edward

Leïla est furieuse contre moi. Je n'ai rien fait de mal, pourtant. Elle savait bien que j'étais avec Andrea la première fois qu'on s'est revus, ça n'avait pas l'air de la déranger, elle m'a laissé l'embrasser et même plus. Je repense à ce tendre moment et suis bombardé d'images de Leïla, sa peau douce, ses lèvres délicieuses, ses seins de rêve, ses gémissements sous mes assauts, totalement à ma merci ! Putain, ça y est, je bande ! Mon téléphone vibre dans la poche de mon jean, chassant mes pensées. Je réponds sans consulter l'écran :

– Allô !

– Chéri, c'est moi.

Putain de merde, c'est Andrea ! Je lève les yeux au ciel. Sa voix stridente m'irrite déjà.

– Edward, ça fait un bail qu'on ne s'est pas vus. Qu'est-ce qui se passe ? Tu ne m'aimes plus ?

Je l'imagine en train de minauder au téléphone, et mon sang ne fait qu'un tour.

– Je ne t'ai jamais aimée, Andrea. On baise, c'est tout.

–T'es qu'un connard, tu sais, ça?

Elle a l'air blessé. Et ça ne me fait ni chaud ni froid.

–Je sais.

J'allume une cigarette et prends une première taffe.

–Oui, mais t'es «mon» connard.

Je la sens sourire au téléphone, elle est vraiment bipolaire, cette fille!

–Edward! Mes parents ne sont pas là, j'ai l'appart pour moi et j'ai envie de toi. Viens.

Je reste silencieux, savourant ma cigarette. J'hésite un instant, regarde ma trique causée par le souvenir de Leïla. *Fuck it!* J'ai envie de baiser.

–OK. Je serai là dans quinze minutes!

Dès que j'arrive dans le spacieux duplex du septième arrondissement d'Andrea, celle-ci se jette sur moi et m'embrasse avec passion. Sa langue tourne à une allure folle. J'ai l'impression qu'elle essaie de m'avaler tout cru. Je souris, amusé par mes propres pensées, et Andrea sourit à son tour.

–J'aime te voir aussi enjoué! dit-elle avant de m'arracher mes vêtements.

Ses doigts déboutonnent mon jean avec dextérité et le descendent violemment. Elle semble surprise de voir mon érection proéminente. D'habitude, il m'en faut plus pour bander aussi fort pour elle.

–Je vois que tu es content de me voir.

–Oui, en effet!

–Toi aussi, tu m'as manqué, Edwardou.

Je grogne, j'ai horreur quand elle m'appelle comme ça.

Elle caresse ma queue de ses mains parfaitement manucurées avant d'ajouter:

–Tu n'as jamais été aussi dur avant même que je te touche!

Si elle savait que ma trique est due à une autre fille, elle perdrait ce sourire triomphant.

–Suuuuce et arrête de parler! m'exclamé-je comme le connard que je suis avec elle.

–C'est un ordre?

–Oui!

Je pousse sa tête vers le bas. Andrea s'exécute sans se faire prier. Elle tombe sur ses genoux, me regarde lascivement, sort sa langue et lèche le bout de ma queue. Je frissonne à l'exquis contact et empoigne violemment ses cheveux.

–Cesse de m'allumer et ouvre grand la bouche!

Cette dernière lève ses yeux remplis de luxure, humidifie ses lèvres, puis englobe ma queue.

J'inspire profondément. Ma réaction l'encourage et elle commence à bouger la tête plus rapidement. Elle suce fort. J'accompagne ses va-et-vient de mes hanches.

–Plus profond… Je veux atteindre le fond de ta gorge!

Elle ouvre encore plus grand en gémissant de plaisir, acceptant la quasi-totalité de mon sexe.

–Oui, voilà, comme ça.

J'enroule ses longs cheveux blonds dans mes mains et baise sa bouche avec fureur. Andrea est une championne de la pipe. Elle s'entraîne depuis l'âge de 14 ans.

–Andrea, je suis proche… Ça vient!

Je bouge comme un maniaque. Mon corps est couvert de sueur, mes yeux sont fermés et mes cheveux sont collés à mon front! Lorsque je sens cette pression familière dans le bas de ma colonne vertébrale, je serre les dents avant de retirer ma bite de sa bouche pour me branler.

–Où veux-tu que je jouisse? Ta bouche ou tes seins?

–Dans ma bouche, répond Andrea sans hésiter.

Elle tend sa langue et me regarde avec gourmandise.

–Putain!

Sans aucune honte, je tapote ma queue contre sa langue et me vide complètement. Elle avale tout.

12

Edward

Une claque s'abat sur l'arrière de mon crâne. Alors que je suis tranquillement assis au bar du Cab, en train de siroter une bière. Je me retourne vers l'auteur du délit, prêt à en découdre, et découvre Paul, l'un des potes avec qui je suis venu à cette soirée mortellement ennuyeuse.

– Putain ! Qu'est-ce qui te prend ? Ça ne va pas ? Tu m'as fait mal, espèce d'abruti.

– C'était pour te réveiller ! Qu'est-ce que tu fous, tu médites ? Descends de ton nuage, mec, tout le monde t'attend au coin VIP.

Je soupire et regarde mon verre que j'avale cul sec. Paul a raison. Ces derniers temps, je me surprends à constamment penser à Leïla.

Elle ne veut plus me parler, ne répond pas à mes messages, et aussi con que ça puisse paraître, elle me manque horriblement. Ça fait deux semaines que je n'ai plus de nouvelles. C'est débile, je sais. Après tout, je la connais à peine. Son absence ne devrait pas me faire cet effet, mais je n'y peux rien ! Son visage, sa voix, son odeur, son sourire, ses yeux, sa bouche, son rire, son innocence, tout me hante. Je bande à chaque fois que je pense à son corps contre le mien.

J'ai bien essayé de l'oublier. J'ai même tout fait pour l'oublier. Andrea ne comprend pas pourquoi je la baise avec fureur plusieurs fois par jour, non qu'elle s'en plaigne. Mon coach sportif ne m'a jamais vu aussi agressif lors des séances d'entraînement. J'essaie d'évacuer mon obsession pour Leïla par tous les moyens, mais en vain. Je n'ai jamais été aussi attaché à une fille, et ce, en si peu de temps. D'habitude, ce sont elles qui me draguent et se jettent sur moi en toute occasion.

Alors pourquoi ? Pourquoi est-ce différent avec Leïla ? Est-ce parce qu'elle me résiste ? Ou parce qu'elle est vierge ? Je n'ai jamais été avec une vierge auparavant, et je me languis de pouvoir être le premier à la posséder.

Je soupire, frustré. Je n'aurai peut-être jamais l opportunité de… Ah, mais c'est ça, en fait ! Il faut que je la baise. Une fois que ce sera fait, elle ne m'intéressera plus et je pourrai enfin redevenir moi-même.

–Je suis un peu fatigué, c'est tout ! finis-je par répondre à Paul.

–Ben, rentre te reposer, parce que t'es relou quand t'es comme ça !

–Ouais, t'as raison ! Je vais y aller, mec !

Je regarde autour de moi : la soirée bat son plein. Le Cab n'a jamais été aussi blindé et la piste est remplie de corps transpirants qui dansent au rythme endiablé de la musique. À chaque fois que je viens ici avec ma bande de potes, je nourris le secret espoir d'y voir Leïla. Je sais bien que mes chances de la croiser sont minces, vu que son enfoiré de père ne la laisse pas sortir.

Quelque part, ça m'arrange qu'elle soit coincée chez elle le soir. Au moins, ça m'évite de me faire des films et de me demander avec qui elle est et ce qu'elle fait. Est-ce que quelqu'un la touche? Putain! J'espère que ce n'est pas le cas!

Je me lève pour dire au revoir à Louis et Zack qui sont tous les deux à moitié bourrés et en très bonne compagnie.

–J'y vais, les mecs!

–Sérieux, Edward, tu déconnes, s'insurge Louis. La soirée vient à peine de commencer! On te voit plus en ce moment.

–Je suis fatigué, mec! Demain, promis.

Au moment où je quitte le coin VIP et me dirige vers la porte, j'aperçois… Leïla! Elle est bel et bien là, à quelques mètres de moi, drapée dans une minijupe bleue et un débardeur serré noir bien trop décolleté à mon goût. Mon cœur menace d'exploser et je sens mes jambes flageoler. Elle rit et offre son plus beau sourire à un mec qui la tient par le bras. Mon sang ne fait qu'un tour. Qui est ce connard?

J'aperçois également sa sœur derrière elle. Elle est jolie, mais loin d'être aussi belle que Leïla. Leïla est d'une beauté sans pareille. Ses yeux gris bleu, sa bouche pulpeuse, sa parfaite chevelure, et surtout ce corps capable de damner un saint la rendent absolument unique.

Je ne sais pas quoi faire, je suis cloué au sol. Dois-je aller la voir? Balancer mon poing dans la gueule de l'enfoiré qui l'accompagne? Non, cela me soulagerait, mais ça n'arrangerait pas mes affaires avec elle. Putain, mais qu'est-ce qu'elle fout là ? Je croyais qu'elle n'avait pas le droit de sortir ! Je sens une rage irrationnelle monter en moi et décide de faire ce que je fais de mieux quand je suis dans cet état : boire. Je m'accoude au bar et commande deux shots de vodka. La serveuse se dandine et expose son décolleté sous mes yeux. Elle me sert en ne me quittant pas du regard puis glisse son numéro dans ma main avec un clin d'œil. Je lui souris sans grande conviction et me reconcentre sur ma Leïla. Je la cherche des yeux et la repère au milieu de la piste. Ma princesse danse avec grâce et je vois tous les mecs autour d'elle qui la matent de haut en bas. Elle ne les remarque pas, elle est bien trop occupée à s'amuser avec sa sœur et son… Un mec s'approche d'un peu trop près, me faisant sortir de mes gonds.

Ni une ni deux, me voilà à son niveau. Je la tire par le bras pour la mettre derrière moi, un petit cri de surprise lui échappe lorsque je pousse violemment le pervers par les épaules. Celui-ci est déséquilibré et s'éloigne immédiatement. Je me retourne et me retrouve nez à nez avec trois paires d'yeux hagards qui me scrutent, médusés.

– Ed… Edward ! Qu'est-ce que…

Je ne la laisse pas finir sa phrase et la prends par la main pour l'amener à l'extérieur, loin de tous ces connards. Elle essaie de résister, mais je suis plus fort et la force à me suivre. Arrivé dehors, je la plante contre le mur de notre premier baiser, puis écrase violemment mes lèvres contre les siennes. Je l'embrasse comme si ma vie en dépendait. Elle se laisse complètement faire et gémit contre ma bouche. Le son a un effet direct sur ma bite. Sauf qu'elle finit par me repousser.

–Edward… Arrête, s'il te plaît.

Je déconnecte nos lèvres et passe la main dans mes cheveux, troublé par ma réaction d'homme de Cro-Magnon.

–Leïla, qu'est-ce que tu fais là ? Je croyais que tu n'avais pas le droit de sortir.

–Mon père travaille de nuit et mon frère est maintenant à la fac de Strasbourg. Il ne vit plus à la maison, du coup, on a un peu plus de liberté, répond-elle d'une voix mal assurée.

–Ah ! D'accord.

Je me retourne, siffle dans mes mains pour héler un taxi :

–Viens avec moi, s'il te plaît !

Elle me regarde avec hésitation, elle semble ne pas savoir quoi faire, mais je la tire brusquement avant qu'elle ait le temps de me dire non. Est-ce que ça fait de moi un connard ? Oui. Mais vu comme elle a gémi entre mes lèvres, vu ce qu'il y a entre nous, je sais qu'elle en a autant envie que moi.

13

Edward

Leïla est assise sur un de mes fauteuils, affreusement silencieuse et regardant ses mains. J'en viendrais presque à regretter de l'avoir amenée chez moi sans autres préliminaires. Presque.

–Veux-tu boire quelque chose?

–Oui, merci, répond-elle timidement, le regard baissé.

Je souris et me dirige vers la cuisine pour préparer nos verres. Une vodka tonic, je sais qu'elle aime ça. Je suis si heureux de l'avoir ici, avec moi, mais également nerveux à l'idée de la perdre à nouveau. Je l'entends parler au téléphone, c'est sûrement sa sœur qui s'inquiète. Je reviens dans le salon, pose les verres sur la table et l'observe avec admiration. Putain, je n'y crois pas qu'elle soit là. Je suis vraiment le plus chanceux de tous les enculés que la planète ait portés. Je souris à ma propre pensée et Leïla me jette un regard interrogateur.

–Je suis content de te voir.

–Ah oui?

–Oui, tu n'as pas idée à quel point tu m'as manqué.

–Non, je n'ai pas idée, en effet... Comment va Andrea? balance-t-elle d'un ton sec.

C'est parti! *Game on*! Je prends une profonde inspiration, puis réponds:

–Écoute, Leïla, ce n'est pas ce que tu crois.

–Ah oui? Alors, tu n'es pas avec elle?

–Non, enfin, si, mais je...

Elle se lève avant même que je puisse terminer ma phrase et se dirige vers la porte.

Non!

Je panique, me lève à mon tour puis me précipite vers elle pour la bloquer dans une tentative désespérée pour la retenir coûte que coûte. Je ne sais pas vraiment ce que je suis en train de faire, mais je suis prêt à tout pour l'empêcher de partir, quitte à passer pour un malade. Je sens que je fais n'importe quoi, que je m'y prends mal et que je vais lui faire peur.

–Laisse-moi passer, Edward! Je te préviens, je vais hurler!

Je ne peux réprimer le sourire qui étire mes lèvres. Elle ne sait pas que mon appart est insonorisé et qu'elle peut crier tant qu'elle veut, personne ne l'entendra. Mais je lève les bras pour lui montrer que je ne vais rien lui faire.

–Qu'est-ce qui te fait rire? Espèce de psychopathe!

Je souris de plus belle à son insulte. Ce qui la fait entrer dans une colère folle.

–Calme-toi, s'il te plaît. Je ne vais rien te faire. Je ne veux pas te faire peur, je veux juste parler, tout t'expliquer, dis-je doucement.

–Et tu as besoin de me séquestrer pour ça?

Je lève les yeux au ciel.

–Si tu avais répondu au téléphone ces deux dernières semaines, on n'en serait pas là.

–Je rêve! Dans cinq minutes, ça va être ma faute! Je te rappelle que c'est toi qui as une petite amie.

–Tu peux parler, c'est qui le mec avec qui tu es arrivée au Cab? ne puis-je m'empêcher de lui balancer, de parfaite mauvaise foi.

–Qui? Nicolas? C'est un ami.

–Un ami qui veut te sauter, j'imagine, lancé-je, irrité par le souvenir de ce connard bras dessus bras dessous avec elle.

Elle ricane d'un rire sans joie et secoue la tête.

–Il est gay. Nicolas est gay!

Sa voix est affreusement basse tout d'un coup, et je crois apercevoir des larmes au coin de ses yeux. Mon cœur se serre.

Je m'approche pour la prendre dans mes bras, mais elle me repousse par les épaules et se redresse. Elle fait disparaître ses larmes d'un rapide geste de la main. Sourcils froncés et bras croisés, elle semble inflexible.

–S'il te plaît, laisse-moi t'expliquer!

Mon regard de chien battu finit par adoucir ses traits. Je sens ses yeux sur moi, brûlants comme un laser, mais je décide de l'ignorer.

–Andrea n'est rien pour moi. Oui, on est ensemble depuis plusieurs mois… mais je n'ai pas de sentiments pour elle. C'est toi que je veux. C'est toi qui hantes mes jours et mes nuits.

Je sens son corps se détendre à mes mots. Elle déglutit:

–Alors pourquoi tu restes avec elle?

–Parce que ma vie est compliquée, bébé. Andrea, c'est la fille d'un des plus puissants partenaires de mon père et tous les deux tiennent beaucoup à notre relation. Apparemment, c'est bon pour les affaires.

–Je ne comprends pas.

–Andrea… elle est… elle est folle de moi et elle obtient tout ce qu'elle veut de son père. Un soir, quelque temps après t'avoir rencontrée, nos parents ont organisé une rencontre à sa demande. Je me suis laissé convaincre et, depuis, nos deux familles ne jurent plus que par notre union future. J'ai bien essayé de m'en débarrasser, mais mon père m'a menacé de me couper les vivres. Et vu mon train de vie, je ne peux pas l'envisager.

–Ah, dit-elle tristement.

De mes mains, je prends son visage en coupe et la regarde intensément. Ses yeux me tuent. Je ne peux pas détourner le regard.

–Leïla. C'est toi que je veux.

Ses larmes réapparaissent. Je les attrape de mes pouces, elle renifle comme une petite fille, ses lèvres tremblent et je suis happé vers elles. Je ne réfléchis pas.

Je l'embrasse d'abord lentement, tendrement, la sensation est absolument exquise, et le fait qu'elle ne me résiste plus me procure un sentiment de bien-être inégalable. Putain, je l'ai dans la peau! Mes mains s'aventurent dans ses cheveux, je tourne son visage pour un meilleur accès et glisse ma langue, la sienne est hésitante au début mais prend rapidement le rythme. Mes doigts parcourent son corps avec envie. La tension monte et je sens ma queue se durcir. Je l'entraîne doucement vers ma chambre. Elle ne résiste toujours pas et cela me rend tellement heureux que je ne saurais l'exprimer. J'ouvre la porte et m'approche de mon lit puis l'y couche délicatement. Ses yeux s'entrouvrent légèrement, elle semble hésiter un instant. J'ignore délibérément son regard comme le bâtard que je suis, qui a bien l'intention de profiter de ce moment avec elle, de son envie. Qui sait quand je pourrais la revoir? Mais si à ce moment elle me repoussait, je la laisserais partir. Je suis un salaud, mais je la veux consentante dans mes bras. Je la veux vraiment. Je l'embrasse doucement pour savoir si elle a envie de moi et je suis ravi de constater qu'elle me rend mon baiser immédiatement.

Je presse mon érection contre ses cuisses pendant que nos langues s'enroulent fougueusement. Tout mon corps s'anime de ce désir brûlant et je n'ai plus qu'une seule envie, lui arracher ses vêtements au plus vite.

Leïla commence à se dévergonder sous l'effet du désir, elle caresse mon dos puis soulève mon tee-shirt. Je lève les bras pour l'aider et quitte sa bouche un instant, un sourire en coin. Elle vient de me donner le feu vert en me déshabillant, et je me sens excité comme un enfant devant son cadeau de Noël. Il faut que je me tempère ou je risque d'exploser dans mon caleçon.

En moins de temps qu'il ne faut pour le dire, je lui arrache son débardeur et dégrafe son soutien-gorge sans jamais interrompre notre baiser. J'attrape ses seins dans mes mains. Elle gémit, ce qui fait bondir ma queue… Elle me rend fou. Putain, j'ai envie de la dévorer. Ma petite vierge se lâche et caresse ma queue au-dessus de mon jean. Je grogne à mon tour.

– Arrête ça, Leïla, ou je vais jouir !

Elle rougit et retire sa main. Je regrette un peu de couper son premier élan sexuel, mais ça serait dommage de mettre fin à nos ébats si prématurément à cause d'une éjaculation précoce. Mes mains descendent jusqu'à ses hanches, je retire d'un geste impatient sa minijupe, ma bouche descend vers son centre. J'agrippe ses cuisses pour les écarter et place mon nez à l'orée de son sexe. Ma petite princesse gémit et gigote sous ma prise, ses doigts tirent sur mes cheveux et putain, ça m'excite. Je pousse sa culotte en coton sur le côté et souris à la vue de sa superbe chatte. Je lèche un grand coup, elle sursaute.

– Ne bouge pas, bébé, soufflé-je avant de plonger à nouveau vers ma cible.

Je lèche sans retenue, son goût est absolument délicieux. Mes mains trouvent appui sur ses seins, les tâtant durement jusqu'à la faire hurler de plaisir.

– EDWAAARD ! S'il te plaît. Je…

Leïla me supplie pour que je continue mais, de toute façon, je ne suis pas sûr d'être capable de m'arrêter, elle me rend fou ! Je donne des petits coups de langue rapides, puis suce son clitoris. Elle va exploser, je le sens. Ses cris sont de plus en plus intenses et son jus se fait de plus en plus dense dans ma bouche. J'introduis un doigt, elle se crispe. Putain, elle est tellement étroite que je peux à peine bouger. Ça doit être tellement bon d'être en elle ! Rien que d'y penser, ça me fait bander encore plus fort Je la laisse s'habituer à la sensation puis commence à pomper, ma paume s'écrasant sur son clitoris à chaque mouvement.

– Mon Dieu !

Ma princesse geint du fond de sa gorge, j'intensifie son doux supplice en la dégustant tout en bougeant mes doigts à l'intérieur d'elle.

J'accélère la cadence. Coups de langue, doigts, main, je sens son corps se crisper, ses jambes se mettent à trembler, elle crie de toutes ses forces. Son dos se cambre et elle jouit dans ma bouche. Je retire délicatement mon doigt, le lèche en la regardant intensément.

– Oh, bébé, tu es absolument délicieuse !

Elle semble complètement épuisée. Ma petite vierge a un potentiel enfoui en elle que j'ai bien l'intention d'explorer. Je place mes doigts sur ses lèvres, elle ouvre la bouche et suce, ne me lâchant pas des yeux et cette vision finit d'achever mon érection. Mon Dieu, j'ai tellement envie d'elle que j'en ai mal aux couilles.

Elle est vierge, Edward ! Va te soulager sous la douche !

Je m'allonge à côté d'elle et l'embrasse tendrement. Je caresse son corps doucement de ma main, elle sourit. Mon cœur s'accélère devant cette vision d'elle complètement alanguie et offerte. Elle bouge à peine les lèvres, ses yeux sont mi-clos, elle semble sur le point de s'endormir. Je ne veux pas profiter d'elle maintenant. Moi qui rêvais d'être en elle plus que tout, je réalise que je ne peux pas lui faire ça. Je veux qu'elle en ait envie, qu'elle me le demande, qu'elle me veuille moi et pas un autre. Je la regarde encore un instant avant de prendre conscience qu'il est tard et qu'elle devrait probablement déjà être rentrée.

–Je te ramène? lui proposé-je à contrecœur.

Je voudrais la garder avec moi toute la nuit. Je n'en ai pas fini avec elle, mais je sais qu'elle doit être rentrée avant son père.

–Oui, dit-elle d'une voix à peine audible.

Putain, ce qu'elle est belle! Je ne me lasse pas de la regarder. Son téléphone sonne, interrompant ce moment de grâce. Elle ramasse ses habits, décroche et part dans la salle de bains, me permettant au passage d'admirer son magnifique petit cul. Cette fille finira par avoir ma peau, c'est une certitude. Après quelques minutes, elle revient, ses yeux sont brillants, ses joues rosées et sa bouche encore enflée par mes assauts.

–Peut-on passer chercher ma sœur?

–Bien sûr, bébé!

J'attrape mon tee-shirt, sa main, et embrasse l'intérieur de son poignet.

–Allez, viens!

14

Leïla

–Regarde ! Tu penses quoi de celle-là ?

Camille tourne sur elle-même pour me montrer la jolie robe Michael Kors qu'elle a choisie.

–J'adore ! Elle est magnifique et elle te va bien !

Elle sourit, visiblement satisfaite de ma réponse, et retourne dans la cabine d'essayage pour passer une nouvelle tenue. J'en profite pour me regarder dans le miroir. J'ai l'air fatigué, je suis pâle et mes traits sont tirés. Je détaille les vêtements que je porte en soupirant : mon éternel jean slim bleu et un top noir qui a appartenu à ma cousine. Je pourrais bénéficier de quelques achats, moi aussi.

Aujourd'hui, c'est jour de paie, j'ai donc accepté d'accompagner Camille faire du shopping. Depuis le temps qu'elle me le demande, je n'ai pas osé lui dire non.

Nous avons marché pendant deux heures et fait tellement de magasins que j'en ai les jambes coupées. Bien sûr, pour moi, cette séance de shopping a consisté essentiellement à du lèche-vitrines. J'ai vu plein de choses qui me plaisaient, mais je n'ai absolument pas les moyens de me les offrir. J'ai beaucoup trop de frais et avec mon père qui exige les deux tiers de mon salaire, il ne me reste pas grand-chose à dépenser.

–Elle est jolie, tu devrais la prendre! me conseille Camille qui me surprend en train d'inspecter une tunique blanche.

–Oui, c'est vrai qu'elle est pas mal!

J'aperçois le prix, 125 euros! Je déglutis et la range immédiatement.

–Sérieux, Leïla, achète-toi un truc! Ce n'est pas rigolo de faire les magasins avec quelqu'un qui se contente de regarder. Et puis, ce ne serait pas du superflu, tu t'habilles toujours pareil.

Je fais la moue, un peu vexée, mais au fond, je sais bien qu'elle a raison. Renouveler ma garde-robe ne serait pas du luxe. Mais bon, voilà, je ne peux vraiment pas me le permettre.

–Allez, viens, je t'offre un café.

Je détourne habilement le sujet d'une voix faussement enjouée. Camille accepte volontiers, et nous décidons de nous poser dans un troquet typiquement parisien. Je remercie le ciel de pouvoir enfin m'asseoir, mes pieds sont en feu.

–Bon, alors, quoi de neuf, Leïla? Qu'est-ce que tu vas faire ce week-end?

–Oh, je n'en sais trop rien. Passer du temps en famille…

«Qu'est-ce que tu vas faire ce week-end?» est une question tellement banale, tellement normale à poser quand on bavarde entre copines, mais moi, ça me noue l'estomac, je ne sais jamais quoi répondre. Toujours peur d'être jugée ou incomprise. En général, je ne fais rien les week-ends, si ce n'est le ménage et la cuisine pour aider maman. De temps en temps, quand mon père travaille, je sors, mais ça reste rare. Camille, quant à elle, me raconte qu'elle part au ski avec ses parents. Ils ont loué un chalet et comptent y rester quelques jours. Elle a même demandé des congés.

–Je n'ai jamais skié ! Ça doit être fun !

–Sérieux, tu n'as jamais fait de ski ?

–Non.

Si elle savait, je ne suis même jamais sortie de la région parisienne.

–Tu pourrais venir avec moi.

–Non merci ! Je ne peux pas, j'ai des trucs à faire.

Cette dernière se renfrogne, croise les bras et fronce les sourcils :

–Des trucs à faire ? Tu viens de me dire que tu n'avais rien prévu de spécial ! Sérieux, Leïla, c'est difficile de te suivre. On dirait que tu caches constamment quelque chose. Comme cette fois où tu as reçu des fleurs au magasin et que tu ne voulais pas me dire de qui elles provenaient !

–Je… euh… enfin…

Je bégaie, incapable de formuler une phrase cohérente. Camille a raison, je ne cesse de lui mentir ou du moins d'omettre quelques détails embarrassants de ma vie. Je ne sais pas pourquoi, à vrai dire. C'est juste que ça me gêne d'étaler mes problèmes à tout le monde. Je ne veux pas être perçue comme la pauvre miséreuse qui galère avec sa famille et ses histoires de tunes.

Quant à Edward ? J'ai bien évidemment envie de tout lui

raconter, mais par où commencer? Et quoi dire? Après tout, moi-même j'étais confuse à cause de la situation: on s'est vus et embrassés plusieurs fois, il m'a annoncé qu'il était en couple, ce qui ne m'a pas empêchée de le laisser me toucher de la façon la plus intime possible. Repenser à ce moment me fait rougir de honte. Je ne sais pas pourquoi je me suis laissée faire. Comme à chaque fois avec lui, mon désir a été plus fort que ma raison. Et je ne le regrette même pas. Ce qu'il m'a fait, c'était… dingue! Je n'ai jamais ressenti autant de plaisir, même lors de mes vaines tentatives solitaires. Par contre, je ne sais pas pourquoi il n'a pas voulu aller plus loin. Mais depuis ce soir-là, je ne l'ai plus revu. Il est parti à New York pour l'enterrement de vie de garçon d'un de ses amis. Il m'appelle tous les jours comme si nous étions ensemble, mais au fond, je ne sais pas trop où j'en suis.

Je pense constamment à lui, tellement, que ça fait mal. Je n'ai aucune expérience en matière de relations amoureuses, j'ai l'impression de ne pas pouvoir gérer l'immense attachement que j'ai déjà pour lui, et ça me fait peur.

–LEÏLA! crie soudain Camille.

Je sursaute et sors instantanément de mes pensées.

–Désolée! J'étais en train de…

–C'est bon, arrête de mentir! Je sais bien qu'il se passe un truc. Je ne suis pas complètement conne! T'es amoureuse, c'est ça?

J'hésite à répondre. Suis-je amoureuse?

–Écoute, ça se voit comme le nez au milieu de la figure. Tu es constamment en train de rêvasser, même au travail.

–Deux allongés pour les demoiselles!

La serveuse dépose les tasses sur la table. Je fais mine d'être hautement préoccupée par le fait de sucrer mon café en espérant que Camille change de sujet, mais c'est peine perdue. Je lève les yeux et elle me regarde avec détermination. Merde, cette fois, je ne vais pas réussir à échapper au tribunal de l'Inquisition. Je prends donc une profonde inspiration avant de me confesser :

– OK ! Je vais tout te raconter !

Ses yeux s'illuminent de curiosité.

– J'ai rencontré ce garçon ! Edward ! Son nom, c'est Edward.

Je souris comme une bécasse, rien que prononcer son prénom me fait de l'effet. Il faut vraiment que je me fasse soigner.

– On s'est rencontrés le soir de mon anniversaire il y a quelques mois et on s'est embrassés. Pour des raisons que je ne peux pas te raconter, on s'est perdus de vue et revus par hasard au magasin il y a quelques semaines.

– Au magasin ? C'est un client ? Je le connais ?

– Non, tu ne le connais pas. Il est venu une fois avec sa copine lors de ta pause déjeuner et…

– Attends ! Attends ! Attends ! fait-elle en agitant ses deux mains devant moi. Il a une copine ?

– Oui ! C'est compliqué ! Il n'a pas de sentiments pour elle. Il est plus ou moins forcé par son père de rester avec elle… Enfin, je crois.

Camille ouvre et ferme la bouche plusieurs fois comme si elle voulait dire quelque chose mais n'osait pas, finalement, elle se lance :

– Et qu'est-ce qui s'est passé exactement entre vous ?

–On s'est vus trois fois. On s'est embrassés et un peu plus…

Je rougis.

–Un peu plus, c'est-à-dire? T'as couché avec?

–Non! dis-je un peu trop fort. Mais…

–Mais quoi? Parle, Leïla!

–Il m'a touchée, embrassée au niveau de… enfin, tu vois, quoi.

Je me cache derrière mes mains et sens mes joues qui chauffent. Camille arbore un sourire malicieux.

–Mais pourquoi tu ne couches pas avec?

–Parce que… Parce que je suis vierge, voilà!

–Quoi? Tu es vierge!

Mais pourquoi tout le monde a cette réaction? Je n'ai que 18 ans, ce n'est pas si anormal. Camille me regarde avec compassion puis me dit:

–Tu veux savoir mon avis?

–Oui!

Même si je ne suis pas très sûre de vouloir l'entendre.

–Bon, écoute, je pense que tu devrais le larguer.

J'ouvre de grands yeux, un peu surprise. Je ne m'attendais définitivement pas à tant de radicalité.

–Le mec a une meuf! Leïla, tu es trop innocente et ce que tu as à offrir est bien trop précieux pour te laisser séduire par un mec qui n'est pas disponible.

Les mots de Camille me tuent. Je suis au bord des larmes et je lutte pour ne pas montrer à quel point ça me blesse. Elle a raison. Je sais qu'elle a raison! Et c'est ça qui me blesse.

– T'as raison, murmuré-je d'une voix monocorde, et mon cœur déjà malmené se brise en mille morceaux.

Dans le train qui me ramène chez moi, les mots de mon amie trottent inlassablement dans ma tête me faisant douter plus que jamais de la sincérité d'Edward.

« Il a une copine, Leïla. » « Il n'est pas disponible, Leïla. »

Puis-je réellement lui faire confiance ? Puis-je croire à cette histoire qu'il m'a racontée sur Andrea ? Après tout, je ne le connais pas vraiment, il pourrait très bien me mentir. Peut-être qu'il veut juste coucher avec moi et me jeter comme une vieille chaussette ? Il avait pourtant l'air si sincère la dernière fois qu'on s'est vus. Est-ce qu'il la quitterait pour moi ?

Penser à tout ça ne fait qu'accentuer mon état anxieux. Mon téléphone vibre dans ma poche. Mon cœur fait un bond de joie à la vue du selfie qu'Edward vient de m'envoyer. Je ne sais pas exactement où il est, sur un bateau sûrement, et il pose de telle façon qu'on a l'impression qu'il chatouille le nez de la statue de la Liberté. Il sourit comme un idiot, fier de sa petite blague.

[Je m'amuse comme je peux
en attendant de te retrouver.
Plus que quelques jours,
et je pourrai enfin te serrer
dans mes bras.]

[Joli selfie !
J'ai hâte de te revoir.]

J'ai hésité avant de lui envoyer ce message. Mais après tout, c'est la vérité, j'ai vraiment envie d'être avec lui.

[Oui ! C'est sûr ! Après avoir
reçu ton premier orgasme,
tu n'en peux plus d'attendre :p]

Il est bien trop sûr de lui. Ça devrait m'agacer, mais je souris bêtement en tapant ma réponse qui, je le sais, va lui faire de l'effet.

[Qui a dit que c'était
mon premier orgasme ?]

[…]

[Bisous et profite bien
du reste de ton séjour.]

Je range mon téléphone, le cœur léger. Je ne sais pas quoi faire ou penser, mais ce qui est sûr, c'est qu'à chaque fois qu'il pense à moi, m'écrit ou m'appelle, je suis sur un nuage et je n'ai jamais connu ça.

Alors pour l'instant, c'est tout ce qui compte.

15

Leïla

Il est dix-huit heures quand j'arrive à l'appartement. Maman et Sonia ne sont pas là, seul mon père est présent, et comme d'habitude, il est affalé sur le canapé et regarde la télé.

– Je suis rentrée !

– Ah, Leïla ! Te voilà ! Viens voir ton père, me dit-il d'une voix étonnamment douce.

Je m'exécute sans broncher, sachant pertinemment ce qu'il veut : du fric !

D'habitude, il ne me calcule pas quand je rentre, sauf bien sûr s'il a quelque chose à me reprocher. Mais aujourd'hui, c'est jour de collecte, alors il montre patte blanche.

– Tu as été payée aujourd'hui, n'est-ce pas ?

– Oui.

Je l'observe avec méfiance. Je ne suis pas à l'aise en sa compagnie, même quand il essaie d'être gentil. J'ai appris avec les années à rester sur mes gardes. Sa violence est imprévisible et peut éclater à n'importe quel moment.

–Bon, ben, t'attends quoi alors pour me donner mon dû ?

Son dû ! Il n'est pas sérieux d'appeler ça ainsi. J'ouvre mon sac et lui tends les liasses de billets. 800 euros que je viens de retirer de mon compte.

–Tiens !

Il saisit l'argent et n'hésite pas à compter devant moi. Je lève les yeux au ciel, exaspérée par son attitude. Pas le temps de comprendre ce qui m'arrive qu'une énorme gifle s'abat sur mon visage. Je couvre immédiatement ma joue pour atténuer l'horrible et soudaine douleur.

–NE LÈVE PLUS JAMAIS LES YEUX AU CIEL EN MA PRÉSENCE ! TU AS COMPRIS ?

Il hurle et postillonne de rage, j'acquiesce frénétiquement, alors que mes larmes coulent inlassablement.

–Cet argent, tu me le dois. Ça fait dix-huit ans que je te nourris. Tu devrais être heureuse de me le donner, espèce d'ingrate !

Il lève à nouveau la main, et je me cache sous mon bras pour me protéger. Il me flanque un deuxième coup sur la tête qui me déséquilibre. Je tombe du canapé. Je me relève rapidement de peur qu'il me frappe à nouveau, mais garde les yeux baissés. Tout mon corps tremble de frayeur.

–Disparais de ma vue ! Fille indigne !

Je cours vers ma chambre. Ferme la porte en faisant bien attention de ne pas la claquer. Dieu sait ce qu'il me fera d'autre s'il prend ça pour un manque de respect. Je m'effondre sur mon lit.

***

– Leïla. Leïla, réveille-toi !

J'ouvre un œil et me retrouve nez à nez avec Sonia qui me secoue et me regarde, inquiète.

– Qu'est-ce qui s'est passé avec papa ? Il est super énervé.

– Rien !

J'arrive à peine à parler tant ma gorge est serrée.

– Comment ça, rien ? Il était hystérique quand on est rentrées des courses avec maman. Il criait de colère et t'insultait de tous les noms.

– Sonia, tu le connais aussi bien que moi et tu sais bien qu'un rien déclenche sa violence.

– Oui, bien sûr, je sais, mais raconte-moi ce qu'il s'est passé.

– Monsieur n'a pas apprécié que je manifeste mon mécontentement en levant les yeux au ciel. Il estime que je devrais danser de joie à l'idée de lui verser la quasi-totalité de mon salaire. Du coup, il m'a giflée et frappée sur la tête.

Je touche le haut de mon crâne et, évidemment, il y a une énorme bosse.

– Ma pauvre.

Sonia me prend dans ses bras et me serre fort pour me réconforter.

– Chut ! Ne pleure pas, Leïla.

Je n'avais même pas remarqué que des larmes étaient en train de couler sur mes joues. Je me dégage délicatement et soupire de désespoir.

– J'en ai marre, Sonia ! J'en ai marre de me prendre des coups pour un oui ou pour un non. Sérieux, des fois, je me dis que je devrais me barrer d'ici !

Cette dernière m'observe avec compassion. Elle aussi subit

la maltraitance de mon père, mais pas autant que moi. Moi, je suis celle qu'il méprise le plus. Je subis sa méchanceté depuis des années. Déjà, enfant, même s'il me frappait moins fort et beaucoup moins souvent, il me méprisait. Je me souviens quand j'étais petite à quel point j'enviais les papas de mes camarades d'école. Ils venaient les chercher à la sortie avec un grand sourire, venaient les applaudir lors des spectacles de fin d'année et les félicitaient pour leurs bonnes notes. Moi, je ne recevais que du mépris de sa part.

Longtemps, j'ai cru que je pouvais faire en sorte qu'il m'aime. Je travaillais dur pour être la meilleure en classe. J'aidais à faire le ménage, la cuisine, je lui servais son café tous les matins, lui apportais le journal à son chevet. J'essayais de m'intéresser aux films d'action qu'il affectionnait tant, en me disant que si je me rendais utile, il finirait par m'apprécier, mais rien ! Il continuait de m'ignorer et ne m'adressait la parole que pour me faire des remontrances ou me frapper. J'ai fini par me lasser et par admettre l'évidence. Il ne m'aime pas ! Et ne m'aimera jamais !

–Je sais, Leïla ! Ce n'est vraiment pas juste. On ne mérite pas ça. Mais tu ne peux pas partir ! Pour aller où ?

–Je ne sais pas, n'importe où, loin d'ici.

–Et maman, tu y as pensé ?

–Elle n'a qu'à venir avec nous !

Je prends ses mains dans les miennes et continue mon plaidoyer tant de fois répété sans jamais y croire vraiment :

–On travaille toutes les deux, Sonia, tu as bientôt 18 ans, on peut se payer un appart ! Tu imagines un endroit à nous, un endroit sans cris, sans violence.

Je n'en crois pas mes propres oreilles. Je suis surprise par ma soudaine audace. Dire que je n'y avais jamais pensé avant serait mentir. Mais en tout cas, je n'avais jamais osé l'exprimer à haute voix et de façon si pragmatique. Et me l'entendre dire me remplit d'un immense espoir.

– Tu n'es pas sérieuse, Leïla ? Tu sais très bien que maman ne quittera jamais papa, répond-elle, résignée.

Sonia a raison. Ma mère est bien trop sous l'emprise de mon père pour oser ne serait-ce qu'émettre l'idée de le quitter. Il l'a tellement frappée et brimée pendant leurs vingt-cinq ans de mariage qu'elle en est terrorisée. Sauf que depuis mes 15 ans mon père a reporté sa violence sur moi. Et si je devais ne faire ressortir qu'un seul point positif de ma situation, ce serait celui-là : grâce à moi, maman et Sonia sont en sécurité. Cette soudaine vérité me brise, et je réalise à quel point je suis coincée dans ma misérable vie.

– Bon, allez, oublie tout ça et viens manger ! Maman et moi, nous avons préparé ton plat préféré pour te remonter le moral.

– Poulet rôti ?

Je souris avec gourmandise et elle me rend la pareille. Nous sommes devenues douées dans l'art de profiter de chaque petit bonheur.

– Oui ! acquiesce-t-elle. Allez viens ! Ne t'inquiète pas, papa est sorti et je ne pense pas qu'il va rentrer de sitôt.

Je lâche un long soupir de soulagement et suis ma sœur dans la cuisine où un délicieux repas nous attend. Je souris à ma mère. Elle me prend dans ses bras et me murmure à l'oreille à quel point elle m'aime. Je suis toujours triste, mais je me sens un peu mieux car je réalise que, dans mon malheur, j'ai la chance de les avoir toutes les deux. Nous dînons en silence, un de ces silences confortables qu'on peut seulement ressentir en présence des gens qu'on aime.

Il est vingt-deux heures quand je retourne dans ma chambre, épuisée par tous les événements de la journée. Je décide de prendre une douche avant de me coucher. J'inspecte mon reflet dans le miroir et remarque un bleu au coin de mon œil. Oh non, pas ça ! Mon père a encore trouvé le moyen de marquer mon visage. Comment vais-je faire pour cacher ça demain au boulot ? Comment éviter les questions de Camille ou, pire, le regard des clients ? Je lâche un petit cri de rage et cogne l'évier de mon poing. Mauvaise idée car maintenant mon poignet me fait souffrir.

Dépitée et épuisée, je me laisse glisser le long de la porte de la salle de bains. Le désespoir s'empare encore une fois de moi et, à cet instant, je ne souhaite plus qu'une chose, disparaître.

16

Leïla

– Ça vous fera 575 euros.

Je saisis la carte que me tend la jeune cliente et complète la transaction. Je lève les yeux et remarque que les siens sont rivés sur la petite tache bleutée que j'ai au coin de l'œil. Je suis sûre qu'elle se demande ce qui m'est arrivé. Je rougis, espérant masquer ma gêne, puis lui tends son paquet :

– Voilà, mademoiselle.

– Merci.

Elle tourne les talons et se dirige vers la porte.

Ça fait quelques jours que l'altercation avec mon père a eu lieu. Depuis, il fait comme si de rien n'était, et moi aussi, je l'ignore. Il m'a fallu monter un bobard gigantesque pour convaincre Camille que ce n'était rien, que je m'étais juste cognée, blâmant encore et toujours ma maladresse légendaire. Je ne suis pas sûre qu'elle m'ait crue, d'ailleurs, mais au moins, elle ne m'a pas trop posé de questions.

J'espérais que mon bleu disparaîtrait avant le retour d'Edward, mais malheureusement pour moi, ce n'est pas le cas. Il rentre aujourd'hui et a beaucoup insisté pour que l'on se voie après le boulot. J'aurais dû dire non, mais je ne sais comment il a réussi à me convaincre. Je me suis promis d'être ferme : s'il reste avec Andrea, je ne veux plus rien faire avec lui. Mais maintenant je suis surtout nerveuse à l'idée de me présenter à lui avec ce bleu. Que va-t-il penser ? J'ai horreur qu'on ait pitié de moi.

Je quitte le magasin en fin de journée, un taxi que m'a envoyé Edward attend devant la porte. La course est rapide mais je ne peux m'empêcher de stresser tout au long du trajet. Je prends l'ascenseur et je continue à trembler de nervosité.

Au moment où l'ascenseur s'ouvre sur son luxueux appartement, je l'aperçois. Il est là. Encore plus beau que dans mon souvenir, vêtu d'un jean noir, troué au niveau des genoux, et d'un tee-shirt blanc. Ses magnifiques yeux verts s'illuminent quand il me voit, et mon cœur ne peut s'empêcher de battre un peu plus vite.

– Bébé !

Il s'avance vers moi et m'enlace.

– Edwa…

J'ai à peine le temps de prononcer son nom que sa bouche vient s'écraser sur la mienne. Il m'embrasse avec passion. La chaleur de son corps me fait tourner la tête. Mon Dieu, il m'a tellement manqué ! Une vague de bonheur envahit tout mon être et je soupire dans sa bouche. Il sourit tout en continuant à m'embrasser.

– Tu es tellement belle, murmure-t-il en déposant des baisers sur ma bouche, mon nez, ma joue et le lobe de mon oreille.

Il s'arrête un instant puis regarde chaque parcelle de mon visage avec admiration. Soudain, son regard s'assombrit et se focalise sur le coin de mon œil. Il caresse délicatement ma joue.

–Bébé ! Que s'est-il passé ?

Je déglutis, j'ai l'impression d'avoir avalé de la sciure de bois tellement ma gorge est serrée. J'avais naïvement espéré qu'il ne remarque rien. Je me la joue décontractée et me lance dans une explication :

–Oh, ça, c'est rien, je me suis juste cognée au magasin en faisant du rangement. Je suis tellement maladroite.

Je souris, mais je ne pense pas être très convaincante car son visage se renfrogne.

–On t'a frappée ? Dis-moi la vérité, Leïla. Putain, je te jure que si c'est un mec qui t'a fait ça, je vais lui casser la gueule !

–Non, ce n'est pas ça.

J'essaie d'être la plus crédible possible, mais je vois une lueur de colère traverser ses yeux, il passe frénétiquement la main dans ses cheveux et fait les cent pas devant moi.

Je regarde mes mains et murmure :

–C'est personne, Edward.

–Ne me mens pas, Leïla ! crie-t-il d'une voix où je sens une violence à peine contenue.

Sa réaction m'angoisse, mais je ne peux pas lui dire la vérité.

–Arrête ! le supplié-je. Tu me fais peur.

Son regard s'adoucit instantanément, il me serre dans ses bras puis m'embrasse sur la tempe.

–Désolé, bébé, je ne voulais pas te crier dessus. Je ne veux pas que qui que ce soit te fasse du mal.

–Je te l'ai dit, Edward, je me suis juste cognée. Promis.

Je sens son corps se détendre. J'ai honte de lui mentir mais je ne peux pas lui raconter. Qu'est-ce qu'il penserait de moi ?

Il me saisit par le coude et m'entraîne vers son immense salon.

–Viens ! J'ai quelque chose pour toi.

C'est le moment, je devrais lui demander pour Andrea. Mais je sens mon courage fléchir. Il n'y a pas d'affaires à elle chez Edward, aucun signe d'elle dans sa vie, et il vient de me dire qu'il m'avait rapporté un cadeau : est-ce vraiment la peine de lui poser la question ?

–Ce n'est pas grand-chose, ajoute Edward comme je ne lui réponds pas, mais je n'ai pas cessé de penser à toi quand j'étais à New York, du coup, j'avais envie de te rapporter quelques souvenirs.

Je lui souris timidement, et c'est à cet instant je crois que mon cerveau se déconnecte. Même si c'est stupide, naïf et dangereux pour mon cœur qui risque d'être irrémédiablement brisé, je décide de ne pas parler d'Andrea et de profiter, sans me poser plus de questions, du peu de temps que nous avons pour nous.

Je m'assois donc sur le canapé tandis qu'il dépose trois paquets à mes pieds. J'ai le tournis à l'idée que ma vie pourrait ressembler à ça : Edward m'aimant tellement qu'il me couvrirait de cadeaux et moi toujours aussi surprise qu'un homme comme lui puisse s'intéresser à moi. Je me secoue mentalement : on n'est pas dans un Disney et je suis loin d'être une princesse de dessin animé.

J'attrape timidement le premier paquet devant moi. Il y est inscrit « Bloomingdale's ». Je l'ouvre et découvre une magnifique robe de soirée, noire, longue, hyper décolletée. Le tissu est fin et semble agréable à porter. Mes yeux brillent d'excitation quand j'aperçois l'étiquette Prada à l'intérieur du col. Est-ce que je peux vraiment accepter un tel cadeau ?

– Mon Dieu, Edward, tu n'aurais pas dû. C'est trop !

Je mords ma lèvre inférieure. Ses yeux passent instantanément de la joie au désir. Il place sa main sur mon menton et tire légèrement pour m'obliger à lâcher prise.

– Arrête de faire ça. Ça m'excite !

Sa voix empreinte de désir me fait frissonner, mes joues s'empourprent face à son regard de braise, je murmure un léger « désolée ». Il secoue la tête comme pour reprendre ses esprits avant de m'encourager à découvrir le reste des présents.

Le deuxième paquet est rose et en voyant son sourire narquois je devine ce qu'il y a à l'intérieur. Je ne me suis pas trompée ! Je déballe doucement la boîte Victoria's Secret pour y découvrir un déshabillé blanc en satin accompagné de plusieurs soutiens-gorge et culottes brodés. Je regarde Edward qui sort sa langue et fait danser ses sourcils.

– Pervers !

– Tu n'as pas idée à quel point.

Il me fait un clin d'œil avant de se marrer. Ses yeux se ferment et ses fossettes apparaissent. Putain, ses fossettes !

– Ouvre le dernier paquet, bébé !

J'obéis et saisis l'emballage gris, Tiffany and Co. Mon Dieu, je n'en crois pas mes yeux. Il m'a acheté un bijou, un magnifique collier en forme de cœur qui scintille entre mes doigts. Il a l'air tellement précieux, tellement délicat que j'ose à peine bouger de peur de l'abîmer. Je regarde Edward, il se caresse la nuque, il semble nerveux. Mes lèvres se mettent à trembler et je ne peux empêcher mes larmes de couler. Je sais que je suis ridicule, mais je me sens submergée par tant d'attention et de gentillesse. Je n'ai pas l'habitude d'être gâtée. Et je ne peux contenir mes émotions plus longtemps.

– Eh, tu pleures?

Il me prend dans ses bras.

– Ne pleure pas, ma princesse. Si j'avais su, je t'aurais rapporté une casquette de base-ball!

J'éclate de rire à sa stupide remarque et il m'embrasse sur le front. J'essuie mes larmes et mon nez du coin de ma manche.

– Utilise un mouchoir, au moins, ajoute-t-il sur un ton faussement dégoûté, les yeux remplis d'humour.

Je ris de plus belle et il dépose un baiser sur mon nez. Il prend le collier et me fait signe de me retourner. Le précieux bijou apparaît autour de mon cou alors qu'Edward prend tout son temps pour le fermer.

Une fois que c'est fait, il dépose un chapelet de baisers sur ma nuque. Je ferme les yeux pour savourer la sensation que me procure le contact de ses lèvres sur ma peau, puis laisse ma tête rouler sur son épaule musclée. Il caresse délicatement mon cou, ses doigts dessinent le contour de ma clavicule puis s'aventurent vers ma taille, nos respirations s'alourdissent, et je sens son torse s'élever au rythme de son cœur affolé. Je me retourne, croise son regard émeraude, humidifie mes lèvres puis l'embrasse tendrement.

–Merci, murmuré-je à quelques millimètres de sa bouche.

–Pour?

–Pour les cadeaux.

–De rien, bébé.

J'observe ses lèvres bouger lorsqu'il prononce ces quelques mots et ne peux résister à l'envie de les sentir à nouveau. Je l'embrasse cette fois avec passion, et le gémissement qui lui échappe me prouve qu'il est pris au dépourvu par ma fougue. Il reprend vite le dessus, plonge ses mains dans mes cheveux et introduit sa langue dans ma bouche. La sensation est exquise et c'est tout ce dont j'ai besoin en ce moment. L'excitation monte au niveau de mon ventre et je n'ai qu'une seule envie: le sentir contre moi, sur moi, en moi. Je n'ai plus peur de rien, juste envie de lui pour ma première fois, comme une évidence. Je le pousse par les épaules pour qu'il s'allonge et me retrouve au-dessus. Ses yeux s'entrouvrent et me questionnent. Je trouve l'ourlet de son tee-shirt et le soulève, lui signifiant ainsi mon envie d'aller plus loin. Je caresse son torse, sa peau est douce et chaude, je vois apparaître des frissons sur ses bras. J'adore l'effet que j'ai sur lui.

–Leïla! souffle-t-il, la voix éraillée par le désir.

J'embrasse ses lèvres à nouveau pour le faire taire, puis son cou. Je suis en pilote automatique, rien ne peut arrêter mon excitation. Je lèche et suce sa peau délicate, sa douceur, son odeur, tout est absolument enivrant. Ses mains quittent mes cheveux et parcourent l'ensemble de mon corps, puis finissent leur course sur mes fesses. Il frotte son érection contre moi, et je gémis à la friction de nos sexes. Je me relève et retire mon débardeur.

– Putain !

Il se redresse, me soulève par la taille et me conduit vers la chambre où il me jette sur son lit. J'atterris sur le dos, il s'allonge tout de suite sur moi puis m'embrasse avec fougue. Pas le temps de réagir que ses mains pressées dégrafent mon soutien-gorge en moins de temps qu'il ne faut pour le dire. Il tire dessus, l'arrache presque et le lance à l'autre bout de la pièce avant d'attraper mes seins en coupe pour les malaxer, les sucer, les mordre. Son impatience est à la fois excitante et terrifiante. Sa bouche et ses doigts se relaient pour me faire mourir de plaisir. Mes tétons hyper sensibles durcissent, et je sais que je veux aller jusqu'au bout avec lui. Je nous fais rouler de manière à me retrouver à nouveau au-dessus.

– Oh oui, Leïla… Vas-y, chevauche ma b…

Je dépose mon doigt sur sa bouche pour l'empêcher de finir sa phrase crue. Edward sort sa langue et le lèche. L'envie que je perçois dans ses yeux m'excite à un point que je ne pouvais soupçonner. J'embrasse son torse et descends en direction de son ventre. Ma langue glisse jusqu'à son nombril, j'aperçois le début de ses poils pubiens. J'ai envie de lui faire du bien avec ma bouche, comme il l'a fait pour moi la dernière fois. Je ne sais pas trop comment m'y prendre, mais je vais improviser, suivre mon instinct. Après tout, ça ne doit pas être si compliqué. Je déboutonne maladroitement son jean, mais Edward bloque soudainement ma tête de ses mains.

– Qu'est-ce que tu fais, bébé ?

Je le regarde, un peu confuse. Il a vraiment besoin que je lui fasse un dessin ?

– Je ne sais pas… je voulais te… euh… te faire plaisir avec ma langue comme tu as fait la dernière fois.

Mon Dieu, je ne crois pas ce que je suis en train de dire ! Mes joues virent écarlates, ce qui semble beaucoup l'amuser. Edward m'adresse son plus beau sourire et secoue la tête. Il tend ses bras pour que je vienne me nicher contre lui. J'obéis sans broncher.

– Bébé, ta proposition est très tentante ! Crois-moi. Je rêve de te voir me sucer.

Je fais la grimace.

Vais-je un jour m'habituer à son franc-parler ?

– … Mais tu n'as aucune expérience et je ne veux pas commencer ton initiation sexuelle par un truc aussi… complexe.

Je caresse son torse et l'écoute parler. J'adore sa voix. Elle est grave, masculine, un peu cassée.

– Mais j'ai l'impression de ne pas te satisfaire.

– Tu rigoles ! Tu me fais bander comme un cheval à chaque fois !

– Arrête de parler comme ça ! m'exclamé-je, mi-sérieuse, mi-amusée.

– Désolé, c'est une habitude.

Il réfléchit un instant puis ajoute sur un ton amusé tout en pointant son sexe :

–Est-ce que tu en as déjà vu une?

–Humm… (J'éclaircis nerveusement ma gorge.) Oui! Je ne suis pas complètement idiote! J'en ai déjà vu pendant les cours de bio au lycée.

Il éclate de rire, me faisant sursauter au passage, et je me sens humiliée par sa réaction. Je me redresse pour me dégager de ses bras, mais il me retient, me rallonge sur le lit et grimpe au-dessus de moi. Ses yeux dansent toujours avec humour et j'ai une folle envie de le gifler.

–Bébé! Pardon! Je te promets, je ne me moque pas de toi! Mais tu es si innocente! Je veux dire, je savais que tu n'avais aucune expérience, mais là… (Il ricane à nouveau.) Tu me tues!

Edward se lève, sort du lit et déboutonne son pantalon.

–Qu'est-ce que tu fais?

Il est maintenant en boxer noir et je vois une imposante bosse qui tend son caleçon. Il s'allonge à côté de moi et saisit ma main.

–OK, bébé! Avant qu'il se passe quoi que ce soit entre nous, j'aimerais que tu te familiarises avec ma queue.

Je fléchis encore une fois à sa vulgarité et son sourire narquois réapparaît. Il retire son caleçon, sa verge surgit. Elle est grande, large, imposante. Je déglutis et rougis en même temps.

–Bon, tu la trouves comment?

–C'est… (Je cherche mes mots.) C'est énorme! Je ne m'attendais pas à ça! Je ne peux pas imaginer que ça puisse rentrer… Enfin, je veux dire, entrer en moi.

–Oh, crois-moi, ça rentre et ça risque de te faire beaucoup

de bien en plus ! Quand tu te sentiras prête, bien entendu, réplique-t-il fièrement, toujours en se marrant.

Je sens des picotements dans mes cheveux tellement j'ai honte d'avoir cette conversation invraisemblable avec lui.

– Alors, Leïla, aujourd'hui, on va se contenter de se toucher !

Je ne sais pas comment il fait pour être si détendu alors que moi je lutte pour ne pas m'évanouir. Il prend ma main dans la sienne et caresse son sexe avec. La sensation est intéressante : il est chaud, doux comme de la soie, mais aussi dur. Je vois une veine traverser l'ensemble de son anatomie et j'avoue que je le trouve plutôt agréable à regarder.

– Enroule ta main autour de ma bite, ajoute-t-il.

J'essaie d'ignorer son vocabulaire et m'exécute malgré tout. Il grogne de plaisir. Il accompagne mon geste pour me guider pendant un moment puis me laisse faire seule. Il gémit sous mon toucher et je me sens en position de force : son torse est bombé, sa bouche forme un O, quelques gouttelettes de sueur se forment sur son front. Je vois un liquide transparent apparaître au bout de son pénis et je l'essuie machinalement de mon pouce tout en continuant à bouger.

– Ooooh !

Il geint et je me félicite mentalement.

– Continue, bébé ! Plus vite !

Sa voix est rauque, méconnaissable.

– Oui, c'est ça ! Putain, Leïla… Ça vient !

Je le regarde avec admiration. Il a l'air si vulnérable. Loin du mec sûr de lui et prétentieux qu'il paraît être parfois. Il agrippe brusquement mes cheveux, me faisant un peu mal au passage, et il se fige pour ensuite déverser un liquide blanc et visqueux dans ma main. Je pose celle-ci sur son ventre en attendant qu'il ouvre les yeux. Le spectacle de son visage après l'orgasme est la plus belle chose qu'il m'ait été donné de voir. Ses joues sont roses et ses yeux brillants. Il m'attire vers lui pour m'embrasser.

–Merci, bébé.

Edward sort du lit et se dirige vers la salle de bains. J'en profite pour regarder ma montre. Oh non! Il est déjà vingt heures, il faut vite que je rentre. Je panique, rassemble mes affaires et me rhabille à la vitesse de la lumière. Quand il sort de la douche, il semble surpris.

–Qu'est-ce qui se passe, bébé?

–Il se passe qu'il est tard et que je dois rentrer chez moi!

–Déjà? J'aurais voulu que tu restes pour dîner.

–J'aimerais bien mais je ne peux pas.

Il soupire et me prend dans ses bras.

–Quand est-ce que je pourrai t'avoir pour un peu plus de deux heures?

Il fait la moue et me regarde avec tristesse.

–Samedi, on peut passer la soirée ensemble! Mon père travaille de nuit.

Son regard s'illumine, il me sourit et dépose un léger baiser sur ma bouche.

–Yeah! dit-il comme un petit garçon. OK, je te ramène, alors!

17

Edward

Mon téléphone vibre sur ma table de chevet et me sort de mon sommeil. Je regarde l'heure : neuf trente. Qui m'appelle ?

– Allô.

– Edward, tu dors ?

Génial, c'est mon père ! Putain ! Qu'est-ce qu'il me veut ? Je m'éclaircis la voix avant de répondre :

– Non !

Je mens en frottant mes yeux collés par le sommeil.

– As-tu vu Andrea depuis ton retour de New York ?

Il est sérieux, là ? Bordel, de quoi je me mêle !

– Non, papa ! En même temps, je ne suis rentré qu'hier.

Je souffle, exaspéré de devoir me justifier à une heure si précoce.

– Edward ! J'ai parlé avec son père et il m'a dit qu'elle était triste en ce moment car elle avait l'impression que tu ne l'aimais plus. Tu ne répondais pas à ses appels à New York et…

–Papa ! Ce n'est pas que je ne l'aime plus, c'est que je ne l'ai jamais aimée !

–EDWARD, JE T'INTERDIS DE DIRE ÇA !

Il s'énerve, et comme d'habitude, dans ces cas-là, il se met à hurler.

–Andrea est la meilleure chose qui puisse t'arriver ! Je ne te laisserai pas tout gâcher.

–La meilleure chose qui puisse arriver à moi ou à ton entreprise ?

–Écoute, fils, je ne te demande pas grand-chose. Juste de te montrer gentil et attentionné avec une jeune et jolie fille ! Ce n'est quand même pas la mort ! D'ailleurs, je vous invite tous les deux à dîner ce soir au Fouquet's. Ses parents seront là également !

–Non, papa, j'ai des trucs à faire ce soir.

Je n'avais rien prévu de spécial, à part traîner avec les potes, mais la perspective de passer la soirée avec mon père, ma belle-mère, Andrea et ses parents me donne envie de me pendre.

–Edward, je ne vais pas me répéter. Ce soir, dix-neuf heures. Tu invites Andrea, tu te mets sur ton trente-et-un, et tu lui apportes des fleurs. Tu as compris ? crie-t-il.

Putain, je meurs d'envie de lui dire d'aller se faire foutre, lui et sa précieuse Andrea ! Mais voilà, je ne peux pas. Si je lui tiens tête ou lui désobéis, il me coupe les vivres. Ça peut paraître idiot, mais je n'ai jamais manqué de rien et je ne suis pas prêt à renoncer à mon appart, à mon train de vie.

–OK ! OK ! Pas besoin de s'énerver.

–Bien. À ce soir.

Je raccroche, sors de mon lit complètement nu et me dirige vers la salle de bains. C'est une vieille habitude que j'ai depuis petit, je ne supporte pas de porter quoi que ce soit pour dormir.

Je me regarde dans le miroir et essaie de replacer mes cheveux emmêlés. J'observe mon visage attentivement, quand soudain j'aperçois une sombre tache violacée au niveau de mon cou. Mais c'est un suçon ! Leïla m'a fait un suçon ! Je souris au souvenir de ses lèvres sur moi. Une vague de chaleur m'envahit. Elle me manque déjà.

Hier, elle m'a montré à quel point elle était aventureuse. Vierge ou pas, je la revois en train de me caresser. Elle est si douce, si innocente, et j'ai tellement envie de la corrompre. Il faut que je la voie. Je pourrais peut-être lui faire une surprise et passer au magasin. On pourrait aller déjeuner ensemble. Sur cette pensée, mon humeur s'égaie. Après ma douche, je finis de me préparer avant de rejoindre la cuisine où Mme Gomez m'accueille avec un grand sourire.

– Bonjour, monsieur Fyles. Que voulez-vous avec votre café ce matin ?

– Rien, merci.

Elle me regarde, étonnée, et je souris à sa réaction si prévisible. Mme Gomez est ma gouvernante. Elle est adorable et s'occupe de moi comme de son propre fils. Et ce, depuis que je me suis installé à Paris avec mon père. À l'époque, je vivais très mal la séparation de mes parents, je ne comprenais pas pourquoi ma mère ne s'était pas plus battue pour me garder, elle avait beau me répéter qu'elle n'avait pas eu le choix devant l'armada d'avocats de mon père, je ne l'ai pas crue ; après tout, si elle avait vraiment voulu me garder auprès d'elle, elle aurait pu. C'est bien ce que font les mères dignes de ce nom, n'est-ce pas ? Toujours est-il que mes débuts en France ont été chaotiques, mon père était souvent absent, pris par ses affaires. Pourquoi avait-il tant insisté pour m'avoir, si c'était pour me négliger ? Allez comprendre la logique de Robert Fyles. Il me confiait donc à des nourrices avec qui je n'accrochais pas du tout. Je devenais fou et je faisais n'importe quoi : personne pour m'imposer des règles, toutes avaient peur de se faire virer si elles me contrariaient, et je l'ai vite compris. Ça m'amusait de les faire tourner en bourrique. Le pire, c'est qu'elles finissaient quand même par se faire jeter car j'avais fait le mur, ou autre connerie. Ma stratégie : emmerder mon père pour qu'il me renvoie à Londres. Je me disais que si je lui attirais suffisamment de problèmes, il se lasserait de moi et me renverrait d'où je viens. J'étais bien naïf à l'époque. Robert Fyles ne renonce jamais, c'est un principe de vie. De toute façon, mon envie de partir s'est complètement envolée le jour où ma mère s'est remariée avec un abruti. Après, les conneries, je les faisais juste pour passer le temps ou faire marrer mes potes. Et puis, Mme Gomez est arrivée et a réussi là où toutes les autres avaient échoué. Elle n'acceptait pas mes attitudes d'enfant gâté et ne croyait pas à mes bobards. Je lui en ai quand même fait voir de toutes les couleurs, mais elle est restée et m'a apporté ce dont j'avais besoin à l'époque : de l'amour et de la fermeté.

– Monsieur Fyles, vous êtes sûr que vous ne voulez rien ? Vous n'êtes pas malade au moins…

– Oui ! Je vais bientôt sortir pour déjeuner avec une amie, alors…

– Ah, une amie ! sourit-elle, amusée. Leïla ?

Mme Gomez sait mieux que quiconque mon profond attachement pour Leïla. Je ne peux rien lui cacher, elle devine tout. Souvent, quand j'ai besoin de parler, c'est à elle que je m'adresse. Elle sait m'écouter et me réconforter. Pour moi, elle n'est pas qu'une gouvernante, elle est une amie, une confidente. Mon père déteste que je sois si familier avec le petit personnel, comme il l'appelle, mais la vérité, c'est que je me sens plus proche d'elle que de m'importe quel autre membre de ma famille snob.

– Oui, Leïla !

Je souris en prononçant son prénom, puis m'installe au bar de la cuisine où Mme Gomez dépose une tasse de café fumant.

– Merci.

Mon téléphone vibre, c'est Paul qui m'envoie un texto.

[Ce soir, on va tous au Cab !
Viens et amène ta meuf !]

[OK, mais ce n'est pas
ma meuf ! Quelle heure ?]

[23 heures.
On se retrouve au coin VIP,
comme d'habitude !]

[OK, ça marche ! À plus !]

[À plus mec !]

Je finis mon café avant de partir retrouver Leïla.

18

Edward

Je gare ma voiture et marche jusqu'au magasin. Il fait un froid de canard en cette matinée d'automne et je remercie le ciel d'avoir pris mon bonnet pour me réchauffer. J'entre dans la boutique et cherche Leïla des yeux, mais elle ne semble pas être là. Peut-être qu'elle fait du rangement à l'arrière.

–Bonjour. Que puis-je pour vous?

Une jolie petite blonde m'accueille avec un grand sourire. Elle me mate de haut en bas et semble apprécier ce qu'elle voit.

–Bonjour, je cherche Leïla.

Elle ouvre la bouche, visiblement surprise.

–Vous...? Vous cherchez Leïla?

–Oui.

Je souris et remarque qu'elle rougit. Elle éclaircit sa gorge, repasse sa jupe d'un geste de la main avant de répondre:

–Leïla est partie déjeuner.

Je consulte ma montre.

–Mais il n'est que onze heures trente.

– Oui, le vendredi elle retrouve un ami au café et part plus tôt.

– Un ami ? Quel ami ? fais-je un peu trop fort.

Elle me lance un regard suspicieux.

– Et vous êtes qui, au juste ? Je pourrais lui dire que vous êtes passé.

– Edward, Edward Fyles !

Elle ouvre de grands yeux et bafouille un truc incompréhensible. Cette fille est vraiment bizarre.

– Puis-je vous demander où je peux la trouver ?

La blonde hésite un instant puis finit par m'indiquer l'adresse du Bureau, café du coin, où Leïla semble avoir ses habitudes.

Je marche à vive allure jusqu'au troquet, non seulement parce qu'il fait froid, mais surtout parce que je ne supporte pas l'idée que MA Leïla soit en compagnie d'un soi-disant ami. Je ne suis pas jaloux mais j'ai peur. Elle ne se rend pas compte de son charme et ça pourrait être dangereux.

J'ouvre la porte, une clochette retentit, annonçant mon arrivée. Je la vois. Elle est au fond, le nez plongé dans un livre, en train de croquer dans un sandwich à moitié emballé dans du papier aluminium. Elle est d'une beauté époustouflante. Je souris machinalement. La voir me procure un bien-être étrange qui menace de faire exploser mon cœur.

Elle est seule ! Où est son ami ? Je décide de l'observer un peu avant de la rejoindre. Leïla est tellement absorbée par sa lecture qu'elle ne remarque rien autour d'elle. Ça va être facile de l'espionner.

Un serveur s'approche de sa table et dépose une tasse de

café et un pain au chocolat. Ma petite princesse le remercie d'un sourire, mais il ne s'éloigne pas tout de suite. Au contraire, il s'installe en face et commence à flirter avec elle. Mon sang bout à l'intérieur de moi. Je serre instinctivement les poings. Dégage, putain! Dégage! Il tend la main, replace une mèche de cheveux derrière son oreille, et je craque! Comment ose-t-il la toucher ainsi? Et surtout, pourquoi le laisse-t-elle faire?!!

Ni une ni deux, me voilà à leur table. Elle a à peine le temps de m'apercevoir que je l'attrape par le bras pour la soulever de sa chaise et l'embrasse comme un fou. Ses yeux sont grands ouverts et sa bouche encore pleine du pain au chocolat qu'elle n'a pas terminé de mâcher, mais je m'en tape. Je veux montrer à M. Connard que Leïla est à moi! Je finis par la lâcher après un long et intense roulage de pelles qui ne laisse aucune ambiguïté sur la nature de notre relation. Je tends la main au serveur pour me présenter.

–Edward Fyles. Le petit ami de Leïla, enchanté.

Les deux me regardent comme si j'étais fou et mettent quelques secondes avant de réagir.

–Raphaël. Serveur ici, enchanté.

Je n'aime pas du tout son regard de faux cul et ça me démange de me foutre sur la gueule avec lui. Je ne me reconnais pas, mais je m'en fous.

–Serveur? Tu dois avoir d'autres clients à servir, alors? Désolé, je dois parler avec Leïla.

Traduction: Dégage et va faire ton taf, mec!

Et je ne suis pas désolé mais juste poli!

– Oui, j'allais y aller justement. Au revoir et à demain, Leïla.

Il lui offre son plus beau sourire et je ne sais pas ce qui me retient de lui en coller une. Je suis à deux doigts de péter un plomb.

C'est pas vrai, Edward, un peu de sang-froid!

Je m'installe sur une chaise à côté de Leïla et observe M. Connard s'éloigner.

–Désolé d'avoir dérangé ton petit *date*, craché-je sur un ton sarcastique.

–*Date*?

Elle ouvre de grands yeux et mord sa lèvre pour éviter de rire, ce qui m'énerve encore plus.

–Oui! C'était quoi, ce petit manège avec le serveur? Tu veux te le taper, c'est ça?

–Quoi? Mais pas du tout! On est juste amis. Il est sympa et m'offre toujours des trucs.

–Il t'offre des trucs!

Je lève le ton, j'ai de plus en plus de mal à contenir ma colère.

–Et toi, tu acceptes? Tu sais pourquoi il t'offre tout ça, Leïla? Parce qu'il a envie de te sauter! dis-je un peu trop fort, ce qui attire l'attention d'une vieille bique assise à côté de nous. Qu'est-ce que tu regardes, toi? lui lancé-je agressivement.

Cette dernière se retourne, offusquée. Je m'en fous, putain! Je me reconcentre ensuite sur Leïla qui n'a visiblement plus du tout envie de rire et semble maintenant exaspérée par mon attitude.

–Ah oui? Alors c'est pour ça que toi, tu m'as fait tous ces cadeaux? Pour me sauter, comme tu dis?

–Non! Moi, c'est différent!

–Et en quoi c'est différent? On peut savoir? Ah, pardon! Toi, tes intentions sont pures, j'avais oublié!

Elle rit jaune et je regrette d'avoir commencé cette stupide dispute. Sa repartie a complètement fait retomber ma colère. Je me comporte comme un mec jaloux, alors qu'on n'est même pas vraiment ensemble. Je passe la main dans mes cheveux et tire un peu sur mes boucles pour me calmer.

–Tu n'es qu'un hypocrite, Edward! Et tu viens ici faire ton homme des cavernes en m'appelant ta petite amie? C'est vrai, ça? Je suis ta petite amie? Première nouvelle! Je croyais que c'était Andrea, ta petite amie!

Je n'aime pas la tournure que prend cette conversation. Putain, qu'est-ce qu'elle est belle, même quand elle est énervée, elle est divine, et je n'ai qu'une seule envie, l'embrasser. Je plaque mes lèvres contre les siennes pour la faire taire et, à ma grande surprise, elle ne me repousse pas. Au contraire, elle m'embrasse avec fougue. Je crois qu'elle en avait autant envie que moi. Le baiser est intense, passionné, presque bestial.

–Hum! Hum!

J'entends quelqu'un tousser exagérément pour attirer notre attention, mais je choisis de l'ignorer.

–Prenez une chambre, sérieux!

Leïla se dégage et sourit au mec qui vient de prononcer ces mots.

–Salut Nicolas!

–Désolé, je suis en retard. Alors, qu'est-ce que j'ai loupé?

–Nicolas, je te présente Edward. Edward, voici Nicolas, mon meilleur ami.

–Enchanté !

–Edward? Le fameux Edward! Je fais enfin ta connaissance!

Il me regarde en papillonnant des cils.

–Eh ben, t'es encore plus beau de près!

Je suis bouche bée face au franc-parler de Nicolas. Je me tourne vers Leïla, amusé.

–Oui, j'ai oublié de te dire que Nicolas n'avait aucun filtre et qu'il dit toujours exactement ce qui lui passe par la tête. Ça peut être déroutant parfois, mais ne t'inquiète pas, on s'y habitue vite.

Nous rions de concert et passons le reste du déjeuner à discuter. Nicolas est vraiment un personnage haut en couleur. Il adore parler de manière dramatique et raconter sa vie. Je me surprends à rire plusieurs fois à ses récits rocambolesques. Tout au long du repas, je ne peux m'empêcher de toucher Leïla. Je caresse sa jambe, sa joue, embrasse l'intérieur de son poignet, replace ses cheveux derrière l'oreille. Chaque contact aussi petit soit-il m'apporte un plaisir intense. Putain, je suis vraiment fou de cette fille.

Nous marchons en direction du magasin. Nos mains sont entrelacées, je traîne délibérément pour ne pas la quitter trop vite.

–Je suis désolé, Leïla. Tu as raison, je suis un hypocrite et je n'aurais jamais dû m'énerver comme ça. Mais je t'ai dans la peau! Ça me rend complètement dingue. Et sache que je ne vois plus Andrea depuis mon retour de New York.

On se voit demain, bébé?

Je l'attrape par le col de son manteau, la fais pivoter vers moi et l'embrasse tendrement.

–Oui.

J'étais persuadé qu'elle allait dire non après la scène ridicule que je lui ai faite. Mais non. Elle est comme moi, j'en suis sûr: accro à cette attraction entre nous.

Elle me sourit.

–Toute la nuit?

–Oui, enfin, jusqu'au petit matin.

–J'ai hâte!

Je la serre dans mes bras, puis la laisse partir avec regret. Mon téléphone vibre dans la poche de mon jean. C'est un message de mon père.

[N'oublie pas d'appeler
Andrea pour ce soir.
Je te rappelle que le dîner
est à 19 heures!
Ne sois pas en retard.]

Je soupire de désespoir. Je n'avais vraiment pas envie d'aller à ce fichu dîner.

19

Edward
Quelques heures plus tard

Ça fait une demi-heure que je suis assis dans le salon d'Andrea à attendre qu'elle finisse de se préparer. Qu'est-ce qu'elle a à prendre autant de temps ? Une fille ne devrait pas avoir besoin de tous ces artifices ! Leïla ne met que très peu de maquillage et, pourtant, elle est absolument éblouissante. Leïla ! Ça fait à peine quelques heures que je l'ai quittée et elle me manque déjà.

Demain, je vais l'avoir pour moi pendant toute une soirée. Je me languis d'avance. J'ai tellement envie d'elle que je ne suis pas sûr de pouvoir me contenir.

Je n'ai jamais été avec une fille sans coucher auparavant. À vrai dire, je n'ai jamais trouvé l'intérêt d'être avec une fille sans coucher, mais avec Leïla, c'est différent. Je ne suis pas juste intéressé par son corps, j'aime aussi sa personnalité, elle me fait rire, me tient tête, et n'est pas comme toutes les autres niaises qui sont folles de moi. Elle me résiste et n'hésite pas à m'envoyer balader quand je le mérite. Ce mélange de soumission et de défi chez elle me rend fou.

–Tu en penses quoi, chéri?

Andrea entre dans le salon et fait un tour sur elle-même pour me montrer la robe qu'elle a choisie pour le dîner de ce soir. Je prétends être intéressé puis réponds:

–Oui, elle est parfaite. Le rouge te va bien!

–Merci, mon amour. Quelle heure est-il?

Je consulte ma montre:

–Dix-huit heures quarante-cinq.

–Hum, ça veut dire qu'il nous reste quinze bonnes minutes. Qu'est-ce qu'on va bien pouvoir faire pendant tout ce temps?

Elle minaude, puis s'avance vers moi d'un pas séducteur, enlève sa robe et se retrouve uniquement en sous-vêtements.

–Qu'est-ce que tu fais?

–À ton avis, qu'est-ce que je fais?

Elle ronronne en enroulant une mèche de cheveux autour de son doigt avant de se mettre à cheval sur mes genoux.

–Andrea! Arrête ça tout de suite!

Elle ignore mes protestations et continue de faire chalouper ses hanches contre moi.

–Sérieux, on doit y aller!

J'essaie de me dégager comme je peux, mais elle est tenace et caresse ma bite au-dessus de mon pantalon tout en mordillant mon cou. Je sursaute, la pousse un peu trop brutalement et elle s'écroule devant moi.

–Bon sang, Edward, qu'est-ce qui te prend? Ça fait un bail qu'on n'a pas fait l'amour!

Elle se relève et croise les bras, visiblement vexée par ma réaction.

–Rien. Rien. Tu sais à quel point mon père déteste quand je suis en retard.

Je n'ai pas l'habitude de refuser ses avances, mais être ici avec elle, sachant que Leïla n'en a aucune idée, me fait culpabiliser. Elle ramasse sa robe, dépitée, et se dirige vers la porte.

Le trajet en voiture jusqu'au restaurant est silencieux. Quand nous arrivons au Fouquet's, je prends la main d'Andrea dans la mienne. *Showtime*! Il faut que mon père et ses parents croient à notre relation. Elle sourit à nouveau, prenant mon geste pour une marque d'affection, et nous nous dirigeons vers la table des convives.

–Ah les voilà! Les amoureux!

Mon père nous accueille en grande pompe. Je lève les yeux au ciel, déjà irrité par son hypocrisie.

–Ne gâche pas tout, fils! murmure-t-il à mon oreille.

–Papa! Monsieur et madame Bertrand! Cécilia!

Je salue tout le monde et m'assieds. Andrea les embrasse avec enthousiasme et je soupire.

Putain, la soirée va être longue!

–Alors, comment c'était, New York, Edward? me demande Cécilia.

Cécilia, c'est la femme trophée numéro trois de mon père. Elle est beaucoup trop jeune pour lui et ne semble s'intéresser qu'à son fric. Je ne peux pas lui en vouloir car mon père de son côté n'en a qu'après son joli petit cul. Elle est aussi belle que cruche, et lui sert de faire-valoir pendant les soirées mondaines qu'il affectionne tant.

– C'était cool.

Je ne développe pas. Je n'ai vraiment pas envie de faire la conversation.

– Edward… Tu pourrais nous en dire un peu plus, intervient Andrea. Tu étais visiblement très occupé, vu que tu ne répondais pas à mes appels.

Putain, elle ne va pas encore me prendre le chou avec ça ! Je ne suis parti qu'une semaine, ce n'est pas la fin du monde ! Elle me saoule à être aussi collante.

– Désolé, chérie. Je ne captais pas très bien là-bas.

Je mens effrontément, mon père me fusille du regard, mais Andrea semble se satisfaire de mon bobard et change de sujet.

– Edward, fiston, quand vas-tu rejoindre le monde des affaires avec nous ? lance M. Bertrand.

Mais ils vont me lâcher tous avec leurs questions à la con ! JAMAIS !!! J'ai envie de lui crier, mais au lieu de ça, je souris poliment et dis :

– Je ne sais pas encore. Bientôt, sûrement.

– En tout cas, tu sais que tu as un poste de vice-président qui t'attend dès que tu es prêt ! Ne tarde pas trop non plus. Si tu veux épouser ma fille, il faut que tu travailles.

Je m'étouffe avec ma gorgée de champagne. Andrea me tapote dans le dos.

L'épouser ? Non mais il est malade ! Je peux à peine la supporter plus de quelques heures ! Alors faire ma vie avec ?! Il va vraiment falloir que je trouve le moyen de m'extirper de cette situation, ça va trop loin. Naïvement, j'avais espéré qu'Andrea se lasse de moi, comme de tout dans sa vie, avant que nos parents commencent à sérieusement envisager notre union. Ce n'est visiblement pas le cas, et me comporter comme un connard avec elle n'y changera rien. J'ai besoin d'un plan B et vite.

Si les yeux de mon père pouvaient tuer à ce moment précis, je crois que je serais déjà mort! Qu'est-ce qu'il ne ferait pas pour assurer ses futures acquisitions? Je suis à la fois amusé et exaspéré par son comportement. Il remarque mon sourire en coin et m'envoie un coup de pied sous la table avant de répondre à ma place:

–Edward est encore un peu jeune pour penser à ces choses-là, mais il est sûr que, dès que le moment sera venu, Andrea fera une épouse idéale. Vous savez ce qu'il m'a dit pas plus tard qu'hier? Il m'a dit qu'elle était la meilleure chose qui lui soit arrivée.

–Oh, c'est mignon! s'extasient-ils tous en chœur, attendris par ses mensonges.

–C'est vrai, ça, chéri? susurre Andrea à mon oreille. (Je ne réponds pas.) Tu es tellement romantique!

Elle enroule son bras autour de mon cou et m'embrasse sur la joue.

–Regardez-moi ces deux tourtereaux! Ils vont nous faire de parfaits petits enfants, s'emballe Mme Bertrand.

Je desserre mon nœud papillon et ne sais vraiment pas ce qui me retient de hurler.

20

Edward

– Ah, te voilà, mec ! (Paul m'accueille avec un grand sourire.) Ça fait un bail ! Comment c'était New York ?

– Vraiment super.

– Merci d'être venu ce soir, Ed. Je suis heureux de te voir.

Il me fait une chaleureuse accolade et je m'assois à ses côtés dans le coin VIP du Cab. Tous mes meilleurs potes sont là ce soir : Zack, Julien, Louis ! Je salue le reste de la bande d'un signe de la main.

– Shots, les mecs, s'écrie Louis.

La serveuse nous apporte les verres et ne manque pas l'occasion de me faire un clin d'œil. Louis se lève et porte un toast :

– À mon meilleur pote Edward qui fait un peu le mort en ce moment.

Il me fait un sourire, je lui rends la pareille. Tout le monde boit son verre cul sec et le claque sur la table. Andrea revient des toilettes où elle s'est absentée pour se repoudrer le nez, comme elle dit, accompagnée de ses deux meilleures amies,

Sophie et Claire. Je ne comprendrai jamais pourquoi les filles adorent aller au petit coin en groupe. Andrea s'installe juste à côté de moi et me colle d'un peu trop près. Elle jacasse avec ses copines qui sont en complète admiration devant elle. C'est le genre de fille à avoir une meute de groupies à ses pieds : *«L'ultimate Queen Bee.»* Il est vrai qu'elle a l'art et la manière de tromper son monde et de faire croire que sa vie est parfaite. Parfaites études, parfaite garde-robe, parfait maquillage, parfait petit ami, parfait ! Parfait ! Parfait !

Mon téléphone vibre dans ma poche. Je le saisis et mon cœur fait un bond. C'est un message de Leïla. Je ne peux retenir le sourire niais qui s'inscrit sur mon visage.

[Merci d'être passé
me voir tout à l'heure
pour le déjeuner.]

Il est plus de vingt-trois heures ! Elle ne dort pas ? Je ne sais pas pourquoi, mais cette idée me contrarie.

[De rien. Tout le plaisir
est pour moi. Tu ne dors pas ?
Il est tard.]

[Non, papa, je ne dors pas,
je suis en train de lire
un bouquin très intéressant.
Et toi non plus, tu ne dors pas ?]

Sa réponse sarcastique me fait rire. Andrea regarde dans ma direction, l'air suspicieux. Je me lève pour sortir, mais elle me retient par le bras.

– Qu'est-ce que tu fais ? Tu vas où ?

– Je vais fumer une clope, je reviens.

– Attends, je t'accompagne.

Putain, ce n'est pas vrai ! Elle va me lâcher la grappe cinq minutes ?

– Non ! C'est bon ! Reste et profite de tes amis, ma chérie.

J'utilise un petit nom affectueux pour l'amadouer, et cela semble l'apaiser. Elle dépose un léger baiser sur mes lèvres puis se rassoit. Ouf ! Bon débarras !

Arrivé dehors, j'allume une cigarette et reprends mon portable pour répondre à Leïla.

[Ah oui?
De quoi parle ce livre?]

[C'est une histoire impossible
à la Roméo et Juliette !
Tu ne m'as pas répondu?
Tu ne dors pas?
Qu'est-ce que tu fais?]

[Je suis au Cab avec
des potes. J'ai hâte
de te voir demain, bébé !]

Je détourne habilement la conversation avant qu'elle me demande de préciser avec qui, exactement. Je m'en veux un peu mais probablement pas autant que je le devrais.

[Moi aussi. Tu ne m'as pas dit
ce qu'on allait faire ?]

[Toi, je ne sais pas… Mais moi
j'ai bien l'intention
de te faire l'amour ! :p]

Elle ne répond pas et je commence à regretter mon audace.

[Je plaisante !
Ne panique pas.
Je compte t'emmener dîner
dans un grand restaurant.]

[Qui a dit que je paniquais ?]

Oh mon Dieu, rien que l'idée qu'elle soit d'accord pour passer aux choses sérieuses me met dans tous mes états.

[Ne me tente pas, bébé.]

[Bonne nuit, Edward !]

[Bonne nuit, princesse !]

Je range mon téléphone, complètement troublé par son message. Putain, cette meuf va me rendre fou! Est-ce qu'elle pense ce qu'elle vient de sous-entendre? Est-ce qu'elle est prête à aller jusqu'au bout? Moi j'étais plus que prêt, évidemment, et ce, depuis le premier soir où j'ai posé mes yeux sur elle. L'idée de pouvoir enfin la posséder me remplit d'une joie que je ne saurais décrire.

Je retourne à l'intérieur et aperçois ma bande de potes. L'alcool coule à flots, tout le monde est complètement bourré. Je suis content de les voir, c'est vrai que ça faisait un moment qu'on n'avait pas fait la fête. Je me joins aux festivités. Paul est incontrôlable, il danse debout sur les canapés avec Louis. Zack chante à gorge déployée une version personnelle du morceau qui passe. Seul Julien se contrôle et discute sagement avec sa petite amie, Sophia. Louis me tire par le col pour m'obliger à le rejoindre, il enroule son bras autour de mon cou et m'embrasse furieusement sur la joue.

–Edward! Mon pote! Je suis content que tu sois venu, mec! Les soirées sont pas les mêmes sans toi!

–Merci.

–Putain, Ed! T'as vu comme la serveuse te baise des yeux depuis tout à l'heure. Elle a l'air bonne en plus! Fonce, mon salaud.

Je la regarde et, effectivement, elle me déshabille du regard.

–Non, je passe!

–Qu'est-ce qui te prend, mec? L'Edward que je connais n'hésiterait pas une seconde à la sauter dans les toilettes. Andrea ou pas!

Je ris et secoue la tête, forcé d'admettre qu'il a raison.

–Je suis un autre homme!

–Qu'est-ce que tu as? T'es amoureux, c'est ça? Andrea et toi, je croyais que ce n'était pas sérieux et que tu la fréquentais pour faire plaisir à ton père?

–Oui, non, ça n'a rien à voir avec elle.

J'hésite un instant à lui parler de Leïla, mais je ne suis pas sûr de vouloir que ça se sache. Je sais que je peux lui faire confiance, mais...

–De quoi vous parlez? interrompt Andrea.

–De rien! répondons-nous tous les deux en même temps avant d'éclater de rire.

–Chéri! Tu me ramènes! J'ai trop bu et je me sens mal, chouine-t-elle.

Je manque de la rembarrer, mais réalise qu'il vaut mieux que je rentre tôt si je veux être en forme demain pour Leïla. Je décide de saisir cette occasion de m'éclipser.

–OK, viens. À plus, tout le monde! lancé-je par-dessus la musique.

–N'oublie pas que demain on se retrouve tous chez Zack et on remet ça! répond Paul.

–Je ne peux pas demain, désolé!

Je m'avance vers la sortie, suivi de près par Andrea qui me tire par le bras:

–Pourquoi tu ne peux pas demain?

Merde!

– Je dîne avec ma vieille tante! Elle est en ville pour quelques jours et veut absolument me voir.

Elle semble contrariée mais n'insiste pas davantage.

Le trajet jusqu'à son appart est court, Dieu merci. Ses mains sont partout et ça m'exaspère. Je n'ai plus envie qu'elle me touche, mais ça, elle ne semble pas vouloir le comprendre. Comment la blâmer? Il y a encore quelques semaines, on couchait ensemble.

–Edwardouuuuu! dit-elle d'une voix intoxiquée. Ne me dis pas que tu refuses que je te suce. Tu sais que je suis la meilleure!

Elle lèche ses lèvres tout en descendant ma braguette. Je ne sais plus comment la repousser.

–Voilà, on y est, annoncé-je avec un peu trop d'enthousiasme en retirant ses mains baladeuses.

Elle regarde par la fenêtre et fait la moue.

–Tu montes? Mes parents doivent déjà dormir, on pourrait aller discrètement dans ma chambre, je te laisserai me faire tout ce que tu veux.

Elle sort sa langue pour me séduire, puis m'embrasse dans le cou. Je sens son souffle chaud et alcoolisé sur moi.

–J'ai envie de toi! Ça fait tellement longtemps, Edward.

–Andrea, tu es bourrée! Je ne pense pas que ce soit une bonne idée.

Je la repousse doucement.

–De plus, si tes parents nous surprennent…

Elle me regarde un moment, adossée à la portière, et je crois à tort qu'elle va abdiquer.

–Alors baise-moi ici, dans ta voiture. Je sais que tu peux me faire jouir en cinq minutes. Prends-moi vite et fort!

Elle enlève maladroitement sa culotte et la jette à l'arrière avant d'écarter les jambes à fond. Je grogne, irrité par sa persistance, et je suis à deux doigts de la jeter de ma bagnole.

Au moment où elle essaie de grimper sur moi, elle est subitement prise de nausées. Elle claque sa main sur sa bouche, ouvre la porte à la hâte et vomit tout ce qu'elle peut. Je lève les yeux au ciel.

–Merde ! Il ne manquait plus que ça.

Je lui tiens les cheveux pour limiter les dégâts. Après s'être vidée, Andrea se redresse et titube jusqu'à l'entrée de sa résidence, elle se retourne et m'envoie un baiser. J'attends qu'elle soit à l'intérieur, en sécurité, pour démarrer.

Je soupire, épuisé… Putain, elle était vraiment longue, cette soirée !

21

Leïla

–Alors, les filles ? On fait quoi ce soir ? demande Nicolas en sirotant son Coca à la paille.

–Nous, on peut sortir danser, mais compte pas sur Leïla, ce soir, elle voit son chéri, dit Sonia d'un ton malicieux avant de lui faire un clin d'œil.

Nous nous sommes retrouvés tous les trois au Bureau pour le déjeuner. Je suis une véritable boule de nerfs depuis ce matin, je n'arrête pas de penser à Edward et à sa proposition d'aller plus loin. Bien sûr, j'en ai terriblement envie, mais je suis aussi terrorisée.

–Ooouuuuuh ! Tu comptes enfin baiser avec, j'espère ? s'amuse Nicolas en bougeant les sourcils.

Je rougis jusqu'aux oreilles et me cache derrière mes mains.

–Je ne sais pas, peut-être.

–Quoi ? T'es sérieuse ? s'enthousiasme ma sœur avant d'applaudir frénétiquement.

Sonia a déjà franchi le pas avec plusieurs garçons et attend avec impatience que je le fasse aussi. À chaque fois que je lui ai demandé des conseils précis, on a fini par glousser, incapables de dépasser notre gêne. Peut-être que ça changera si je le fais avec Edward?

–Vous pensez que je devrais? murmuré-je, incertaine de mon choix.

–Mais bien sûr que oui! répond Nicolas en levant les yeux au ciel. Je ne sais même pas pourquoi tu as attendu aussi longtemps!

J'ai envie de lui dire que ça ne fait pas si longtemps qu'on est ensemble. Enfin, si on peut considérer qu'on est ensemble, car après tout, le sujet Andrea n'est toujours pas vraiment réglé.

–Écoute, chérie, ajoute-t-il, t'as 18 ans et t'es une bombasse. Va falloir commencer à vivre! Baise! Fais-toi plaisir et arrête de toujours tout rationaliser! C'est chiant à la fin, sauf si tu veux mourir vierge.

Il finit sa démonstration en tapant dans la main de ma sœur et tous les deux éclatent de rire.

–Je suis ravie de constater que ma situation vous fait marrer!

Je me renfrogne, un peu vexée, et Sonia enroule son bras autour de mon cou.

–Écoute, Leïla! Nicolas a raison! Arrête de te prendre la tête et amuse-toi. Si tu en as envie, fonce, n'hésite pas!

–Ouais?

–Ouuuuuuiiiiii! crient-ils tous les deux en même temps, et nous rions de concert.

***

Il est dix-huit heures quarante-cinq quand je regarde ma montre. La journée est passée à une vitesse fulgurante, mais mon angoisse est toujours aussi intense. Il faut que je me détende sinon je vais exploser. Camille est déjà partie. Je suis seule pour fermer le magasin. Une fois que c'est fait, je me dirige vers l'arrière-boutique pour me préparer. Je sors de mon sac la magnifique robe Prada qu'Edward m'a offerte, ainsi que le peu de maquillage que je possède. Je me prépare rapidement. Mon téléphone vibre :

[Je suis là, bébé,
je t'attends devant.]

[J'arrive.]

Je rassemble mes affaires et me regarde une dernière fois dans le miroir ! Suis-je vraiment prête à faire ça ?

« Ouuuuuuuiiiiiiiii ! »

J'entends les voix de ma sœur et Nicolas résonner au fond de moi et souris au souvenir de notre conversation.

Au moment où je traverse la porte, j'aperçois une énorme Range Rover noire avec vitres teintées. J'hésite un peu, la dernière fois qu'Edward m'avait déposée chez moi, il conduisait une Mercedes. La portière s'ouvre et c'est bien lui, il sort et me sourit. Qu'est-ce qu'il est beau ! Un Dieu vivant, et les raisons pour lesquelles il s'intéresse à moi m'échappent toujours.

–Bébé !

Il s'approche, me prend dans ses bras et m'embrasse dans le cou. Je respire son parfum. Mon Dieu, j'adore son odeur. C'est un mélange d'eau de parfum et de je ne sais quoi qui la rend unique. Il me regarde de haut en bas, s'attarde un peu trop longtemps sur mon décolleté.

–Tu es resplendissante.

Je rougis.

–Toi aussi.

C'est vrai qu'il est magnifique. Il porte un smoking finement taillé et une chemise blanche à moitié boutonnée, qui laisse apparaître ses tatouages. Il passe la main dans ses cheveux à plusieurs reprises et semble aussi nerveux que moi.

–Viens !

Le trajet jusqu'au restaurant est étonnamment tendu. Edward semble incontrôlable. Il tapote sur son volant comme un maniaque, et sa jambe ne cesse de bouger d'un mouvement rapide et saccadé.

–Qu'est-ce qui se passe, Edward?

Je caresse sa cuisse pour le calmer. Il se détend un peu et lâche un long soupir :

–Rien !

Après un long moment de silence, il ajoute :

–Nous allons au Versance ! C'est un restaurant gastronomique, j'espère qu'il te plaira.

Nous arrivons et je suis soufflée par la beauté du lieu. Ce restaurant est magnifique, absolument grandiose. Je ne suis jamais allée dans un endroit pareil auparavant et ne suis pas sûre de savoir comment m'y comporter. Edward semble deviner mon stress, car il enroule son bras autour de ma taille avant de murmurer à mon oreille :

– Détends-toi, bébé.

Ses mots m'apaisent un peu. Je prends une profonde inspiration, histoire de suivre son conseil. Le serveur nous accompagne à notre table. Nous nous installons toujours dans un silence tendu. Je ne sais pas quoi faire, alors j'étudie la carte, comme si je repassais mon bac, mais mon angoisse s'accentue lorsque je réalise que je ne connais pas la moitié des plats proposés.

– Tu as déjà mangé du canard ?

– Non.

– Tu devrais essayer leur magret, il est absolument divin.

J'acquiesce timidement. Edward commande du vin et continue à se comporter bizarrement. Il a à peine desserré les dents depuis tout à l'heure, ce n'est pas du tout dans ses habitudes.

– Qu'est-ce qui se passe ? Je vois bien que ça ne va pas.

Il me regarde à peine et chuchote :

– Je ne sais pas, je suis nerveux. C'est notre premier rendez-vous officiel et j'ai peur de tout faire foirer !

Il relève lentement la tête et ses magnifiques yeux verts plongent dans les miens. Je fonds littéralement. Comment peut-il être aussi adorable ? Un instant, il est le mec le plus arrogant de la planète et, la minute d'après, il ressemble à un petit garçon timide. Je décide de le taquiner pour détendre l'atmosphère.

– Tu as peur que je change d'avis et que je ne veuille plus coucher avec toi ?

Ses yeux s'élargissent de surprise. Il ne s'attendait visiblement pas à ça.

–Tu… tu… tu veux? bégaie-t-il, puis se ressaisit. Oh non, je sais bien que tu en as autant envie que moi!

Le prétentieux Edward est de retour et ce n'est pas pour me déplaire.

–Ah oui? Ne sois pas si sûr de toi!

Je mords ma lèvre inférieure car je sais que ça le rend fou.

–Oh, bébé, si tu veux qu'on arrive jusqu'au dessert, tu ferais mieux d'arrêter ça tout de suite!

Je m'exécute et il secoue la tête, amusé. Le serveur nous apporte une bouteille de vin blanc qu'il fait goûter à Edward avant de nous servir.

–C'est délicieux! C'est la première fois que je bois du vin. Je ne pensais pas que ça me plairait!

–Encore une première fois? Ça va faire un peu beaucoup pour ce soir.

Il m'adresse un clin d'œil séducteur, me faisant rougir au passage. Il prend ma main dans la sienne, embrasse ma paume et entrelace nos doigts.

Après deux verres, je me sens complètement détendue. Edward me parle de son séjour à New York avec enthousiasme pendant que je regarde ses lèvres et ses mains bouger. Il adore raconter des histoires à rallonge, il n'omet aucun détail, même pas les plus insignifiants, et ça me fait rire.

–Pourquoi tu ris?

–Je pense que Nicolas et toi vous pourriez être les meilleurs amis du monde.

–Ah oui? Et pourquoi ça?

–Parce que tous les deux, vous adorez parler et en faire des tonnes.

–Parler n'est pas mon passe-temps favori.

Il fait glisser sa main dans la fente de ma robe, caresse ma jambe et remonte dangereusement le long de ma cuisse. Je frissonne, et malgré mon état de légère ébriété, je bloque sa main avant qu'elle ne réussisse à aller trop loin. Il me fait son fameux sourire en coin.

–Pervers !

–Tu n'as pas idée à quel point !

22

Leïla

Nous sommes de retour du restaurant, je suis assise sur le canapé du salon et triture nerveusement mes doigts dans l'attente de la suite des événements pendant qu'Edward est occupé à déboucher une bouteille de vin dans la cuisine.

Il revient, me tend un verre, et je prends immédiatement une longue gorgée pour me donner du courage. Il m'observe, amusé, avant de s'installer à mes côtés.

– Bon alors, bébé ! Qu'est-ce que tu veux faire ?

Je n'arrive pas à croire qu'il ose me demander ça ! Je le regarde, surprise, et réponds sarcastiquement :

– Du tricot !

Edward éclate de rire et, comme à son habitude, jette la tête en arrière. Il est vraiment à tomber ! Son sourire est absolument magnifique et j'ai une envie folle de l'embrasser, là, tout de suite.

– Et si on jouait à un jeu ? propose-t-il.

Quoi ? Je ne le suis plus du tout, là. Je croyais qu'il voulait qu'on passe à la vitesse supérieure.

– OOOOOOK! dis-je, un peu déçue.

Il remarque ma déception, sourit, puis murmure au creux de mon oreille :

–Tu n'en peux plus d'attendre. (Sa voix rauque et sexy me fait trembler.) Sois patiente, bébé !

Il attrape ma lèvre entre ses dents, tire dessus lentement, la sensation est douloureusement délicieuse et je gémis dans sa bouche. Il se dégage lentement, boit une gorgée de vin et je fais de même avant de demander :

–C'est quoi, ce jeu, alors?

–Ça s'appelle « Deux vérités pour un mensonge » !

Je lève un sourcil, intriguée, et il continue :

–Tu dois dire trois faits à propos de toi : deux sont vrais et le troisième est un mensonge. Je dois deviner lequel est le mensonge.

–OK.

J'aime bien ce jeu. Ça va me permettre d'apprendre des choses sur lui.

–Attends, ce n'est pas fini ! Si je trouve, tu dois enlever un vêtement.

–Challenge accepté ! fais-je avec enthousiasme, ce qui le fait marrer.

–Je commence.

Il s'éclaircit la gorge avant de continuer :

–Je mesure un mètre quatre-vingt-cinq, je suis Verseau, et mon premier mot a été « chat ».

Il lutte pour garder son sérieux, mais ses fossettes apparaissent malgré tout, illuminant son visage de cet air enfantin et espiègle qui le caractérise.

–Impossible que ton premier mot ait été «chat» !

– Enlève ta robe, bébé!

–Non, sérieux?

Il acquiesce et je ne peux m'empêcher d'éclater de rire en imaginant une version bébé d'Edward qui balbutie ce mot improbable. J'enlève ma robe et me retrouve en sous-vêtements. Son regard s'assombrit puis scanne la totalité de mon corps. Je me sens un peu mal à l'aise et couvre ma nudité de mes bras. Il finit cependant par détourner les yeux.

–Du coup, c'était quoi le mensonge? demandé-je.

–Ma taille! Je mesure un mètre quatre-vingt-six.

–Eh ben, c'est subtil.

–Ouais! Le but, c'est que tu termines à poil le plus vite possible, fait-il en m'adressant un clin d'œil séducteur.

Tout mon corps palpite. C'est moi ou il fait soudain affreusement chaud dans cette pièce?

–Bon allez, à toi, bébé!

–OK! (Je réfléchis un instant.) J'ai peur des araignées. Je suis très bonne cuisinière. Je suis Vierge.

Je lui fais le sourire le plus innocent que j'ai en stock et il me regarde, confus.

–C'est trop facile! Tu n'es pas bonne cuisinière.

Je secoue la tête.

–Non, je ne suis pas Vierge.

L'expression qu'il porte sur son visage à ce moment-là est à mourir de rire: confusion, déception, rage. Je décide de rapidement soulager son tourment.

–Je ne suis pas Vierge. Je suis Bélier!

Je tire la langue, fière de ma petite blague, il me saisit

subitement par les hanches, me fait basculer, puis me soulève. J'enroule instinctivement mes jambes autour de sa taille, nos fronts se touchent.

–Tu te crois drôle?

J'acquiesce frénétiquement et mords ma lèvre pour contenir mes rires. Il grogne:

–Je t'ai dit d'arrêter de faire ça! Tant pis pour toi, tu l'auras bien cherché!

Il m'embrasse passionnément, sa bouche dévore la mienne alors qu'il se dirige vers la chambre. Edward pousse violemment la porte de son pied puis me jette sur le lit, m'arrachant un cri incontrôlé au passage. Mon excitation est à son paroxysme, je n'en peux plus d'attendre. Il déboutonne lentement sa chemise en me regardant intensément, je trépigne d'impatience.

Son torse tatoué apparaît et la température de mon corps monte de quelques degrés. La combinaison entre sa douce peau de bébé et l'encre sombre des tatouages est un spectacle qui embrase mon désir. Il défait sa ceinture, enlève rapidement son pantalon. Il est maintenant en boxer Calvin Klein. Je m'appuie sur mes coudes pour admirer la vue. Il ne tarde pas à s'allonger au-dessus de moi. Son visage est à quelques millimètres du mien, il me détaille de haut en bas avec envie.

–Oh, Leïla! Tu n'as aucune idée de tout ce que j'ai envie de te faire!

Il caresse mon corps du bout des doigts et pose son pouce à l'entrée de mon sexe, puis le bouge lentement.

–Tu es déjà tellement mouillée pour moi.

Sa voix est grave, sexy, méconnaissable. Je n'ai jamais vu autant de luxure dans ses yeux de jade.

Je gémis longuement, et il en profite pour glisser sa langue dans ma bouche. Elle est brûlante et se met à bouger à un rythme effréné. Une sensation électrisante envahit tout mon corps. J'écarte machinalement les jambes pour permettre à Edward de faire tout ce qu'il veut. Je suis à lui ! Je suis à lui depuis le premier jour ! Ses lèvres quittent les miennes puis sucent mon cou. Je tourne la tête pour mieux savourer ses assauts. Il lèche et mordille. J'oscille entre plaisir et douleur, et je crois que je pourrais jouir de cette seule sensation.

Ses mains passent de mes cheveux à mon dos, il me relève un peu et dégrafe mon soutien-gorge. Il l'enlève délicatement tout en me regardant dans les yeux. J'y lis une émotion que je n'avais jamais vue auparavant, et tout mon corps se met à trembler. Je réalise soudainement ce qu'on va faire et suis prise de panique. Edward caresse ma joue comme pour me rassurer, puis murmure à quelques millimètres de mes lèvres :

– Tu es sûre que tu veux faire ça, Leïla ? On n'est pas obligés, je peux attendre que tu sois prête.

Je pose mon doigt sur sa bouche pour le faire taire et l'embrasse passionnément. Je soulève mon corps, presse mon sexe contre son érection afin de lui prouver ma détermination. J'ai peur mais j'ai envie de lui comme jamais. Je veux qu'il me prenne, je veux qu'il me prenne tout entière. Mon geste le rassure, il baisse la tête, prend mes seins en coupe et les embrasse avec fougue.

Je gémis lorsqu'il emprisonne un téton entre ses dents

et suce tandis que ses mains continuent de malaxer ma poitrine. Il fait un son de ventouse avec sa bouche et j'ai l'impression que je vais défaillir. Sa langue descend lentement, dangereusement vers le bas de mon ventre. Il s'attarde quelques secondes sur mon nombril puis arrive vers mon intimité. Je sais ce qu'il va faire. Il me l'a fait la dernière fois. Je halète en prononçant son nom. Je suis impatiente de ressentir cette incroyable sensation à nouveau.

Il fait glisser son index à l'intérieur de ma culotte et recueille la preuve de mon excitation, il se redresse ensuite et suce son doigt en me regardant.

–Tu es absolument délicieuse, Leïla.

Il retire ma culotte par quelques mouvements saccadés tout en continuant à me regarder. Il m'adresse un sourire charmeur puis plonge vers mon sexe. Je sursaute de plaisir quand je sens sa langue entrer en contact avec mon sexe, et ma vue se brouille un moment. Il lèche de bas en haut puis dessine des cercles avec sa langue. Le plaisir est trop intense. Je serre les cuisses pour me soulager, mais Edward les agrippe et les immobilise.

–Ne bouge pas, bébé, ordonne-t-il de sa voix rauque.

Ses mains trouvent mes seins à nouveau, il tire sur mes tétons. Un cri s'échappe de ma gorge, et je ne peux plus me contenir, mon corps est sur le point d'exploser. Il le remarque et retire sa tête de mon entrejambe, me laissant sur ma faim.

–Désolé, bébé. Si tu jouis maintenant, tu ne pourras pas supporter la suite.

Il retire son boxer. Je déglutis à la vue de son énorme

pénis. Il le saisit dans ses mains et le caresse lentement.

– Prête ?

Il semble hésiter.

– Oui.

Il se place à mon entrée.

– Ça risque de faire un peu mal. N'hésite pas à me dire si tu veux que j'arrête.

J'avale le nœud qui s'est formé dans ma gorge. Il s'allonge, pousse et entre à l'intérieur de moi. Un tressaillement de douleur secoue mon corps. Je ferme les yeux pour atténuer cette sensation qui est loin d'être agréable.

– Ça va, Leïla ? Je peux continuer ? demande-t-il d'une voix étranglée.

On dirait presque qu'il souffre, lui aussi. Je l'encourage de la tête, incapable de parler. J'ai l'impression que si j'ouvre la bouche, je vais me mettre à pleurer. Il pousse encore et s'enfonce complètement. Je sens un déchirement douloureux à l'intérieur de moi et lutte de toutes mes forces pour ne pas crier. Il reste immobile quelques secondes pour que je m'habitue.

– Je vais devoir bouger maintenant, bébé.

– OK, soufflé-je.

Il se retire légèrement ! Ah, ça brûle ! Et entre à nouveau. Je serre les dents. Il répète ce mouvement plusieurs fois. Ça fait mal ! C'est insupportable ! Mon Dieu, mais dans quoi je me suis embarquée !

– Attends, s'il te plaît.

Il s'arrête immédiatement et me regarde, inquiet.

– Ça ne va pas ?

–Si, c'est juste que c'est un peu, euh… (Je rougis, il va vraiment me prendre pour une empotée.) Un peu inconfortable.

–Oh merde, pourquoi? Enfin, je veux dire, je suis désolé, je pensais que c'était agréable, enfin, que tu gémissais de plaisir. Putain, quel con! Je t'ai fait mal, je te demande pardon, j'ai voulu aller trop vite et tu n'es pas prête. Je vais m'arrêter.

Il essaie de se retirer. Je le retiens.

–Non, je veux juste que tu y ailles un peu plus doucement. Le temps que je m'habitue.

Il acquiesce et dépose délicatement ses lèvres sur les miennes, puis m'embrasse, lentement, tendrement, sa langue rencontre timidement la mienne, alors qu'il s'efforce de ne plus bouger. La douceur de ses baisers aide à me détendre et lorsque je me sens suffisamment à l'aise, je l'encourage à reprendre ses va-et-vient, il hésite et agit avec précaution, comme s'il avait peur de me briser. Peu à peu la douleur s'estompe. Il enfonce ses mains dans mes cheveux, colle son front contre le mien. Ses yeux sont fermés, des gouttelettes de sueur se forment le long de ses tempes. Il est tellement beau et vulnérable à ce moment précis que ça me bouleverse. Il ouvre soudain ses magnifiques yeux verts et je suis submergée par l'émotion. Mes larmes coulent lentement. Il les recueille de ses pouces, embrasse tendrement mes lèvres tandis que nos corps continuent à bouger.

–Leïïïlaaa…

Il soupire dans ma nuque et me serre contre lui. La sensation de brûlure a presque disparu et je commence à ressentir du plaisir. Je bouge mon bas-ventre avec plus d'assurance pour rencontrer le sien, il gémit. Nos respirations sont courtes, saccadées, nos corps couverts de sueur, le son de nos gémissements remplit la pièce.

–Je ne vais pas tenir très longtemps ! Tu es tellement… tellement serrée !

Il prononce ces mots comme s'il était à l'agonie. Edward accélère un peu la cadence, et après quelques grands coups de reins, il se fige, enfonce ses doigts dans mes hanches, lâche un cri étouffé et se vide à l'intérieur de moi.

Sa tête se pose délicatement sur ma poitrine. Il est à bout de souffle, son torse se soulève et descend inlassablement. Je caresse ses cheveux pendant qu'il reprend ses esprits, ils sont imbibés de sueur, mais je m'en tape ! Je grimace légèrement lorsqu'il se retire. Il pose son menton sur moi et me regarde avec admiration.

–Alors, c'était comment? Je ne t'ai pas fait trop mal, au moins?

–Non !

Je mens pour le rassurer mais fléchis de douleur lorsque j'essaie de me redresser. Il lève un sourcil interrogateur.

–Peut-être un peu ! finis-je par avouer.

–Désolé, bébé ! Je te promets que la prochaine fois, ce sera mieux pour toi.

Je me niche dans sa nuque et j'aimerais y rester pour toujours.

23

Leïla

On reste enlacés comme ça pendant des heures. Edward joue avec mes cheveux, embrasse mon épaule, mon cou, mes lèvres. Je me sens tellement bien ici, dans le creux de ses bras. Je promène mes doigts sur sa peau douce, explorant ses tatouages, ils sont nombreux, surtout sur son torse. Ça lui va bien. Je ne pensais pas que je pouvais aimer ça chez un garçon, mais j'avoue que ça lui donne un côté sexy que j'adore. J'aime particulièrement la petite croix qu'il a sur la main, juste à côté de son pouce, je la caresse et ça le fait sourire.

–Elle te plaît?

–Oui, beaucoup. Je me demandais si tes tatouages avaient une signification particulière?

–On peut dire ça. Ils représentent un peu de tout, en fait, des événements qui m'ont marqué, des dates, des souvenirs. Cette petite croix, par exemple, je l'ai faite faire en souvenir d'un de mes amis proches qui s'est tué à moto à l'âge de 18 ans.

–Oh non! Je suis vraiment désolée, Edward.

Il regarde tristement son tatouage puis ajoute :

–Pour ne jamais oublier de vivre à fond car le futur n'est pas garanti.

Sa voix est devenue affreusement basse et mélancolique.

–C'est un joli geste.

–Ouais… Tu sais, je n'en avais jamais parlé auparavant. C'est comme pour ma mère, d'ailleurs, peu de gens connaissent l'histoire de mon enfance. Je crois que tu as le don de me faire parler, Leïla.

Il me fixe un long moment, d'un regard que je ne saurais interpréter, puis sans dire un mot, il m'embrasse avec une telle profondeur et une telle tendresse que mon cœur se met à battre à mille a l'heure. Lorsqu'il met fin à ce baiser, je ne suis plus qu'une petite chose fragile qui aurait besoin d'être secouée pour reprendre ses esprits.

–Leïla… Qu'est-ce que j'ai fait pour te mériter?

Il entrelace nos mains. J'adore quand il fait ça! Ce geste intime qu'il fait souvent est devenu l'une de mes choses préférées au monde. Je dépose un baiser sur son torse et le regarde en souriant.

–Qu'est-ce que tu veux dire par là?

–Je veux dire, regarde-toi. Tu es parfaite. Magnifique. Intelligente. Drôle. Sensible. Et surtout… bonne! Qu'est-ce que tu es boooonnne!

Il éclate de rire, fier de sa petite phrase de macho. Je secoue la tête, amusée.

–Mais t'es vraiment un malade.

–Oui, un grand malade.

Il me retourne, plaque mes mains au-dessus de ma tête et s'allonge sur moi. Je gémis de douleur, encore marquée par notre première fois. Il regrette et me regarde avec compassion.

–Tu as encore mal?

–Un petit peu.

–Oh, bébé! (Il fait la moue.) Laisse-moi te soulager!

Il m'assène des dizaines de baisers et descend doucement vers mon sexe où il continue sa distribution. Il soulève le drap et apparaît avec un grand sourire entre mes jambes. Le genre de sourire qui illumine l'ensemble de son visage.

–Ça marche?

–Oui.

Je réponds entre deux gloussements, une fois de plus éblouie par sa beauté. Il remonte avec précaution pour éviter de me faire mal et me serre dans ses bras par-derrière. Dos contre ventre, je sens son érection grandir à nouveau. Je tourne la tête, il rit et hausse les épaules.

–Je n'y peux rien, bébé! T'es trop booo…

Je plaque ma main contre sa bouche pour l'empêcher de finir, et il éclate de rire à nouveau. Je le rejoins. Sa bonne humeur est contagieuse. Après quelques minutes de silence à savourer la douceur et la chaleur de nos corps fatigués, je réalise qu'il est tard et qu'il est temps de rentrer.

–Edward, il faut que tu me ramènes.

–Nooon!

–Allez, il faut que j'y aille.

Je me retourne, il ferme vite les yeux et fait mine de dormir comme un enfant.

–Edward, sois sérieux.

Je lui frappe la poitrine.

–OK! OK!

Il se lève, enfile son boxer et son pantalon. J'en profite pour le mater. Les muscles de son dos se contractent lorsqu'il se penche pour attraper ses vêtements. Je ne me lasse pas de l'admirer. Tout me fascine en lui. Je n'ai jamais été aussi attirée par un mec auparavant. J'enroule le drap autour de moi avant de ramasser mes affaires. Je sais que je suis ridicule, mais je ne peux pas déambuler nue comme ça, c'est gênant. Je trouve mon soutien-gorge, mais pas ma…

–Bébé, c'est ça que tu cherches?

Il fait virevolter ma culotte au bout de ses doigts.

–Oui.

Je rougis.

–Non, je la garde!

Il l'enfonce dans sa poche et me fait un clin d'œil.

–Tu plaisantes? Tu vas en faire quoi, au juste? L'ajouter à ta collection? Rassure-moi, tu ne fais pas partie de ces pervers qui ont une drôle d'obsession pour les sous-vêtements usagés?

Il secoue la tête d'un air dégoûté.

–Non, je veux juste dormir avec!

Je le regarde, décontenancée, je ne m'attendais pas à ça.

–Quoi! Mais pourquoi? Tu n'as pas l'intention de la porter, n'est-ce pas?

–Non mais ça va pas, t'es dingue? C'est juste… (Il caresse sa nuque nerveusement et hésite un instant.) C'est juste que si je ne peux pas dormir avec toi, ce dont, soit dit en passant, je meurs d'envie, je veux pouvoir dormir avec une partie de toi.

–Et cette partie de moi… c'est ma culotte?

Mes yeux dansent avec humour.

–Oui. (Il me fait son plus beau sourire embarrassé.) Ne me juge pas, OK! (Il me jette ma robe.) Et maintenant, habille-toi avant que je ne puisse plus contrôler la bête!

Il pointe son pénis du doigt et j'éclate de rire à son surnom stupide.

***

Edward me raccompagne en bas de mon immeuble après avoir argumenté pendant une demi-heure. Je voulais qu'il me dépose à quelques rues pour plus de discrétion, mais il a catégoriquement refusé de me laisser marcher seule à 4 heures du matin.

Il a fini par avoir gain de cause, non sans me menacer au préalable de faire demi-tour et de me ramener chez lui si je continuais à lui tenir tête.

Lorsque je passe la porte de l'appart, l'ambiance est paisible et silencieuse. Ma mère et ma sœur dorment dans leurs chambres respectives et je me dirige vers la mienne pour un repos bien mérité. Je devrais me doucher, mais j'ai envie de garder l'odeur d'Edward sur ma peau le plus longtemps possible. Oh, Edward! Je ferme les yeux et des images sensuelles de notre première nuit d'amour flashent dans ma tête. Je suis tellement heureuse que ça me fait peur, des milliers de questions se pressent dans mon cerveau.

Que va-t-il se passer entre nous maintenant ? Ma plus grande peur, c'est qu'il se désintéresse de moi après ce soir. Je sais que je ne pourrais pas m'en remettre si tel était le cas. Après ce que nous avons fait, je suis sûre d'être amoureuse de lui. Ce que j'ai ressenti pendant qu'on faisait l'amour était au-delà d'une simple attirance. C'était fort ! Grand ! Évident !

Mon téléphone vibre sur la table de nuit, je le saisis et découvre un selfie d'Edward. Il est dans son lit, ma culotte en main, tel un doudou, et il fait semblant de dormir, comme tout à l'heure. Et le pire : Il est absolument adorable !

[Bonne nuit, princesse !
Moi, je dors
en très bonne compagnie.]

[Bonne nuit, Edward.]

Je souris et m'endors presque immédiatement.

24

Leïla

Lorsque je me réveille le lendemain, il est plus de 11 heures. Je m'étire longuement et ne peux retenir le grand sourire qui se dessine sur mes lèvres. J'ai l'impression d'être la fille la plus chanceuse au monde, et ce, malgré mes courbatures et la douleur que je ressens dans mon entrejambe.

J'entends ma mère s'agiter dans la cuisine, elle prépare le repas comme tous les dimanches. Il faudrait que j'aille l'aider, mais j'ai peur qu'elle lise sur mon visage ce que j'ai osé faire hier soir. J'ai fait l'amour ! Mon Dieu, je n'arrive pas à y croire ! Sonia entre subitement dans ma chambre, telle une tornade, interrompant mes pensées. Elle aussi a l'air fatigué, sa soirée avec Nicolas n'a pas dû être de tout repos.

– Alors ? Alors ? Alors ?

Elle saute sur mon lit comme une petite folle.

– Alors quoi ?

Je fais semblant de ne pas comprendre.

– Ben, tu l'as fait ou pas ?

J'acquiesce en me mordant les lèvres, j'ose à peine la regarder. Elle crie et me prend dans ses bras.

–Aaaah! Je n'y crois pas! T'as été jusqu'au bout! Je ne pensais pas que t'aurais le courage! C'est Nico qui avait raison, je lui dois vingt euros maintenant!

Je la regarde, étonnée.

–Je rêve, vous avez fait des paris sur moi?

–Oui, désolée! dit-elle en tirant la langue. Bref, c'était comment? Raconte!

–C'était... c'était... merveilleux! Absolument magique! Un moment de grâce.

Mes yeux brillent et Sonia tape dans ses mains.

–Il doit être vraiment doué, car la première fois, ce n'est pas top, en général! Tu as eu mal?

–Oui, au début, mais ensuite, c'est passé.

–J'aurais dû te prévenir que ça serait un peu douloureux.

–Je suis prête à endurer la douleur mille fois pour ressentir ce que j'ai ressenti! déclaré-je un peu trop vite, ce qui éveille la suspicion de Sonia.

–Quelqu'un m'a l'air amoureux!

Je me cache derrière mes mains et rougis jusqu'aux oreilles.

–Oui, je crois bien! Qu'est-ce que je vais faire? Je ne sais pas s'il ressent la même chose, et il y a toujours cette foutue Andrea.

–Je croyais qu'il faisait semblant d'être avec elle pour son père?

–Oui, c'est ce qu'il dit! Et même si c'est le cas, je ne sais pas vraiment ce qu'il fait quand il «fait semblant» d'être avec elle. Est-ce qu'il l'embrasse? Est-ce qu'il la touche? Est-ce qu'il est avec elle comme il était avec moi hier soir?

Cette pensée m'est particulièrement douloureuse, je soupire de désespoir.

–Leïla! Ne t'inquiète pas trop! Tu n'auras qu'à tirer ça au clair avec lui quand le moment sera venu. En attendant, savoure ton bonheur!

–Tu as raison!

–Bien sûr que j'ai raison! Je suis trop contente pour toi!

Elle me fait un clin d'œil puis quitte ma chambre.

Je décide d'aller faire ma toilette avant d'aller aider maman. Je me glisse sous la douche et me relaxe instantanément. Soudain, je remarque que l'eau qui s'écoule entre mes jambes est rosâtre. Je frémis et me demande si c'est normal ou si quelque chose à l'intérieur de moi a été endommagé. Je ne me souviens pas qu'Edward ait été particulièrement violent. Au contraire, il était doux et prévenant, s'assurant constamment de mon bien-être.

Je vais demander à Sonia à propos du sang. Elle saura tout m'expliquer et me rassurer. Elle est forte pour ça! Je repense à ses mots encourageants. C'est vrai que je dois apprendre à être positive. Contrairement à ma sœur, je suis d'une nature anxieuse. J'ai tendance à penser qu'un bonheur est toujours accompagné d'un malheur.

Ma vie n'a jamais été un long fleuve tranquille, je suis bien trop habituée à ce que les choses foirent. J'ai l'étrange sensation que cette règle s'appliquera aussi pour Edward.

25

Edward

Dimanche matin, ou plutôt après-midi, je me réveille doucement, m'étire sous les draps et souris à la vue de la petite culotte de Leïla. Je regarde sous mon drap, et évidemment, sans surprise, je bande. J'ai rêvé d'elle toute la nuit. Son corps, sa bouche, ses seins, ses gémissements. Elle me rend fou ! Elle a réussi à envahir tous mes sens et hante même mes rêves. J'ai à nouveau besoin de la voir, et vite ! Lui faire l'amour a été l'une des plus belles expériences de ma vie. Elle est si douce, si touchante, être en elle, c'était comme être au paradis. Jamais je n'ai ressenti un truc pareil, et pourtant, j'ai eu quelques expériences… Mais cette fille, elle est juste différente. Elle me bouleverse et m'obsède en même temps. Putain, il me tarde de recommencer.

Je soupire et passe la main dans mes cheveux, frustré par son absence. Si seulement je pouvais la voir tout le temps. Au lieu de ça, elle est prisonnière d'un père complètement taré qui l'empêche de sortir. Je ne le blâme pas, car si j'avais un joyau comme elle pour fille, je lui interdirais sûrement de fréquenter des salauds comme moi. Leïla est innocente, naïve, elle n'a pas les codes pour manœuvrer dans ce monde de pervers.

Hier soir, j'ai tellement été distrait – c'est le moins qu'on puisse dire – que j'ai oublié de mettre une capote. Quand j'y ai pensé, c'était trop tard. Elle est tellement enivrante que j'en ai oublié les principes de base. Pas la peine de trop s'inquiéter pour ça, j'ai fait les tests VIH et les chances qu'elle tombe enceinte sont minimes. Enfin, j'espère ! Il faudrait que je lui en parle, quand même…

J'entends frapper à ma porte, c'est sûrement Mme Gomez qui se demande pourquoi je dors encore.

– Entrez !

– Bonjour, monsieur Fyles ! Vous avez bien dormi ?

Elle avance avec précaution, une tasse de café dans une main, tandis que l'autre cache ses yeux. Je souris. Mme Gomez se méfie de ma tendance nudiste. Elle a souvent vu mon anatomie sans le vouloir et en a été à chaque fois horrifiée. Moi, je ne suis pas pudique pour un sou, alors ça me fait marrer plus qu'autre chose.

– Oui ! Merci !

– Je voulais juste vous dire que votre père est en bas et qu'il vous attend. Aussi, il n'a pas l'air très content, ajoute-t-elle en chuchotant avant de tourner les talons.

Putain, ce n'est pas vrai ! Qu'est-ce qu'il me veut encore ? Je me lève, m'habille à la hâte, ne prenant pas le temps de me laver le visage. Je dévale les escaliers et l'aperçois en tenue de tennis sur mon canapé.

–Papa ! déclaré-je sur un ton faussement enjoué. Que me vaut ce plaisir ?

–Tu ressembles à un zombie ! Où as-tu encore passé la nuit ?

–Merci ! J'ai de qui tenir ! Et ça ne te regarde pas !

–Arrête les sarcasmes, veux-tu ! gronde-t-il, déjà irrité par mon attitude.

Mon père est d'une nature impatiente et j'adore jouer avec ses nerfs.

–Comment va ta vieille tante ?

Il lève un sourcil interrogateur. Évidemment, Andrea ne peut pas s'empêcher d'aller tout raconter à mon père.

–Bien !

Je décide de le taquiner.

–Écoute, Edward, je ne sais pas ce que tu fabriques avec cette « vieille tante », dit-il en mimant des guillemets, impliquant qu'il a compris qu'il s'agit d'une autre fille. Mais je ne veux pas que tu gâches tout avec Andrea !

Je lève les yeux au ciel. Je commence à en avoir marre de sa tendance à vouloir contrôler ma vie.

–Papa ! Andrea, je ne l'aime pas ! Je n'ai pas envie d'être avec elle et je compte mettre fin à cette stupide relation au plus vite.

–Je t'interdis de faire ça, tu m'entends ! Tu ne voudrais pas perdre cet appartement, tes voitures et ton train de vie, n'est-ce pas ?

Je soupire et lutte contre l'envie de lui en décocher une. Il a raison, je n'en ai aucune envie. S'il me coupe les vivres, je vais devoir me retrousser les manches et bosser. Je suis diplômé de l'ISC Business School, je n'aurai donc aucun problème à trouver un travail, dans la finance ou autres. J'ai d'ailleurs déjà eu plusieurs propositions.

Mais pour avoir fréquenté les hautes sphères pendant les différents stages que j'ai effectués lors de mes études et pour avoir côtoyé de près les plus grands businessmen, je n'ai aucune envie de devenir comme ces mecs-là, en costume cravate toute la journée, à travailler quinze heures par jour, et devenir une machine à faire du fric comme mon père. Non merci, très peu pour moi. Je suis encore jeune et je veux profiter de la vie, être libre, voyager, pas passer mon temps le nez plongé dans la coke pour boucler les derniers dossiers chauds du moment. Au fond, je sais que ce monde n'est pas fait pour moi. J'aurais dû suivre mes premières aspirations et faire les Beaux-Arts, j'étais plutôt doué. Mais voilà, mon père ne voulait pas entendre parler de cette option, qu'il considérait comme ridicule. L'art, ce n'est pas un métier, mais un passe-temps, fils, me répétait-il souvent, jusqu'à finir par me convaincre.

–Edward, reprend-il, fais ce que tu veux avec cette petite pute dont tu t'es amouraché, mais…

– Ne parle pas d'elle comme ça !

Je serre les poings de rage. Il ricane.

–Andrea ne doit pas le savoir ! Tu ne seras pas le premier ni le dernier à avoir une maîtresse ! dit-il avant de se diriger vers la sortie.

Arrivé sur le pas de la porte, il se retourne :

–Au fait, à la fin du mois, nous allons tous au chalet de Courchevel pour skier. J'ai déjà tout arrangé avec des amis, dont ta petite amie ! Ta présence est évidemment indispensable. Prends tes dispositions !

Je ne réponds pas, car si j'ouvre la bouche, je risque de l'insulter. Il s'en va enfin. Je frotte mon visage de mes deux mains, frustré et en colère.

Putain ! J'avais tellement envie de l'envoyer balader, mais je ne suis pas prêt à renoncer à ma vie de privilèges, pas même pour Leïla.

26

Edward

– Goooooooooaaaaaaaaal ! Je suis le meilleur ! Avoue que c'est moi le meilleur ! Allez, fais pas ton jaloux, avoue ! hurlé-je, hystérique, après avoir marqué un but pour énerver Paul.

Il se lève, jette les manettes sur le canapé, en colère d'avoir perdu pour la troisième fois au jeu vidéo *Fifa*.

– Calme-toi, Ed ! Ce n'est qu'un jeu, tu ne viens pas réellement de gagner la Coupe du monde, lance Julien.

Je bombe le torse fièrement, fais une danse de la joie, et Paul m'envoie un coussin dans la tronche.

– Il est nul, ce jeu, de toute façon.

– Qui veut des bières ? s'écrie Louis depuis la cuisine.

– Surtout, fais comme chez toi, mec !

Il hausse les épaules, ignorant complètement ma remarque. Louis est mon meilleur pote depuis plus de dix ans, et le moins qu'on puisse dire, c'est qu'il se sent à l'aise en toutes circonstances. Les quelques fois où il a passé la nuit ici après des soirées trop arrosées, il a foutu un tel bordel que j'ai dû aider Mme Gomez à nettoyer le lendemain, et Dieu sait que je suis nul en ménage. Je n'ai même jamais fait mon lit.

–Corona pour tout le monde ! dit-il en déposant les bières devant nous.

Il s'installe à mes côtés et pose ses pieds sur la table basse du salon.

–Bouge tes pompes de là ! Mais tu n'as vraiment pas de manières.

–OK, maman.

Il me fait un doigt d'honneur mais s'exécute malgré tout. Chacun attrape une bière.

–Cinquante euros pour celui qui arrive à jeter sa capsule dans le vase là-bas près de la télé ! propose Paul.

–T'as encore envie de perdre, toi, à ce que je vois, plaisanté-je avant d'accepter le challenge.

C'est un truc qu'on fait tout le temps quand on est réunis. On ne peut pas s'empêcher de s'embrouiller et de se lancer des défis débiles.

–OK ! s'écrie Zack. Je commence.

Il jette sa capsule mais manque misérablement sous nos hurlements moqueurs.

–À toi, Ed !

J'essaie de viser du mieux que je peux. Je prends un temps fou à lancer, je suis hyper compétiteur, et je déteste perdre.

–Putain, c'est bon, Ed, balance ce foutu bouchon ! On n'est pas aux Jeux olympiques, s'agace Julien.

–L'art du lancer ne se bâcle pas et…

–Ta gueule et lance ! crient les quatre en même temps, exaspérés par mes discours à rallonge.

Je jette et loupe ma cible. C'est le tour de Paul, et il manque à son tour. Louis envoie sa capsule un peu trop fort et fait basculer le vase qui se brise sur le sol.

–Ooooooh!

–Putain, les gars, vous déconnez, là, merde! C'est un vase qui vient de Syrie!

Je ramasse les débris et les jette à la poubelle.

–Désolé, Edward, s'excuse Louis.

–Ce n'est pas grave, connard!

Je m'assois et les esprits se calment. Mon téléphone vibre dans ma poche, je m'éloigne pour répondre quand je constate qu'il s'agit de Leïla.

–Allô, bébé, tout va bien?

Je suis étonné qu'elle m'appelle, d'habitude, elle m'envoie un texto.

–Oui! répond-elle de sa voix douce et chaleureuse.

Elle s'éclaircit la gorge, visiblement gênée, avant de continuer:

–Qu'est-ce que tu fais, là? Je veux dire... Est-ce que tu es disponible? Est-ce qu'on peut se voir? Enfin, à moins que tu sois occupé... Tu es sûrement pris... Je suis désolée de t'avoir dérangé... Une prochaine fois, sinon?

–Non, bébé! Je ne fais rien! Je serais plus que ravi de te voir.

–OK!

Je la sens sourire au téléphone.

–Tu ne travailles pas?

–Si, mais j'ai fini plus tôt aujourd'hui, alors je pensais que...

– Oui, t'as bien fait ! Tu veux que je passe te chercher ?

– Non, je vais marcher, ne t'embête pas.

Elle est dingue, elle en aurait pour au moins quarante-cinq minutes, et par ce temps, ce n'est pas raisonnable.

– Leïla ! Je t'envoie un taxi ! À tout de suite. Bisous.

Je raccroche vite avant qu'elle ne puisse protester. Je commande le taxi sur une application et retourne dans le salon où les garçons sont toujours affalés sur le canapé et sirotent leur Corona.

– Qui est Leïla ? questionne Julien avec un sourire en coin.

Merde, ils m'ont entendu ! Je caresse ma nuque et essaie de masquer mon embarras.

– Leïla ? Mais ce n'est pas la meuf trop bonne que t'as rencontrée au Cab il y a quelques mois ? crie Zack avant de claquer sa bière sur la table.

Je hoche la tête pour acquiescer, forcé d'avouer.

– Mec, si mes souvenirs sont bons, elle était hyper jolie ! dit-il en humidifiant ses lèvres et je sens une vague de jalousie m'envahir.

– Ah ouais ?

– Ouais, elle est super canon avec un corps de ouf ! La meuf trop bandante.

– OK ! On a compris, Zack, ta gueule maintenant !

Je crie un peu trop fort et tous me regardent, amusés.

– Oh ! Notre petit bouclé est amoureux !

Louis m'attrape par le col et ébouriffe mes cheveux.

– Arrête ! N'importe quoi !

Je ris et me dégage de sa prise.

– Bon, bref, les gars ! Cassez-vous parce qu'elle arrive !

–Non, moi, je veux la voir! s'exclame Paul.

–Moi aussi!

–Moi aussi!

–Moi aussi!

Je soupire longuement.

–OK! Mais je vous préviens, je vous la présente vite fait et vous vous barrez direct après!

–Ouiiiiiiiii!

–Et personne ne balance de conneries, c'est compris?

–Oui, chef! disent-ils tous en même temps.

Quelques minutes plus tard, j'entends l'ascenseur et elle apparaît. Elle est absolument époustouflante de beauté! Ses cheveux sont attachés en queue de cheval, ce qui dégage son magnifique visage. À chaque fois que je la vois, je la trouve encore plus belle.

Elle est pourtant habillée modestement: un jean, des Converse, son vieux manteau marron abîmé au niveau des manches, et elle ne porte que très peu de maquillage. Les gars se retournent en même temps que moi et arborent tous la même expression: médusés, éblouis par elle.

C'est l'effet qu'elle fait à tous les mecs, et le pire, c'est qu'elle ne s'en rend même pas compte.

27

Leïla

Je rentre dans l'appartement et je vois cinq paires d'yeux qui me scrutent de haut en bas. Je me sens extrêmement mal à l'aise. J'ai horreur qu'on m'observe. De plus, je suis surprise de voir de la compagnie, je croyais qu'il était seul. Après tout, on est mardi après-midi, ne devraient-ils pas tous être au travail ou à la fac? Sont-ils aussi en année sabbatique comme Edward? Ça doit être chouette d'être riche et de disposer de son temps comme on l'entend pour explorer ses options pendant que papa maman s'occupent du reste.

–Leïla!

Edward s'approche de moi, les bras grands ouverts, et m'enlace. Les quatre garçons se joignent à nous et se postent devant moi. Je les regarde timidement.

–Leïla, je te présente Paul, Zack, Julien et…

–Jennifer!

L'un de ses amis le coupe en plaisantant, et ils éclatent tous de rire. Ils ont l'air marrants et complices, chacun a un look différent, branché, mais quand même très soigné.

Ils sont tous très séduisants, même si Edward reste le plus beau à mes yeux. Est-ce que tout le monde est comme ça dans son entourage?

–Comme tu peux le constater, Jennifer, Louis de son vrai nom, est le petit rigolo de la bande!

–Enchantée!

Je leur serre la main et Zack la saisit pour la porter à ses lèvres. Il y dépose un doux baiser et murmure un:

– Ravi de te revoir, beauté.

–Hey! Bas les pattes, connard! grogne Edward en le frappant à l'épaule.

Zack se marre et me fait un clin d'œil, me faisant rougir au passage.

Je me souviens de lui, il était avec Edward et cette pimbêche d'Andrea le soir de notre rencontre. Par contre, les autres, je ne les ai jamais vus, mais ils ont tous l'air très sympas, je serais ravie d'apprendre à les connaître, ça me permettrait de mieux comprendre Edward.

–Bon, ben, les garçons étaient sur le point de partir, justement.

Ce ne sera peut-être pas pour aujourd'hui, pensé-je, tandis qu'Edward leur jette à tous un regard menaçant.

Pourquoi veut-il absolument qu'ils partent si vite? Il a honte de moi? Il pense sûrement que je ne saurai pas me tenir face à ses amis, moi, la pauvre banlieusarde de La Courneuve? À moins que ce soient mes vêtements qui le mettent dans l'embarras? Mon manteau est vraiment vieux; mes yeux se posent sur mes Converse abîmées. Je rougis de honte et me sens minuscule, j'ai envie de me cacher dans un trou de souris. Et je déteste ce sentiment bien trop familier qui m'étreint la gorge.

–OK! On y va, détends-toi! lance Paul avant de se diriger vers l'ascenseur.

–Ravi de t'avoir rencontrée, Leïla! dit Louis.

–Ouais, ce fut bref mais intense! commente Zack, et je crois qu'Edward est sur le point de lui sauter dessus.

C'est quoi son problème, bon sang!

Il serre les poings et fronce les sourcils, ce qui déclenche un éclat de rire chez ses amis.

–Allez, cassez-vous maintenant!

–Nous aussi on t'aime, Ed, s'écrie Julien.

À peine les portes de l'ascenseur se referment qu'Edward plaque ses lèvres contre les miennes. Je bascule légèrement en arrière et ses mains m'agrippent par le dos pour me maintenir debout. Mais je ne suis pas dedans, sa réaction face à ses amis me laisse un goût amer dans la bouche. Il remarque que mes lèvres bougent à peine et interrompt le baiser.

–Ça ne va pas, bébé?

–Si, si, ça va!

Je m'efforce de sourire pour le rassurer, car bien que je sois vexée, je n'ai pas envie d'en faire tout une histoire.

–Ne me mens pas, je vois bien que tu es triste. Il y a quelque chose qui te tracasse? Tu peux me parler, tu sais.

Son regard doux et inquiet m'encourage. Après tout, je ferais mieux de lui dire ce que je pense, sinon je vais ruminer.

–C'est juste que… je ne comprends pas pourquoi tu voulais absolument que tes amis partent au plus vite. J'ai eu l'impression de…

–L'impression de quoi, Leïla? Parle, s'il te plaît.

–Je ne sais pas… de te faire honte. On ne vient pas du même milieu, mais ne t'inquiète pas, je sais me tenir. Et si je ne suis pas assez bien pour tes amis, alors peut-être qu'il vaut mieux qu'on en reste là.

Je me suis emballée, je ne veux surtout pas qu'il me laisse tomber, mais maintenant que c'est dit je réalise que je le pense vraiment. Je ne veux être le secret honteux de personne. Je suis peut-être pauvre, mais j'ai ma dignité.

Edward m'écoute attentivement, son front se plisse et il secoue la tête quand j'ai fini mon discours comme si c'était la chose la plus stupide qu'il ait jamais entendue.

–Leïla! Je suis désolé, je manque de tact et je fais n'importe quoi. Je ne veux pas que tu penses une seule seconde que j'ai honte de toi, c'est tout le contraire. Je veux dire… tu t'es vue? Tu es tellement parfaite, tellement belle, et égoïstement j'ai envie de te garder pour moi, on se voit déjà si peu. Et puis, ajoute-t-il en se caressant nerveusement la nuque, je n'aime pas quand d'autres mecs te draguent, comme vient de le faire Zack! Je sais, c'est complètement hypocrite et irrationnel, et j'ai honte de réagir ainsi, mais je n'y peux rien. Tu me rends fou, j'aimerais pouvoir prendre les choses avec distance, mais je n'y arrive pas, pas quand il s'agit de toi, en tout cas. Je n'ai jamais été comme ça auparavant, je ne comprends pas vraiment ce qui m'arrive!

Il soupire et se frotte le visage.

–Je vais arrêter de jouer au con, je te le promets. Tu veux que je les rappelle? Qu'ils passent du temps avec nous? Ils ne doivent pas être bien loin.

Il prend son téléphone en main. Je souris et l'en dissuade. Je suis soulagée de constater que ce que je prenais pour du mépris de sa part est en fait de la jalousie et de la possessivité mal placées.

–Et arrête avec La Courneuve, ajoute-t-il, un peu exaspéré, je m'en tape que tu viennes du 93, OK! Ça ne me pose aucun problème! C'est clair ou tu veux que je l'écrive sur tous les murs de l'appart?

Je ris et l'embrasse pour lui prouver que je le crois. Ce baiser est long, doux et plein de promesses. Quand il me lâche, j'en ai le tournis. Il prend mon visage en coupe et murmure à quelques millimètres de ma bouche:

–Bébé, tu m'as tellement manqué.

Mon cœur fait un bond.

–Toi aussi, tu m'as manqué.

–Ouais?

–Oui!

–Qu'est-ce qui t'a le plus manqué, moi ou ma bite?

Il tire la langue, fier de sa petite blague. Je le frappe sur l'épaule: la tension qu'il y avait entre nous il y a encore quelques secondes s'est complètement dissipée. Tant mieux, car je suis venue ici pour passer du bon temps, oublier tous mes problèmes, et je sais que je peux compter sur le sens de l'humour d'Edward pour ça.

Il entrelace nos doigts et m'invite à m'asseoir sur le canapé.

–Je suis content que tu sois là, me dit-il avec enthousiasme.

–Oui. Il n'y avait pas beaucoup de clients au magasin et Camille s'est proposé de faire la fermeture toute seule, alors me voilà. Et toi, tu faisais quoi aujourd'hui?

–Comme d'habitude, j'ai vu mon coach sportif ce matin, puis mon comptable, pour signer de la paperasse, ensuite je suis allé au Country Club déjeuner avec les potes, et on a atterri ici pour une séance de jeux vidéo. Rien de très excitant, enfin jusqu'à ce que tu arrives, évidemment.

Il me fait son sourire séducteur.

–Et tu ne t'ennuies pas? Tu n'as pas envie de trouver un travail ou d'étudier?

Il soupire.

–On croirait entendre mon père. (Son ton est soudain plus sec et ça me surprend.) Comme je te l'ai déjà dit, Leïla, je fais une année sabbatique, mes études ont été douloureuses et intenses, j'ai bien mérité un break avant de rentrer définitivement dans la cour des grands, non?

J'acquiesce et baisse les yeux, je ne comprends pas pourquoi il s'énerve alors que je cherche juste à mieux le connaître. Peut-être que mes plus grandes craintes vont se réaliser: maintenant qu'il a obtenu ce qu'il voulait de moi, il va me laisser tomber. C'est pour ça qu'il se montre si désagréable, il veut me faire passer un message.

–Désolée, je ne voulais pas te contrarier, fais-je, un peu confuse.

Il attrape mes doigts, que je suis en train de triturer, et les porte à ses lèvres. La douceur de son geste m'apaise un peu.

–Non, c'est moi qui te demande pardon, bébé. C'est juste que mon père me prend déjà suffisamment la tête à ce sujet, alors je n'aime pas en parler. La vérité, c'est que je ne sais pas si je veux bosser dans les affaires, mais c'est ce que tout le monde attend de moi, et ce, depuis toujours, que je marche dans les pas de Robert Fyles, que je fasse aussi bien que lui. Pourtant, le business, ce n'est pas mon truc.

–Alors c'est quoi, ton truc?

–C'est toi, mon truc, ma princesse.

Il me soulève soudain et m'oblige à m'asseoir sur ses genoux, puis m'embrasse dans le cou, me faisant fondre au passage, mais je me dérobe. Je commence à le connaître, et je sais que c'est une stratégie d'évitement.

–Edward, je suis sérieuse, je veux savoir.

Il soupire, fuit mon regard et murmure d'une voix triste:

–Tout le monde se fout de ce que je veux vraiment, Leïla.

–Non, ce n'est pas vrai! Moi je ne m'en fous pas.

Son regard torturé me transperce. C'est la première fois que je le vois ainsi, hésitant, si peu sûr de lui.

–Tu vas te foutre de moi si je te le dis.

–Je te promets que non.

Il prend un long moment avant de me répondre.

–C'est l'art, mon truc, lâche-t-il finalement dans un soupir las.

–Mais c'est super! C'est quoi, ta spécialité?

–Je dessine, et je peins, aussi. Enfin, ça fait longtemps que je n'ai rien fait.

–J'aimerais beaucoup voir tes œuvres, tu en as ici?

–Non! Enfin, si, j'ai quelques photos sur mon téléphone, de vieux trucs que j'ai faits il y a longtemps, c'est pas grand-chose…

–Montre-les-moi, insisté-je.

Il acquiesce, prend son iPhone et cherche dans sa galerie jusqu'à tomber sur les clichés de ses créations, et je suis impressionnée par ce que je vois. Il y a un peu de tout. Quelques peintures, sur des murs ou des canevas, des dessins aussi, je reconnais même certains de ses tatouages griffonnés sur du papier. Il est doué, il est vraiment doué.

–Edward! Tu as beaucoup de talent. C'est vraiment super, ce que tu fais!

–N'exagérons rien!

Pourquoi doute-t-il autant de lui? Il s'empresse de ranger son téléphone.

–Je pense que tu devrais persévérer dans cette voie; ce serait dommage d'abandonner ta passion.

–À quoi bon? Ce n'est pas un vrai métier, d'être artiste, c'est juste un passe-temps.

–Certaines personnes en font leur métier.

–Ces gens-là ont vraiment du talent et ont étudié pour. Allez, arrêtons de parler de ça, tu veux? Je te sers quelque chose à boire? fait-il pour changer de sujet.

–Il est un peu tôt, là, non?

–Jamais trop tôt! Je plaisante, bébé, je n'ai pas que de l'alcool. Tu veux du thé, du café, jus d'orange, un soda?

–T'as du Coca?

–Bien sûr, princesse!

Il disparaît aussitôt dans la cuisine. Je remarque qu'il y a quelques débris de verre au coin de la télé et décide de les ramasser. Mauvaise idée, car je me coupe le doigt. Je fléchis et maudis ma maladresse, tout en essayant d'endiguer les saignements. C'est le moment que choisit Edward pour revenir dans la pièce avec un plateau qu'il dépose sur la table.

–Qu'est-ce que tu fais, bébé? Oh non, tu t'es coupée!

Viens ! dit-il en désignant le canapé pour que je m'asseye à ses côtés.

Je le rejoins, il prend mon doigt et l'observe attentivement. Sa délicate attention me fait sourire.

– Ça devient une habitude, de saigner chez moi !

– Pourquoi tu dis ça ?

– Les draps ! Tu y as laissé la marque de ton innocence !

– Ce n'est pas vrai ?

Je rougis furieusement à ces mots, ce qui comme d'habitude semble l'amuser.

– C'est Mme Gomez qui a été surprise quand elle les a lavés ! Elle doit me prendre pour un psychopathe !

– Quoi ? Mais qui est Mme Gomez ?

Je me cache dans son épaule, morte de honte.

– C'est ma gouvernante ! Elle est ici tous les matins pour s'occuper de moi et de la maison. Tu la rencontreras un jour, j'espère !

– Non, non, non ! Après ce qu'elle a vu, je préfère mourir !

Il caresse mes cheveux, m'embrasse sur la tempe avant de déposer de petits baisers sur mon doigt, puis finit par ouvrir la bouche et à carrément le sucer.

– Je ne suis pas sûre que ce soit efficace ! dis-je en plaisantant.

Il suce plus fort, comme pour me prouver le contraire. Ses succions deviennent de plus en plus sensuelles, éveillant un essaim de papillons dans mon ventre. Son insoutenable regard de braise rencontre le mien et me fait comprendre le changement d'ambiance.

Il retire doucement mon doigt tandis que je scrute ses

moindres faits et gestes, le souffle court, cherchant désespérément l'air qui semble manquer à mes poumons. Ses yeux contemplent ma bouche pendant un long moment. Il s'approche, me frôle de ses lèvres. Je crois qu'il va m'embrasser, mais il tourne la tête et mordille mon cou à la place. Tous mes sens s'affolent. Son nez se promène lentement jusqu'à ma clavicule, y traçant un sillon invisible et brûlant. Mon pouls s'accélère, un étrange mélange de désir et de peur s'empare de moi. J'ai envie de lui comme jamais, envie de ne faire plus qu'un, qu'il me serre au plus près et ne me laisse plus jamais partir, et toutes ces émotions m'effraient. Je crains que, si je succombe cette fois encore, je ne puisse plus me passer de lui.

– J'aime quand tu t'attaches les cheveux comme ça ! murmure-t-il contre ma peau de sa voix grave, interrompant mon débat intérieur.

– Ah oui ? Pourquoi ?

– Ça me permet de bien voir ton joli visage.

Il enroule ma queue de cheval dans son poing et tire légèrement dessus. Un petit cri m'échappe et il m'embrasse passionnément. Sa langue vient masser la mienne de la manière la plus sensuelle qui soit, je gémis dans sa bouche, il sourit, puis prend mon visage entre ses mains et caresse mes joues avec ses pouces. Ses grands yeux verts brillent avec une telle ferveur que je peux y lire toute l'étendue de son désir, et quelque chose d'autre, quelque chose de plus doux, de plus profond. Se pourrait-il qu'il ressente la même chose que moi ?

– Leïla ?

–Oui?

–Tu as toujours mal ici?

Il caresse doucement mon entrejambe.

–Non, plus vraiment, m'empressé-je de répondre.

S'il note une quelconque hésitation dans ma voix, il ne fera rien, je le sais, et ma décision est prise: j'ai envie de recommencer avec lui.

–Bébé, j'ai très très envie de te faire l'amour. Est-ce qu'on peut…?

28

Leïla

Au lieu de lui répondre, je grimpe sur ses genoux.

–Je crois que ça veut dire oui, plaisante-t-il.

–Quelle perspicacité!

–Tu veux le faire ici?

–Pourquoi pas?

Je frôle ses lèvres avec les miennes. Nous sommes très proches, nos bouches entrouvertes respirent le même air mais maintiennent quand même une douloureuse distance. Edward contemple longuement mon visage et semble un peu hésitant.

–Leïla, tu es sûre? Je ne veux pas te forcer à quoi que ce soit.

–Edward, je suis plus que sûre, alors arrête de parler et fais-moi l'amour, s'il te plaît.

Je ne sais pas où je trouve toute cette assurance, je ne me reconnais plus lorsque je suis dans ses bras. Peut-être est-ce son côté doux et prévenant qui me rassure, ou le fait qu'il se soit montré si honnête et vulnérable tout à l'heure, ou encore son charme dévastateur qui me fait complètement perdre les pédales?

–OK! Dans ce cas…

Il me sourit comme un diable, laissant apparaître une adorable fossette sur sa joue, et m'embrasse à pleine bouche. Ce baiser est différent des autres, il est dur, pressé, presque bestial. Nos langues affamées se rencontrent et se livrent une guerre sans merci, faisant grimper la température de nos corps en moins de temps qu'il ne faut pour le dire. Je peine à respirer mais je m'en tape, je le serre au plus près de moi. J'en veux plus, c'est lui qui est devenu mon oxygène. Je retire mon pull à la hâte, il m'interrompt soudain:

–Attends, doucement, Leïla, je veux pouvoir te regarder, savourer ce moment.

J'acquiesce, un peu frustrée, mais c'est lui qui a raison. Il faut que je calme les hormones qui ont pris possession de mon corps.

Edward prend le relais, dégrafe mon soutien-gorge tout en observant mes réactions. Mon cœur bat à tout rompre. Son regard de braise semble avoir un pouvoir hypnotique sur moi.

–Bébé, tu es tellement belle!

Je ne me suis jamais trouvée particulièrement jolie, mais Edward me le répète tellement souvent que j'ai envie d'y croire. Il contemple longuement ma poitrine avant de faire glisser mes bretelles le long de mes bras. Ses gestes sont lents, précis. Il ne me touche presque pas, pourtant je sens des picotements partout sur ma peau.

–Edward, soufflé-je pour qu'il mette fin à cette douce torture.

Il caresse mes seins. Un long gémissement m'échappe lorsqu'il approche enfin son visage pour embrasser ma poitrine. Il me lèche sans retenue. Et mon Dieu, ce que c'est bon! Sa langue s'enroule à un rythme lent, il suçote, titille mes tétons avant de les mordiller successivement, me faisant mourir de plaisir.

–Bébé! Je vais te faire tellement de bien que tu me supplieras de recommencer encore et encore et encore, susurre-t-il contre ma peau avant de reprendre ses assauts.

Ses mots enflamment mon corps et je ressens encore ce besoin, ce feu ardent dans mon bas-ventre qu'il est le seul à pouvoir éteindre. J'ondule des hanches contre lui tout en essayant de défaire son jean.

–Doucement, bébé! Je sais que tu en as envie mais quand même.

–Déshabille-toi, Edward! ordonné-je d'une voix méconnaissable.

Qui suis-je? Et où est passée la gentille petite Leïla innocente? Edward semble m'avoir transformée en une folle de sexe.

–Oui, chef!

Il me fait un clin d'œil et fait passer son tee-shirt par-dessus sa tête. Je me lève pour lui permettre d'enlever son jean et ses chaussures. Il le fait rapidement puis s'occupe du mien. Il retire ensuite mes Converse, puis descend mon pantalon, ma culotte, et se retrouve face à mon sexe nu. Je devrais me sentir mal à l'aise, mais mon excitation a pris le pas sur le reste. Edward humidifie ses lèvres tout en me regardant.

–Oh, Leïla, tu es absolument magnifique! Magnifiquement bandante! Et cette chatte est juste parfaite.

Il caresse mon intérieur avec son pouce, s'approche puis me lape goulûment. Je frissonne de plaisir et enfonce mes mains dans ses cheveux. Il entre deux doigts en moi puis se met à pomper. Je me mords les lèvres pour ne pas crier car la sensation est absolument divine. Mes jambes flageolent et semblent vouloir me lâcher. Edward agrippe mes hanches pour me maintenir en place. Après quelques coups de langue supplémentaires, il emprisonne mon clitoris et le suce. C'en est trop, je ne peux plus me contenir! Je sens que ça vient, ça monte, ça monte, ça monte! Et tout d'un coup, j'explose! Mon dos se cambre, ma vue se brouille.

–Oh mon Dieu!

–Vas-y, bébé, jouis pour moi!

Je ferme les yeux, tire ses cheveux et libère mon orgasme dans un cri incontrôlé. Edward se retire mais prend soin de me maintenir debout, d'une main. J'entends le bruit d'un emballage qu'on déchire pendant que je reprends mes esprits. J'ouvre les yeux. Il me lâche et déroule un préservatif sur son sexe. Il se caresse en me regardant, ses yeux rétrécissent de désir. Il me fait ensuite signe de m'installer sur lui. J'hésite, je ne comprends pas tout de suite.

–Je veux que tu grimpes sur moi, Leïla. Je veux que tu me chevauches. Mets tes jambes ici.

Je m'exécute. Edward se positionne, me soulève, puis me descend lentement sur son sexe. C'est à la fois bon et douloureux. Il me remplit tout entière et j'ai l'impression qu'on ne fait plus qu'un. Je ressens encore une gêne mais ce n'est rien comparé à la première fois.

– OK, bébé, bouge, maintenant.

Je pose mes mains sur le haut du canapé derrière lui pour l'utiliser comme un levier. Je monte et descends, glissant maladroitement sur son sexe que je sens dur à l'intérieur de moi. Edward accompagne mon geste en agrippant mes fesses. Je gémis de plaisir lorsqu'il saisit mes seins pour les porter à sa bouche. Il suce, mordille. Il se cambre soudain pour s'enfoncer davantage.

– Aïe !

Je me fige.

– Qu'est-ce qui se passe ? demande-t-il, inquiet.

– Rien. C'est juste très profond comme ça.

– Oh, bébé. (Il sourit.) Pardon, pardon, prononce-t-il entre chaque baiser. J'oublie que tu es inexpérimentée. Tu me rends dingue, c'est pour ça. Je vais y aller plus doucement.

Le fait qu'il ne semble ni ennuyé ni frustré par mon manque d'expérience me donne envie de me lâcher et d'explorer mes limites avec lui, je sais que je peux lui faire confiance, qu'il s'arrêtera si je le lui demande.

Il dépose un long baiser sur mes lèvres, s'attarde un moment puis reprend lentement ses coups de reins en maintenant ma bouche contre la sienne et mes yeux dans les siens. Il me pénètre, une fois, deux fois, trois fois, avec précision, m'arrachant de longs gémissements. Nos corps brûlants se couvrent d'un film de sueur, nos respirations se font haletantes. Plus rien ne compte ! Nous sommes seuls au monde. Mon vagin se détend peu à peu. Je m'habitue à sa taille et à cette position. La douleur disparaît pour ne laisser place qu'au plaisir, à un pur et merveilleux plaisir.

–Oh oui, Edward, comme ça!

–Comme ça?

Il sourit, fier de lui. Son arrogance ne me dérange pas, pourvu qu'il continue à faire ce qu'il fait.

–Oui! Oui! Oui!

Il masse mon clitoris et me pénètre plus fort. Oh mon Dieu! Quel bonheur! Que c'est bon! C'est dingue! À en perdre la tête! À chaque intrusion, je découvre une nouvelle sensation, c'est à la fois trop et pas assez, et ça me rend complètement folle. Il me soulève pour me positionner comme il le souhaite et atteint des endroits sensibles dont j'ignorais jusqu'à l'existence. Je perds pied, m'agrippe à Edward, à ses épaules, le supplie de continuer, de ne surtout pas s'arrêter. Je me fous complètement de lui paraître pathétique. Je suis complètement accro, à lui, à son odeur, à cette lueur dans ses yeux, à cette tension sur son visage, à cette concentration. Mon Dieu, il est tellement beau! Absolument magnifique, et vraiment doué, en plus. Il se déchaîne en moi, me caresse et m'embrasse partout où sa bouche trouve refuge, me faisant littéralement perdre la tête. Je ne sais pas combien de temps je vais pouvoir tenir, mais je ne veux surtout pas que ça s'arrête.

Il mordille mon cou et je sens que la vague de plaisir revient. Elle se forme dans mon ventre, elle grandit et rien ne peut l'arrêter.

Edward enfonce ses mains dans mes cheveux à la recherche de ma bouche qu'il dévore de baisers. Nos langues s'enroulent, s'emmêlent et nos dents s'entrechoquent à mesure qu'il accélère ses coups de reins.

Ses mains tirent légèrement sur mes cheveux pendant que son pénis me pénètre inlassablement, envoyant des ondes de choc dans tout mon corps. Son sexe touche un endroit magique à l'intérieur de moi, et boom, je décolle.

–Edwaaard!

–Oui, c'est ça, bébé! Lâche tout! Lâche-toi!

Mon cerveau se brouille, mon corps se tend à se rompre et se met à trembler de manière incontrôlée, envahi par un tsunami de sensations qu'il ne peut plus contenir. Je hurle puis me fige, Edward me rejoint et nous ne sommes plus que spasmes de plaisir et halètements.

Il me faut un petit moment pour redescendre sur terre et ouvrir les yeux. J'ai l'impression de flotter, d'être sur un nuage, toutes les fibres de mon corps semblent détendues. Mon Dieu, ce que je viens de ressentir est complètement dingue! Waouh!! Si c'est ça, le sexe, je veux recommencer et tout de suite.

Nous restons enlacés pendant un long moment. Il caresse mon dos et embrasse mes cheveux. J'entends son cœur battre contre le mien et j'ai envie de lui avouer à quel point je l'aime! Je l'aime tellement que j'ai peur qu'il me brise!

–Bébé? murmure-t-il à mon oreille.

–Mmm hmm?

J'admire ses yeux verts magnifiques qui brillent encore plus que d'habitude.

–Faut que j'aille pisser!

J'éclate de rire à son manque de tact.

–Tu sais comment gâcher un moment, toi !

–Après t'avoir donné un orgasme, je ne peux être accusé de rien.

Il m'offre son plus beau sourire, me soulève gentiment pour se dégager et se lève avant de se diriger, complètement nu, vers la salle de bains. Lorsque j'arrive enfin à décoller mes yeux de son magnifique derrière, j'aperçois au sol l'emballage du préservatif et ça me rappelle qu'on n'en avait pas utilisé la première fois. Edward revient avant que mon angoisse grandisse. Il met son boxer et je me lance :

–Tu n'en avais pas mis la dernière fois ?

–De ?

–De capote !

Il s'éclaircit la gorge et caresse sa nuque :

–Euh... Oui, j'avais oublié.

–Tu avais oublié ?

–Ben oui ! Tu sais, bébé, tu peux être une grande distraction, parfois !

Il sourit, mais pas moi.

–C'est de ma faute, tu veux dire !

–Non ! Ne t'énerve pas ! Écoute, je suis désolé ! Mais si ça peut te rassurer, je fais régulièrement des tests, je suis clean !

La moutarde me monte au nez et j'ai envie de le gifler.

–Edward ! Et si je tombais enceinte, on ferait quoi ?

–Tu n'es pas enceinte !

–Et si je l'étais !

–Ben, on se marierait ! lâche-t-il en plaisantant.

Il ne prend pas du tout la situation au sérieux. Je m'en veux d'avoir été aussi conne et de ne pas y avoir pensé moi-même. Il essaie de me prendre dans ses bras, mais je le repousse.

–Bébé ! S'il te plaît, on ne va pas se prendre la tête pour une connerie pareille !

Je me redresse, prends mes vêtements et me dirige vers la salle de bains pour m'habiller et me barrer d'ici au plus vite. Edward me suit, mais je claque la porte derrière moi et m'enferme. J'entends sa main cogner contre la porte à plusieurs reprises.

–Leïla ! Arrête ça tout de suite et ouvre !

–Laisse-moi tranquille !

Je suis furieuse contre lui, je ne comprends pas comment il peut nous, enfin, me mettre en danger comme ça ! Si jamais il se passait quoi que ce soit, mon père me tuerait. Lui, il s'en tape, il continuerait sa petite vie tranquille de bourgeois qui se fout de tout, c'est moi qui serais dans la merde !

Je finis par sortir, Edward m'agrippe dès que je passe la porte, puis me plaque contre le mur. Sa main se lève subitement, je fléchis, ferme les yeux et lève instinctivement le bras pour me protéger. Il replace une mèche de cheveux derrière mon oreille.

–Leïla, dit-il, abasourdi, en prenant mon visage en coupe. Tu as cru que j'allais te frapper ?

–Non !

J'essaie de fuir son regard. Je me sens humiliée par mon geste.

–J'ai bien vu ta réaction. (Il caresse ma joue délicatement de ses pouces et m'oblige à le regarder dans les yeux.)

Jamais, tu m'entends? Jamais je ne lèverai la main sur toi!

Il me serre avec douceur dans ses bras, et je suis submergée par l'émotion. J'ai tellement l'habitude qu'on me cogne dessus pour rien que j'ai cru l'espace d'un instant que c'était ce qui allait se passer.

– Chut, bébé! Chuuuut! murmure-t-il à mon oreille. Tout ira bien, ma princesse, chut.

Il embrasse mes joues, mon nez, mon front, et plonge ses yeux verts dans les miens. Les larmes continuent de couler. Il les essuie au fur et à mesure puis dépose un long baiser sur mes lèvres, s'attarde un moment et dit une phrase que je ne pensais jamais l'entendre dire:

– Leïla, je t'aime!

29

Edward

Leïla est surprise par ma soudaine déclaration. Ses yeux s'élargissent et sa bouche s'entrouvre. Je suis moi-même étonné, à vrai dire. Ces mots m'ont un peu échappé ! Est-ce que je suis amoureux d'elle ? Est-ce ça, l'amour ? Je n'ai jamais été amoureux avant elle. Attiré, oui, amoureux, non. Alors comment savoir ? Ce qui est sûr, c'est qu'il y a un truc fort entre nous, un truc profond que je ne peux pas nier. Et ce n'est pas que physique. J'aime tout chez cette fille ! J'aime être avec elle, la voir, lui parler, la toucher. J'aime son sourire, ses yeux et sa personnalité. Mon Dieu, sa seule présence m'apaise et me remplit, quand je suis avec elle, j'ai l'impression d'être à ma place, exactement là où je dois être. Alors, oui, ça me paraît évident maintenant : je l'aime ! Je suis même fou d'elle ! Cette prise de conscience me chamboule complètement, et, je dois l'avouer, me fait un peu flipper. Qu'est-ce que cela implique au juste ? Que j'arrête de faire mes conneries ? Et elle ? Est-ce qu'elle ressent la même chose ? J'aurais sûrement dû y réfléchir avant d'ouvrir ma grande gueule, mais c'est trop tard, je ne peux plus faire machine arrière.

–Quoi? Qu'est-ce que tu viens de dire? murmure-t-elle, la voix tremblante.

Je prends une profonde inspiration, hésite un peu mais décide d'être honnête pour une fois, quitte à en assumer les conséquences:

–Je t'aime, Leïla! Je suis fou de toi! Je pense constamment à toi, tu m'as ensorcelé, je n'ai jamais ressenti ça pour personne! J'ai envie de t'offrir le monde! J'ai envie de tout faire pour être digne de ton amour!

Je finis mon discours à bout de souffle, à la fois sonné et soulagé. Leïla pleure et sourit en même temps. Putain, ce qu'elle est belle! Elle est absolument époustouflante! Qu'est-ce que j'ai fait pour la mériter?

On se regarde intensément. Je saisis son visage, elle renifle comme une petite fille:

–Moi aussi je t'aime, Edward!

Je ne peux plus résister. L'entendre prononcer ces mots m'emplit d'un bonheur profond. Je l'embrasse passionnément, le sel de ses larmes donne un goût délicieux à ses lèvres que je dévore littéralement. Elle presse son joli corps contre le mien et je sens ma queue se tendre à nouveau. J'ai encore envie d'elle, je n'en ai jamais assez! Je dois me calmer, elle ne pourra sûrement pas le supporter. Si j'en crois sa réaction de tout à l'heure, elle a encore un peu mal. Je m'éloigne puis me rhabille, je serai moins tenté comme ça.

–Viens!

Nous retournons dans le salon. Je m'assois sur le canapé

et ouvre grand mes bras pour qu'elle vienne s'y loger. J'adore la sentir contre moi. Sa peau est si douce et elle sent tellement bon. Elle hésite un peu, m'interroge du regard. À mon avis, elle croit que je veux remettre ça, elle me connaît déjà bien, ça en devient effrayant.

–Ne t'inquiète pas, bébé, je suis aussi crevé que toi!

Je mens pour la rassurer, si ça ne tenait qu'à moi, je passerais mon temps à la baiser.

Elle sourit, soulagée, puis s'installe confortablement contre moi. Je lâche un long soupir de plaisir dès que je sens son corps entrer en contact avec le mien. Je suis totalement accro à elle. Elle m'enivre au point de me faire oublier la base, comme de me protéger. Putain, je m'en veux tellement, elle a placé sa confiance en moi, et moi je déconne à plein tube, elle devrait me jeter, c'est tout ce que je mérite.

–Leïla, je suis désolé.

Elle redresse son joli visage, son regard inquiet rencontre le mien. Elle doit penser que je regrette de lui avoir avoué mes sentiments. Super timing, Edward!

–Tu es désolé de quoi?

–De ne pas avoir mis de capote la première fois. Je m'en veux de t'avoir foutue dans cette position délicate. Tu m'as fait confiance, et moi j'ai fait le con. Je ne sais pas ce qui m'a pris, je n'ai pas d'excuse. Je ne le referai plus, promis, enfin, si tu veux toujours de moi?

–Merci, j'apprécie que tu t'excuses, et oui, tu as fait le con. Mais si je veux être complètement honnête, je dois avouer que ce n'est pas uniquement de ta faute, j'aurais pu y penser également. Il faut être deux pour danser le tango.

Je souris à son analogie, ravi qu'elle semble vouloir me pardonner, et ne résiste pas à l'idée de lui faire une petite blague, histoire de détendre un peu l'atmosphère :

–Il faut dire que tu le danses super bien, ce putain de tango.

Elle secoue la tête, amusée.

–J'ai un bon professeur, c'est pour ça.

–Ah ouais ?

Elle acquiesce.

–Le meilleur, tu veux dire ?

Je m'approche pour l'embrasser à nouveau, mais suis interrompu par mon téléphone qui vibre sur la table basse.

Je le saisis rapidement. Putain de merde, c'est Andrea ! J'appuie sur le bouton « ignorer », malheureusement Leïla a eu le temps de voir son nom sur l'écran et elle se dégage, agacée.

–Tu ne réponds pas ?

–Non !

–Et pourquoi ça ?

–Parce que je n'ai rien à lui dire !

Je fais semblant d'être sûr de moi.

–Tu veux boire ton verre de Coca, maintenant ? Tu n'as pas vraiment eu le temps d'y toucher. Désolé de t'avoir sauté dessus comme ça !

–Oui… répond-elle distraitement, mais je sens que ses pensées sont toujours focalisées sur Andrea. Edward, je peux te poser une question ?

Sa voix est tellement basse que j'ai du mal à l'entendre. J'ai envie de crier : nooon ! Mais au lieu de ça, je hoche la tête. Qu'est-ce qu'elle va me dire? Elle s'éclaircit la gorge et joue nerveusement avec ses mains.

–Est-ce que tu continues à voir Andrea?

Ça y est! On y est! Que répondre? Que répondre? Que répondre?

La peur de la perdre me tétanise. Je passe la main dans mes cheveux pour me calmer. Elle me scrute de ses magnifiques yeux gris et j'y lis à la fois de l'angoisse et de l'espoir.

–Oui, il m'arrive de la voir, mais c'est rare.

Son regard tombe et mon cœur se serre. Je déteste la voir triste. Je soulève son menton pour l'obliger à me faire face, puis prends ses mains dans les miennes.

–Je ne la vois que lorsque mon père m'y oblige.

Elle ne réagit pas, alors je continue:

–Souvent, il s'agit de dîner avec ses parents. Mon père veut qu'on fasse des apparitions en public pour bien montrer à tout le monde qu'on est le parfait petit couple.

Elle déglutit, replace une mèche de ses cheveux derrière son oreille.

–Est-ce que tu… Est-ce que vous… continuez à…?

–Est-ce qu'on continue à baiser?

Leïla fléchit face à mes mots crus, me faisant regretter ma vulgarité.

–Non, bien sûr que non! Je ne pourrais pas te faire ça, bébé!

Je l'enlace à nouveau.

–Il n'y a que toi, promis. Andrea, c'est pour le show! C'est pour mon père!

Je dépose des baisers sur sa bouche entre chaque mot

que je prononce. Je la sens se détendre dans mes bras. Je crois que le sujet est clos, mais j'ai tort.

–Edward ! Je ne pense pas que ce soit juste pour elle ! Tu la mènes en bateau, elle a sûrement des sentiments pour toi ! Je ne suis pas à l'aise à l'idée de coucher avec le petit ami d'une autre.

C'est typique de Leïla, elle se préoccupe du bien-être des autres quand la plupart des gens n'hésitent pas à la piétiner.

–Je ne suis pas son petit ami !

Elle fronce les sourcils, exaspérée. Il faut que j'essaie de la tempérer pour éviter la dispute. Je reprends sur un ton plus modéré :

–Je sais, tu as raison, bébé ! Mais crois-moi, Andrea n'est pas la fille gentille et innocente que tu crois. Son attachement pour moi relève plus de l'obsession que du véritable amour. Je suis sa dernière lubie, elle finira par se lasser et passer à autre chose.

Leïla soupire, réfléchit un instant.

–Et en attendant ?

–En attendant quoi ?

–En attendant, tu nous as toutes les deux !

J'ai l'impression d'être le plus grand des salopards de la planète quand je l'entends.

–C'est compliqué ! Tu le sais bien ! Je t'ai déjà expliqué !

–Tôt ou tard, il faudra faire un choix, Edward !

Elle dit cette phrase d'une telle manière que j'ai l'impression qu'elle essaie de se convaincre elle-même.

–Je sais !

Je soupire, une soudaine angoisse me tenaille le ventre,

je ne veux surtout pas qu'elle me quitte pour ça. Il faut que je trouve une solution pour me débarrasser d'Andrea, avant que Leïla ne se lasse. Mais comment m'y prendre? Agir comme un connard avec Andrea ne semble pas la dissuader de vouloir être avec moi, et si c'est moi qui la quitte, mon père va me couper les vivres. PUTAIN DE SITUATION DE MERDE!

Nous restons silencieux pendant un long moment, puis elle finit par me demander de la raccompagner chez elle.

Le trajet jusqu'à La Courneuve est étonnamment détendu. Leïla semble avoir lâché l'affaire avec Andrea et je ne vais pas m'en plaindre. Je chante à gorge déployée sur le morceau de mon groupe préféré, ma princesse se moque de ma pitoyable performance, j'en rajoute des caisses pour la faire marrer, le son de ses rires me remplit de bonheur.

Nous nous approchons de chez elle. Je n'ai pas envie qu'elle parte, bordel. Je voudrais pouvoir la garder avec moi pour toujours. On s'arrête à un feu rouge, je la prends brusquement par le cou et lui roule la pelle du siècle. Elle répond avec la même fougue. Le feu passe au vert, le bruit assourdissant des klaxons derrière moi me somme d'avancer, mais je m'en tape et continue à l'embrasser. Elle essaie de se dégager, je ne la laisse pas faire, elle finit par exploser de rire dans ma bouche.

–Je t'aime, bébé!

–Je t'aime aussi! Maintenant, démarre avant qu'on se fasse arrêter par les flics!

Je me gare à quelques rues de chez elle comme elle me l'a demandé.

Elle m'a expliqué que c'était une question de discrétion, mais moi j'ai plus l'impression qu'elle a honte et qu'elle ne veut pas que je voie exactement où elle habite, ou une connerie comme ça. Comme tout à l'heure, avec mes amis. Quand va-t-elle finir par comprendre que je m'en bats les couilles du milieu d'où elle vient? Elle pourrait avoir grandi dans un trou à rats que cela me serait complètement égal. Je viens de lui avouer mes sentiments, bordel, et elle, elle continue de douter de ma bonne foi.

–Au fait, c'est quoi cette musique? demande-t-elle, interrompant mes pensées.

–C'est *Girls* des 1975! Tu connais?

–Non, mais j'adore!

–Ah oui? Je te prête l'album, si tu veux.

–Par album, tu veux dire que tu possèdes le CD? Tu sais, Edward, de nos jours, il existe quelque chose de très pratique. Spotify, tu connais?

–Moque-toi si tu veux, mais j'aime posséder les objets, j'ai d'ailleurs le vinyle aussi à la maison, si tu veux tout savoir.

–Si jeune et déjà si vieux jeu, plaisante-t-elle.

–Bon, tu le veux, ce CD, ou tu préfères m'insulter? la taquiné-je.

–Oui, je veux bien, merci!

–OK, passe ta main à l'arrière et attrape les CD.

Elle fait ce que je lui dis, puis se fige. Elle se retourne lentement, les yeux remplis de larmes. Elle a quelque chose dans la main. Je ne comprends pas tout de suite.

Elle me le jette subitement dessus et je réalise, horrifié, qu'il s'agit de la putain de culotte d'Andrea.

30

Leïla

Je me retourne pour attraper les CD et je sens une texture brodée sous mes doigts.

Oh mon Dieu, une culotte !

Qu'est-ce qu'une culotte fout dans la voiture d'Edward ?

Et tout d'un coup, je réalise qu'elle appartient sûrement à Andrea ! Mon cœur se brise et les larmes jaillissent instantanément. Cette espèce d'enfoiré a osé me mentir après m'avoir dit qu'il m'aimait ! Non seulement il continue de la voir, mais, surtout, il n'a jamais cessé de coucher avec elle. Et ce bout de tissu en est la preuve.

Je ne sais pas ce qui est pire, qu'il me trompe, qu'il me mente, ou qu'il collectionne les sous-vêtements de ses conquêtes comme le sale pervers qu'il est ! J'aurais dû me méfier quand il a voulu garder la mienne.

Trouver ça dans sa bagnole me retourne littéralement l'estomac. Ils ont dû le faire ici, à l'endroit même où je me trouve ! Il me dégoûte ! Je suis sans voix, complètement sonnée, partagée entre l'envie de lui décocher une droite, de pleurer ou de partir en courant. Je lui jette l'objet du crime dans la gueule. Son visage se tord d'horreur et il reste bouche bée un moment.

–Leïla! Je te promets, ce n'est pas ce que tu crois! S'il te plaît, laisse-moi t'expliquer!

–Qu'est-ce qu'il y a à expliquer?! Les choses sont plutôt claires! À moins que tu veuilles me démontrer qu'il ne s'agit pas du string d'Andrea! hurlé-je de rage et de dégoût.

–Non! Enfin si, mais je te jure qu'il ne s'est rien passé entre nous! Je…

–Putain! Edward, arrête de mentir! J'ai failli y croire, moi, à tous tes bobards! À tes «Je t'aime» et «Je n'ai rien fait avec elle» ! Je suis vraiment trop conne!

Je pleure et tire sur mes cheveux.

–Non, bébé, s'il te plaît, ne dis pas ça!

Il me supplie et a l'air si sincère.

Non! Non! Non! Il ne faut pas que je me laisse amadouer.

C'est un salaud et un sale menteur! Il n'y a plus de doutes là-dessus. Il essaie de m'enlacer de force. Mauvaise idée car avec la haine que j'ai, je n'hésite pas à lui décocher une gifle monumentale qui marque immédiatement sa joue. Ses yeux s'élargissent de surprise, il pose sa main sur son visage, choqué par mon geste. Je regrette un peu, mais merde! Il le mérite! Je me retourne et décide de me casser avant que son regard de chien battu ne me fasse changer d'avis.

J'ouvre la portière et cours comme une folle. Edward crie mon nom et se lance à ma poursuite. J'accélère. Je cours tellement vite que j'en perds mon châle.

–Leïla! Leïla!

Il hurle, mais je l'ignore et continue ma course. Je suis trop énervée pour me soucier des risques que je prends à créer une scène pareille dans le quartier. Je sens ses pas se rapprocher de moi, je tourne dans les différentes ruelles pour le perdre.

J'arrive devant chez moi à bout de souffle et je vois mon frère adossé à l'entrée de l'immeuble avec un de ses amis. Merde ! Mais qu'est-ce que Rayan fait là ? Pourquoi n'est-il pas à la fac ? Je m'arrête immédiatement, mais trop tard, il m'a vue et s'avance vers moi.

– Leïla ? Qu'est-ce que tu fous là ? Pourquoi tu cours ?

Il me secoue par les épaules et je prie intérieurement pour qu'Edward ne surgisse pas de la rue. Mon frère le massacrerait sur place et je ne donne pas cher de ma peau non plus.

– Ri… rien ! Je rentre du travail.

Je bégaie et mon corps tremble tout entier.

– En courant ?

– Oui, j'avais envie de faire un peu d'exercices.

Il me jauge, l'air suspicieux.

– Et les larmes, c'est pour quoi ?

– C'est rien ! Je me suis juste disputée avec Camille, ma collègue.

Mon mensonge est tellement gros que je suis surprise lorsque Rayan décide de me croire et de me laisser passer. Je monte immédiatement à l'appartement, me précipite vers ma chambre et m'écroule sur mon lit. La montée d'adrénaline que je viens de vivre menace de faire exploser mon cœur. Je le sens bourdonner dans ma poitrine. C'est ironique qu'il batte si fort, car je pourrais jurer qu'on vient de me l'arracher.

Mon téléphone vibre inlassablement dans ma poche. Je sais que c'est Edward, mais je n'ai absolument plus envie de lui parler, ni de le voir. Je le hais de s'être moqué de moi, surtout après m'avoir fait sa déclaration d'amour. Je n'ai jamais été amoureuse auparavant et même si je suis bien consciente que tout est allé trop vite entre nous et que c'est ridicule de ressentir ce que je ressens, je n'y peux rien, il a réussi à m'émouvoir. L'espace d'un instant, je me suis sentie comblée, accomplie, à ma juste place dans ses bras, mais au fond, je savais que ça ne pouvait pas durer. Le bonheur, ce n'est pas fait pour moi, c'est pour les autres, les privilégiés. Moi, je suis de celles que l'on bat, que l'on insulte et trompe sans état d'âme.

Les battements de mon cœur finissent par ralentir mais la douleur, elle, continue de grandir. J'ai mal ! J'ai tellement mal ! Je n'ai jamais ressenti une telle sensation de vide et de douleur. Je me sens sale, moche, petite, insignifiante et surtout trahie.

Je me recroqueville au creux de mon lit et pleure de désespoir jusqu'à épuisement.

31

Leïla

Je finis par me réveiller quelques heures plus tard, lorsque j'entends de l'agitation dans le reste de l'appart. Mes yeux sont encore lourds de sommeil et ma gorge sèche. Combien de temps suis-je restée là à dormir? Était-ce un cauchemar? Je suis confuse pendant quelques secondes, mais dès lors que la réalité s'impose à moi, à nouveau, je sens la douleur refaire surface et compresser mon cœur.

Edward et Andrea! Andrea et Edward! Tous les deux enlacés dans sa voiture. Ils devaient être tellement excités l'un par l'autre qu'ils n'ont pas pris le temps de se mettre à l'abri des regards indiscrets. Cette dernière pensée manque de m'achever, mes larmes reprennent du service et je sanglote de plus belle.

Bon sang, Leïla, mais arrête de pleurer! C'est papa qui a raison, tu es beaucoup trop faible! Allez, maintenant, ça suffit! Tu te bouges et tu cesses de t'apitoyer sur ton sort.

Je secoue la tête pour remettre mes idées en place, puis décide de me lever et d'aller faire un brin de toilette. Je lave mon visage avec précaution afin de faire disparaître les traces de mon désarroi. J'ai eu de la chance que Rayan ne me pose pas plus de questions que ça tout à l'heure, et surtout qu'Edward ne surgisse pas derrière moi, ç'aurait été la fin!

Mais pourquoi mon frère était-il là? J'espère qu'il n'est pas de retour pour de bon. C'est horrible à dire, mais la vie est plus agréable depuis qu'il est parti. Sonia et moi pouvons bénéficier de quelques moments de répit et de liberté, le travail de mon père ne lui permettant pas de constamment nous surveiller. J'entends des rires dans le salon et surtout une voix masculine que je ne connais pas. Je rejoins tout le monde.

–Leïla!

Ma mère m'accueille à bras ouverts.

–Enfin, tu t'es réveillée, ajoute-t-elle. Je te présente Benjamin, un ami de l'université de Rayan. Il va rester avec nous quelques jours.

Mes yeux se dirigent vers le convive désigné et je lui fais un sourire forcé. Je ne suis vraiment pas d'humeur à être sociable.

–Salut! Tu es la petite sœur de Rayan, n'est-ce pas? On s'est vus en bas tout à l'heure!

Il m'embrasse sur les joues, je me laisse faire, même si je suis un peu surprise par sa familiarité.

–Rayan m'a beaucoup parlé de toi! continue-t-il. Il n'a pas assez de compliments pour vanter tes qualités, mais je vois qu'il était bien loin de la vérité.

Benjamin me fait un sourire séducteur, je rougis et murmure un timide merci. Rayan? Dire des choses gentilles sur moi? Ce serait bien une première! Il passe son temps à me rabaisser. Je me dirige vers la cuisine pour aider ma sœur à préparer des amuse-bouche et des boissons. À peine je passe la porte que Sonia détecte mon humeur lugubre.

–Qu'est-ce que tu as, Leïla? Ça ne va pas?

–Si, si! Ça va!

–Arrête, je vois bien que t'as pleuré!

–Laisse tomber, je n'ai pas envie d'en parler.

Elle s'approche de moi et m'enlace tendrement. Je soupire de désespoir dans sa nuque. Elle sait toujours comment me réconforter.

–C'est Edward! C'est ça?

Je ne réponds pas. Rien que d'entendre prononcer son nom me fait replonger.

–Sonia! Je t'en prie! Je ne veux pas, je ne peux pas en parler!

–OK! OK, chut! Chut, ne pleure pas! Ne t'inquiète pas, tu me diras quand tu seras prête.

J'acquiesce en reniflant, elle m'invite à prendre un des plateaux et à la suivre dans le salon. J'obéis docilement. Nous déposons les apéritifs sur la table, je sens un regard insistant sur moi, je me retourne et remarque que Benjamin est en train de scruter le moindre de mes mouvements. Quand ses yeux rencontrent les miens, il ne paraît absolument pas gêné d'être pris en flagrant délit, au contraire, il me sourit et humidifie ses lèvres. Son regard parcourt mon corps de haut en bas avec insistance, ce qui me met affreusement mal à l'aise. Je finis par me retourner et me concentrer sur la tâche à accomplir, servir. Je m'assois ensuite entre ma mère et ma sœur, là où je me sens en sécurité.

–Leïla ! Alors, qu'est-ce que tu fais dans la vie ? demande Benjamin tout d'un coup.

Je suis prise au dépourvu par sa question. Je n'avais vraiment pas envie de parler. J'éclaircis ma gorge qui semble plus serrée que jamais et réponds :

–Je suis vendeuse dans un magasin de chaussures sur les Champs-Élysées.

–Ah, c'est intéressant ! Tu ne fais pas d'études ? Rayan dit que tu es la plus intelligente de la famille.

Je regarde confusément mon frère qui est occupé à discuter avec mon père. Pourquoi Rayan dirait toutes ces choses gentilles à propos de moi ? À moins que Benjamin ne mente pour être agréable.

–Je compte en faire bientôt ! Je vais m'inscrire à la Sorbonne à la rentrée prochaine.

–Eh ben, la Sorbonne, ce n'est pas n'importe quoi ! Tu es belle et intelligente, en plus !

Je tousse pour masquer mon embarras. Je rêve ou il me drague dans mon salon devant toute ma famille ? Ce qui m'étonne d'autant plus, c'est que mon frère ne réagisse pas. Lui, qui d'habitude ne supporte pas que je sois l'objet de la convoitise des hommes, reste étonnamment muet devant les compliments mielleux de son copain.

Je passe le reste de la soirée dans mon coin, n'attendant qu'une seule chose : pouvoir prendre congé pour retrouver ma chambre. Rayan et Benjamin racontent leurs aventures à la fac, j'écoute d'une oreille distraite.

À la fin de la soirée, je débarrasse et fais la vaisselle dans la cuisine. Tout le monde est parti se coucher. Tout d'un coup, je sens un corps me frôler de près et je me fige.

– Désolé, je suis venu prendre un verre d'eau avant de dormir !

Benjamin se poste torse nu devant moi et me fixe avec un air sombre. Il attrape un verre et le remplit d'eau. Il semble vouloir faire quelque chose, mais hésite. Je déglutis et fais mine d'être hautement occupée par la vaisselle. Il reste là un moment puis finit par s'en aller. Je lâche un long soupir de soulagement, il y a quelque chose à propos de ce mec qui ne me plaît pas du tout.

Lorsque c'est enfin le moment d'aller me coucher, je pense à allumer mon portable car je suis sûre qu'Edward m'a appelée des millions de fois pour essayer de me convaincre de son innocence. Rien de ce qu'il pourra dire ou faire ne me fera changer d'avis. Je sais ce que j'ai vu ! Je décide finalement de le laisser éteint. À quoi bon me torturer davantage ?

Je m'endors péniblement cette nuit-là, appréhendant terriblement de devoir faire face au monde le lendemain.

32

Leïla

–Leïla, pendant que j'encaisse, tu peux servir la demoiselle, s'il te plaît?

–Oui, bien sûr, Camille!

Je sors de mon état végétatif pour aider un peu. Toute la journée, je me suis traînée. Edward est dans chacune de mes pensées et j'aimerais pouvoir dormir pour oublier. Malheureusement, je ne peux pas, il faut que je bosse. Ma collègue ne sait plus quoi faire pour me remonter le moral. Elle essaie de me faire rire en grimaçant derrière les clientes acariâtres. Elle fait danser les chaussures sur les étagères, mais rien n'y fait. Je ne suis plus que l'ombre de moi-même. Je n'ai même pas daigné me maquiller ce matin. À quoi bon? Pourquoi? Pour qui?

–Que puis-je faire pour vous, mademoiselle?

Je me force à sourire à la jeune cliente.

–Je cherche une paire à la fois classe et moderne! répond cette dernière.

–Suivez-moi, je vais vous montrer ce qu'on a en rayon!

Je suis polie, mais concise, pas du tout d'humeur à lui sortir le speech de la vendeuse, là, tout de suite, alors je l'amène devant notre rayon le plus prisé par les jeunes filles de son genre, lui montre une paire de chaussures qui me semble correspondre à ses attentes.

– Voilà ! Je pense que c'est ce que vous cherchez.

– Oh oui ! Merci, c'est exactement ça.

– Vous voulez essayer ? Votre pointure ? 38, c'est ça ?

Elle confirme, je lui apporte ce qu'elle demande. Elle enfile la paire puis décide de finaliser la vente. J'en suis ravie car je n'ai ni l'envie ni la patience d'essayer de la convaincre.

– Je vais faire un peu de rangement dans l'arrière-boutique ! lancé-je à Camille qui hoche la tête en signe de réponse.

J'ai furieusement besoin d'être seule. Je m'active autant que je peux pour m'étourdir. Je nettoie, vérifie que chaque carton contient les deux mêmes chaussures et, ensuite, organise la marchandise par ordre d'arrivée. Après une bonne demi-heure :

– Leïla ! Leïla ! Il y a quelqu'un pour toi !

– J'arrive !

J'espère que ce n'est pas Edward, car si c'est lui je ne veux pas le voir. J'ouvre la porte de la remise et tombe nez à nez avec Benjamin. Mais qu'est-ce qu'il fait là ? Et où est Rayan ?

– Sa… Salut ! bégayé-je, un peu confuse par sa présence.

– Ah, Leïla ! Je voulais voir où tu bossais.

– Ben ici, comme tu le vois.

Je suis délibérément froide avec lui, je ne sais pas exactement ce qu'il me veut, mais je n'aime pas du tout son intrusion.

–C'est sympa, cette boutique, et c'est bien situé !

–Tu... tu... Où est Rayan ?

–À l'appart ! Il voulait faire la grasse matinée, mais moi j'avais envie de visiter Paris, je viens de Marseille et je n'ai jamais eu l'occasion de le faire auparavant !

–Ah !

C'est tout ce que je réponds. Je veux vraiment qu'il comprenne que je ne suis pas intéressée.

–Tu pourrais peut-être me servir de guide touristique ? ajoute-t-il.

–Ben, ça va être un peu difficile, je bosse !

–Oui, évidemment, je pensais plutôt après le boulot ?

–Est-ce que Rayan sait que tu es là ?

Mon frère le massacrerait, s'il savait. Enfin, pas sûr vu son attitude de la veille. Se serait-il adouci ?

–Non ! Mais je lui dirai ce soir. Pourquoi ? C'est un crime de venir te voir ?

–Non... C'est juste que je ne pense pas que mon frère, possessif comme il est, apprécierait que tu me proposes de...

Il ricane et s'approche un peu trop près de moi.

–Il ne peut décemment pas me reprocher de craquer sur sa jolie petite sœur ! Je veux dire, regarde-toi ! Tu es absolument sublime.

Il caresse ma joue et je sursaute.

–Qui est ce charmant jeune homme ? Tu ne me présentes pas, Leïla ?

Camille arrive juste au bon moment et je lui en suis infiniment reconnaissante.

–Voici Benjamin ! Un ami de mon frère, il vient de Marseille et aurait besoin de quelqu'un pour lui montrer la capitale.

–Bonjour ! Moi, c'est Camille ! Je serais ravie de te faire visiter, je connais Paris comme ma poche et je viens juste de finir ma journée.

Elle le prend par le bras et le regarde en minaudant.

–Euh… je… OK, merci !

Il semble hésiter et son regard m'appelle à la rescousse. Je l'ignore délibérément car je suis plus que ravie qu'elle me débarrasse de lui et de ses mains baladeuses.

–Bon, ben, à ce soir alors !

Il lance, désespéré :

–Oui… C'est ça !

Les deux sortent et je me retrouve enfin seule. Je prends mon portable dans les mains et l'examine un instant. Il est éteint depuis hier. Je l'allume et vois que j'ai reçu quarante-neuf appels et quinze messages. Je les efface tous avant même de les lire. Je ne veux pas laisser à Edward une chance de me convaincre, car faible comme je suis, je risque d'y croire, et c'est vraiment la dernière chose dont j'ai besoin.

Mon ventre gronde de famine, je n'ai rien réussi à avaler depuis hier soir. J'ai l'estomac noué et je n'ai pas eu le courage de m'arrêter de travailler pour m'alimenter. M'activer me sert de refuge, ça m'aide à ne pas penser car dès que je m'arrête ne serait-ce que cinq minutes, le désespoir s'immisce à nouveau. Je décide de prendre mon sandwich et de le grignoter tant qu'il n'y a aucun client, tout en faisant les comptes de la journée.

C'est à ce moment que j'entends la porte du magasin s'ouvrir, et je vois apparaître devant moi l'objet de tous mes tourments : Edward !

33

Leïla

Mon cœur se met à battre la chamade et mes mains transpirent. Putain mais pourquoi me fait-il autant d'effet? Même quand je suis furieuse contre lui, je ne peux m'empêcher de ressentir cette profonde attirance. Edward s'avance avec précaution, il jauge mes réactions avant de continuer. Je retiens mon souffle.

–Salut, Leïla!

Sa voix est encore plus cassée que d'habitude. Aurait-il pleuré? Si j'en crois ses yeux bouffis et ses joues rosées, cela me semble possible. Malgré tout, il est absolument magnifique, sexy, attendrissant. Il porte son jean noir habituel, des bottes, un pull et son adorable bonnet bleu! Oh non! J'ai déjà envie de me jeter dans ses bras. Il faut que je lutte. N'oublie pas, c'est un salaud!

–Qu'est-ce que tu veux?

–Je veux… voudrais te parler quelques minutes. J'ai attendu dehors que ta collègue s'en aille avant de venir.

–Je vois que ton côté harceleur est toujours d'actualité!

Il esquisse un minuscule sourire, et je restreins mon envie irrépressible de lui arracher les yeux!

–Désolée, Edward! Mais je ne peux pas parler sur mon lieu de travail! Tu sais, ce truc que certains d'entre nous ont besoin d'exercer pour vivre! ironisé-je pour le blesser.

Il ignore complètement ma remarque méchante et répond:

–Mais il n'y a personne ici, à part nous. Accorde-moi juste quelques minutes, je te promets que ce ne sera pas long!

–Non!

Ses yeux s'élargissent de surprise. Il pensait peut-être que j'allais accepter. Remballe tes fossettes, Fyles! Cette fois, ton charme ne suffira pas.

–S'il te plaît, bébé!

Mon cœur fait un bond au son de ce petit mot que j'affectionne tant et je me déteste d'être aussi faible. Ressaisis-toi, Leïla! Un salaud, tu te souviens! C'est un salaud! Il t'a trompée et t'a menti!

–Ne m'appelle pas comme ça! repliqué-je avec aplomb, histoire de me donner une contenance.

–Désolé, c'est l'habitude.

Il me regarde tristement, soupire, mais ne lâche pas l'affaire pour autant.

–Alors je peux?... t'expliquer, je veux dire!

–Non, je te l'ai dit! Je travaille, donc si tu n'es pas ici pour acheter quelque chose, je te prie de quitter les lieux et de me laisser tranquille.

–OK!

–OK?

Eh ben, c'était plus facile que je ne le pensais. Il se

décourage bien vite et, bizarrement, son manque de persévérance me chagrine.

–Oui, OK! Considère-moi comme un client, alors. Il se trouve justement que j'ai besoin d'une nouvelle paire de chaussures.

Il me challenge du regard.

–Tu n'es pas sérieux?

–Si, très sérieux, au contraire! Si c'est le seul moyen pour que tu m'écoutes, eh bien, soit.

On se toise pendant un moment, l'un et l'autre surpris par le chemin ridicule que prend cet échange. Il veut jouer, alors on va jouer.

–Que cherchez-vous exactement, monsieur Fyles? Nous avons reçu la nouvelle collection hiver. Souhaiteriez-vous y jeter un coup d'œil?

–Oui, merci!

–Suivez-moi, alors!

–Avec plaisir, dit-il d'un ton séducteur.

Quel charmeur! Je souris malgré moi, des papillons virevoltent dans mon ventre. Non mais qu'est-ce qui me prend encore? Un salaud! Un salaud! Un salaud!

–Cette collection est absolument sublime.

Il me regarde en prononçant ces mots, ne prêtant aucune attention aux chaussures pour bien me faire comprendre que le compliment m'est directement destiné. Je rougis et baisse les yeux. Il est vraiment trop bon à ce jeu-là! Je ne peux pas lutter. J'éclaircis ma gorge puis enchaîne en essayant coûte que coûte de garder un air professionnel.

–Choisissez ce que vous voulez, tout est là.

Je tourne les talons, mais il m'attrape la main. Je sursaute à ce contact qui comme toujours ne manque pas d'envoyer une décharge d'électricité dans tout mon corps. Je regarde nos mains et murmure :

– S'il te plaît, ne me touche pas.

– Désolé ! Je veux juste savoir lesquelles tu préfères.

Je lève un sourcil interrogateur.

– Je veux dire, je veux votre avis de vendeuse experte.

– J'aime bien celles-là !

Je lui désigne une paire de bottines en cuir marron.

– OK, alors je voudrais les essayer, s'il vous plaît !

– Quelle pointure ?

– 46 !

Je suis bouche bée, je n'avais pas réalisé que ses pieds étaient si grands. Il rit et se caresse la nuque.

– Voyons, béb… Leïla ! Tu sais bien que tout est grand chez moi, mes mains, mes pieds, ma…

Je lève la main pour le stopper dans son élan. Il éclate de rire et ses fossettes apparaissent. Mon Dieu ! Qu'est-ce qu'il est beau !

– Pas de familiarité, je vous prie, monsieur Fyles.

Il continue de rire, ses yeux brillent alors qu'il murmure un énième « désolé » qu'il ne pense pas du tout. Je lui apporte la paire demandée, il s'installe sur l'un des fauteuils luxueux et se déchausse. Il essaie de les enfiler, mais en vain, le cuir est un peu serré.

– J'aurais besoin d'aide !

Je me fige, fronce les sourcils et le fusille du regard.

– En tant que client, bien sûr !

Il répète cette phrase comme un mantra. Je m'agenouille devant lui. Je suis suffisamment proche pour sentir son odeur, ce parfum que j'adore, et je suis à nouveau envahie par cette vague de bien-être qui me manque cruellement depuis hier. Mes mains se mettent à trembler.

Edward le remarque, les saisit, trace des cercles avec ses pouces avant de les porter à ses lèvres. La sensation est absolument exquise. Il embrasse chacune de mes phalanges et je suis comme hypnotisée par ses douces lèvres roses. Je suis pathétique, tétanisée, incapable de retirer mes mains. Ma raison me crie de m'arrêter, de me barrer au plus loin de lui et de ses baisers diaboliques, mais mon cœur, mon putain de cœur, celui qui me met dans des situations impossibles, m'empêche de faire ce qu'il faut.

– Bébé, regarde-moi !

Je refuse car si je le fais, je sais ce qu'il va se passer : je vais me mettre à chialer comme la pauvre idiote que je suis.

– Je te promets qu'il ne s'est rien passé avec Andrea !

Je reste silencieuse et avale le nœud qui s'est formé dans ma gorge.

– Je sais bien que toutes les apparences sont contre moi ! Mais je te jure sur tout ce que j'ai de plus précieux que depuis New York, depuis que j'ai réalisé combien tu comptais, je n'ai pas couché avec elle ! Comment le pourrais-je ? Tu es tout pour moi ! Tu… tu es mon oxygène ! Sans toi, je suis perdu ! Sans toi, je ne respire plus.

Putain, ça y est, je ne peux plus les retenir ! Elles sont là ! Elles coulent inlassablement sur mes joues. Edward place ses mains sur mon visage et m'oblige à lui faire face. Je garde les yeux fermés, je ne peux pas le regarder ! Je sais que ses yeux sont mon point faible. Il se courbe, se rapproche, je sens son souffle chaud sur moi, puis il dépose de doux baisers sur mes yeux, mon nez, mes tempes, et enfin mes lèvres. Il s'attarde un moment :

–Je t'aime ! Putain, tu ne peux pas savoir comme je t'aime !

Ces mots, ces trois simples mots, ont un effet magique sur moi, ils réinsufflent la vie dans tout mon corps et font battre mon cœur. Un léger soupir d'aise m'échappe et il en profite pour glisser sa langue. Le baiser s'approfondit dangereusement. Ses mains trouvent le dessous de mes cuisses et il m'encourage à le chevaucher. L'espace d'un instant, je ne pense plus à rien.

Non ! Non ! Non ! Ne te laisse pas avoir par son petit manège ! Il t'a trahie ! Il t'a trompée !

Je me dégage brutalement de son étreinte et crie :

–Non ! Edward ! Sors d'ici !

–Bébé, je t'en supplie.

–Sors ! hurlé-je de rage. Et arrête de m'appeler comme ça ! Tu as perdu ce privilège le jour où tu as décidé d'en baiser une autre !

Je suis choquée par ma cruauté et ma vulgarité. Edward se relève, me jette un dernier regard suppliant. Je croise les bras et ajoute, hors de moi :

–Je te préviens, si tu ne pars pas tout de suite, j'appelle les flics !

Son regard s'assombrit. Il semble profondément meurtri. Il se rechausse, puis se retourne et marche lentement, presque sonné, en direction de la porte. J'ai envie de le retenir, mais je ne peux pas. Je ne dois pas ! Il m'a trahie de la pire façon qui soit, je dois être forte et le laisser partir.

Même s'il emporte mon cœur avec lui.

34

Edward
Quelques jours plus tard

–Une autre, s'il vous plaît!

Il est à peine dix-huit heures et je suis déjà affalé à un bar quelconque pour me bourrer la gueule! C'est tout ce que j'ai réussi à faire ces derniers temps: boire, noyer mon chagrin, essayer d'oublier la peine lancinante qui menace de m'achever. Leïla ne veut plus entendre parler de moi. Le regard qu'elle m'a lancé la dernière fois que je l'ai vue risque de me hanter pendant des semaines. Des mois.

–Voilà, mon petit, une vodka tonic, déclare le barman en face duquel je suis assis depuis des heures.

Il dépose un verre devant moi, que j'avale aussi vite que les dix précédents.

Demain, c'est le fameux week-end au ski avec mon père et ses amis. J'ai envie d'y aller comme de me pendre, surtout dans ces conditions. Pourtant, ce n'est pas une mauvaise chose, que je m'éloigne de Paris, si ça peut m'éviter d'aller la harceler à son magasin ou de l'épier depuis ma voiture, comme je n'ai cessé de le faire ces derniers jours Je deviens dingue! Il faut absolument qu'elle me pardonne. Je ne pourrai pas survivre, sinon. Mon téléphone vibre dans ma poche, interrompant ainsi mes pensées. Je m'empresse de le sortir en espérant que ce soit Leïla. Grande déception, il s'agit de mon père.

–Papa?

–Oui, Edward! Tu as une petite voix, tout va bien?

Je suis vraiment étonné qu'il me pose cette question, lui qui d'habitude se fout royalement de mes états d'âme qu'il qualifie d'enfantillages.

–Oui, ça va! Qu'est-ce que tu veux?

–Je voulais que tu me confirmes pour le week-end à Courchevel.

Comme s'il m'avait laissé le choix.

– Après ça, je risque de partir en Inde quelques mois pour mes affaires et j'aimerais passer un dernier moment avec toi.

Mais qu'est-ce qui lui prend? Pourquoi est-il si sympa?

– OK!

–Bien! Nous passons te chercher demain matin à la première heure!

–C'est qui, «nous» ?

– Eh bien, moi, ta petite amie et ses parents.

Je gronde intérieurement. Ce sont les dernières personnes que j'ai envie de voir. Mais je n'ai pas le choix pour l'instant, je veux éviter un scandale qui nuira autant à mon père et son entreprise qu'à moi. Je vais serrer les dents et dès que mon père sera parti, je larguerai Andrea. Et tant pis s'il décide de me couper les vivres, je prends le risque. L'absence de

Leïla m'a fait réaliser à quel point elle comptait pour moi, et si je veux la récupérer, il faut que je sois clean.

–OK, ça marche!

–Alors, à demain, fils!

–À demain, papa!

Je range mon portable, et mes pensées dérivent à nouveau vers Leïla! Je suis vraiment désespéré. Je dors mal depuis notre dispute. Mon cœur est lourd, je m'en veux terriblement d'avoir laissé traîner cette putain de culotte.

Tout allait pour le mieux, pourtant. Je venais de lui avouer mes sentiments et nous ne cessions de faire l'amour. Oh, Leïla! Son corps contre le mien, sa peau si douce, son odeur enivrante, son innocence et la confiance aveugle qu'elle a placée en moi. Elle m'a fait le plus beau cadeau du monde en m'offrant sa virginité, et moi, en bon salopard que je suis, je n'ai pas pu m'empêcher de lui faire du mal. Qu'est-ce qui ne tourne pas rond chez moi?

–Une autre!

Je devrais arrêter de boire, je n'ai plus les yeux en face des trous, mais la douleur que je ressens est trop intense. Il me faut quelque chose pour l'apaiser. Après quelques verres de plus, je ne tiens plus debout, je pose ma tête sur mes mains, pour reprendre un peu mes esprits. Mauvaise idée. Le décor tourne encore plus dans cette position. Je me redresse et tombe nez à nez avec le barman qui m'observe, inquiet:

–Vous voulez que j'appelle quelqu'un pour venir vous chercher, mon petit?

–Oui, je crois que ce serait mieux. Je ne peux pas conduire dans cet état.

Ce dernier prend son téléphone et, sans réfléchir, je lui donne le numéro de Leïla.

– Mademoiselle ? Il y a un de vos amis qui est ici dans mon bar. Il a un peu trop bu et aurait besoin d'aide pour rentrer chez lui. Il s'appelle… (Il me fait un signe pour que je réponde.) Edward.

Je le regarde avec angoisse. Je suis sûr qu'une fois qu'elle saura qu'il s'agit de moi, elle va lui raccrocher au nez. Un long silence s'ensuit, mon cœur tambourine dans ma poitrine à un rythme effréné. Il finit par raccrocher après ce qui me semble être une éternité.

– Elle a dit quoi ?

– Qu'elle finissait son travail et qu'elle arrivait.

Je n'y crois pas ! Elle vient ! Je vais la voir ! Malgré la haine qu'elle a contre moi, elle est tellement adorable qu'elle ne peut pas me laisser en difficulté. Cette pensée me réchauffe le cœur, tout n'est peut-être pas perdu.

Quelques minutes plus tard, j'entends la porte s'ouvrir et vois tous les regards masculins se diriger vers le même point d'ancrage. C'est sûrement Leïla ! Je me retourne à mon tour et je la vois. Qu'elle est belle ! Je ne pourrai jamais m'y habituer. Je souris comme un imbécile heureux. Elle, de son côté, ne semble pas du tout amusée, son visage est dur et ses traits, fermés.

– Leïla !

J'ouvre grand les bras pour l'accueillir comme il se doit, mais elle m'ignore et s'adresse directement au barman.

– Merci de m'avoir appelée et de ne pas avoir laissé mon ami…

–Petit ami ! crié-je d'une voix intoxiquée.

Elle me jette un regard noir, puis continue :

–Merci de ne pas l'avoir laissé conduire ou rentrer seul.

–De rien, mademoiselle ! Je n'ai pas pour habitude de laisser mes clients se tuer en voiture.

–Celui-là l'aurait pourtant mérité !

Oh, ma petite princesse ! Elle n'a pas perdu son sens de l'humour.

–Bon, on y va !

Elle me regarde à peine.

–Passe-moi ton téléphone, je vais appeler un taxi.

–Non ! J'ai ma voiture. Tu ne veux pas me conduire ?

–Non, Edward ! Je n'ai pas le permis !

–Quoi ? Tu n'as pas le permis ? Mais comment ça se fait, bébé !?

– Ne m'appelle pas comme ça !

Elle élève légèrement la voix.

–Pardon ! Mais je ne comprends pas, t'as 18 ans…

–Écoute, bien que ce ne soit ni le moment ni l'endroit pour en parler, il s'avère que ça coûte cher de le passer, donc occupe-toi de tes affaires et passe-moi ton portable !

Elle s'énerve. J'ai tellement envie de la prendre dans mes bras et de l'embrasser.

–Prends-le, il est dans ma poche.

Je suis dans l'attente avide qu'elle me touche.

–Sérieux, Edward ! Je n'ai pas envie de jouer, là ! Alors file-le-moi ! proteste-t-elle vivement en croisant ses bras sur sa poitrine.

Cette dernière se soulève, intensifiant encore plus mon désir d'être au plus près d'elle.

–Prends-le toi-même !

J'insiste, mon état d'ébriété me donne du courage.

Et me rend pathétique...

Elle soupire, ferme les yeux pour se calmer, puis reprend calmement :

–OK ! Il est dans quelle poche !?

– Celle du milieu !

J'éclate de rire à ma petite blague et je vois que ses yeux s'illuminent également, mais elle lutte pour ne pas sourire.

–T'es vraiment grave !

Je me lève de ma chaise, elle se penche pour prendre mon portable dans ma poche arrière. Ses cheveux caressent ma joue, son parfum envahit mes narines, mes yeux furètent aussi vite que possible pour s'imprégner du moindre détail de son visage parfait. Elle le remarque et rougit. Elle est tellement jolie, putain ! Je ne peux pas résister et lui vole un baiser rapide. Ses iris gris s'élargissent de surprise puis se voilent de colère. Elle pince les lèvres et me fusille du regard comme si je venais de lui faire le pire des affronts.

–Edward ! Arrête tout de suite ! Je ne suis pas venue pour ça ! Je suis venue pour te ramener chez toi ! Et c'est tout, crie-t-elle, attirant ainsi la curiosité de tous les clients.

Un gros bras s'approche de nous.

–Tout va bien, mademoiselle ?

Il pose sa main sur l'épaule de ma petite princesse, et mon sang ne fait qu'un tour. Pourquoi est-ce qu'il la touche comme ça ?

–Oui, ça va, merci, ne vous inquiétez pas, répond-elle en reculant pour faire cesser ce contact déplacé.

–Vous êtes sûre? Il ne vous embête pas, au moins?

Il me pointe grossièrement du doigt et c'en est trop pour que je reste impassible.

–De qui tu parles, connard?

–De toi, petit con!

Putain, c'est bon! Là, j'en ai assez entendu! Je m'avance pour sortir en traitant de tous les noms le gros bras qui me fait face, mais il me décoche une droite à en faire tomber les murs. Je m'effondre. En moins de temps qu'il ne faut pour le dire, il se retrouve au-dessus de moi et attaque mon visage de son poing. J'entends Leïla hurler. Elle essaie de le tirer en arrière pour qu'il s'arrête et l'enfoiré fait un geste brusque et l'envoie valser à quelques mètres. Je gronde de rage et le soulève de terre. J'essaie de lui rendre la pareille, mais je sens quelqu'un qui m'agrippe par-derrière et m'oblige à lâcher prise. Je me redresse, sors doucement de ma transe. Tout le monde me dévisage comme si j'étais le dernier des délinquants.

–Sortez d'ici, tous les deux, avant que j'appelle la police! menace le barman en brandissant son téléphone.

Je suis partagé entre l'envie de m'excuser ou de l'insulter pour parler comme ça à ma Leïla. Après tout, elle n'a rien fait et ne méritait pas d'être traitée ainsi. Elle est en pleurs et tout son corps tremble. Je l'enveloppe dans mes bras, ce qui la fait sangloter de plus belle.

–Chut! Chut!

J'embrasse ses cheveux et la serre en espérant la calmer un peu.

–Edward, j'ai cru qu'il allait te tuer! dit-elle entre deux reniflements adorables.

Je souris, ravi qu'elle s'inquiète pour moi, puis pose mon menton sur le dessus de sa tête.

– Mais non, bébé, tu sais bien qu'il en faudra plus pour te débarrasser de moi.

Elle ne proteste pas au petit nom affectueux et je sens mon cœur qui se remet à battre :

– Allez, viens, Leïla, on y va !

35

Edward

Durant le trajet en taxi, Leïla a repris ses esprits et, avec ça, ses distances. Je l'observe du coin de l'œil, son visage est fermé et elle regarde par la fenêtre dans un silence pesant.

Nous arrivons en bas de mon immeuble. Je prie intérieurement pour qu'elle monte avec moi, je ne suis pas prêt à la laisser partir. En tout cas, pas tout de suite.

– Tu montes ? demandé-je d'une voix encore chargée d'alcool.

– Oui, cinq minutes ! Il faut que quelqu'un s'occupe de tes blessures.

Elle touche le coin de ma lèvre, et j'ai un mouvement de recul. Putain de douleur !

– Ensuite, il faudra que j'y aille. Il est déjà tard et je ne veux pas louper mon train.

– Train ? Hors de question que tu prennes le train !

Je sors une liasse de billets et la tends au chauffeur.

– Voici 500 euros ! Vous pouvez attendre la demoiselle et l'accompagner à La Courneuve dès qu'elle sera redescendue ?

Ce dernier reste bouche bée devant le fric que je lui propose.

–Oui! Bien sûr! Aucun problème. Prenez votre temps, mademoiselle.

–Problème résolu!

Je souris à Leïla qui me répond d'un minuscule «merci». Nous sortons du véhicule.

Maintenant que l'adrénaline est redescendue, je sens que mon corps me fait horriblement mal, et chaque pas que j'entreprends aggrave cette sensation. Leïla le remarque et enroule délicatement son bras autour de moi, proposant sa fragile épaule comme soutien.

À peine arrivé à l'appart, je m'écroule sur le canapé, exténué par la cuite, mais aussi la bagarre.

–Edward, tu ne peux pas dormir comme ça! Tu es couvert de sang. Lève-toi!

–Nooooon!

Mes paupières sont lourdes. Je lutte pour garder les yeux ouverts, mais Leïla insiste. Elle prend ma main et tire dessus pour m'obliger à me remettre sur pied. Je tire à mon tour et elle s'écroule sur moi. Un cri de surprise lui échappe. Ses longs cheveux tombent en cascade et encadrent nos deux visages. Ses lèvres ne sont qu'à quelques millimètres des miennes, je sens son souffle court contre ma peau, sa respiration s'alourdit. Mais elle reste là, elle ne bouge pas, ses yeux ancrés dans les miens comme si elle attendait quelque chose.

Est-ce qu'elle veut que je l'embrasse? Pourquoi je me pose toutes ces questions?

Je plonge mes mains dans sa crinière brune que j'adore et la pousse à déposer sa bouche sur la mienne. Je gémis de douleur à cause de mes blessures, mais je suis incapable de m'arrêter. J'entrouvre ses lèvres avec ma langue, j'en veux plus, j'en veux toujours plus. Leïla hésite un moment puis me rend mon baiser. Je la serre de plus en plus fort. Mes mains impatientes se promènent sur sa nuque, son dos, jusqu'à son… Elle s'interrompt soudain et se redresse. Je déteste la sensation de vide qui me saisit à ce moment-là. Elle m'observe, interdite. Je n'ose interpréter son regard : regret ou colère ? Elle finit néanmoins par retrouver une expression neutre et m'invite à la suivre dans la salle de bains pour nettoyer mes blessures. Je m'exécute difficilement, alors qu'elle m'oblige à m'asseoir à côté du lavabo. J'obéis et attends gentiment la suite des instructions. Elle fouille partout dans les placards. Dans mon état, le bruit me paraît assourdissant.

– Qu'est-ce que tu cherches, Leïla ?

– Du coton et de l'alcool, répond-elle tout en continuant sa quête effrénée.

– Quoi ? Mais il n'est pas question que tu utilises ça sur moi !

– Il le faut, Edward, sinon ça va s'infecter. La coupure que tu as sur l'arcade a l'air profonde.

Je fais la moue et elle secoue la tête, amusée.

– Ah voilà, j'ai trouvé !

Elle semble bien trop heureuse d'avoir enfin mis la main sur ces objets de torture.

Leïla se place devant moi et observe mon visage

attentivement. J'écarte légèrement les jambes pour qu'elle s'y insère. Je la contemple avec admiration. Notre proximité est la pire des tentations. Elle-même semble troublée. Elle ferme les yeux quelques secondes et s'éclaircit la gorge.

– Surtout, ne bouge pas!

Ma petite princesse nettoie délicatement mon sourcil et je fléchis de douleur.

– Ça pique, c'est affreux! avoué-je.

– Désolée.

Elle esquisse un mini sourire.

– J'ai l'impression que tu aimes ça?

– Quoi?

– Me faire souffrir!

Ses yeux rencontrent les miens et brillent avec humour.

– Oui! J'avoue que ça me plaît!

Son honnêteté est désarmante.

– Pourquoi?

– Parce que tu le mérites.

Elle passe un autre coton sur ma bouche, je sursaute, et elle se mord les lèvres pour éviter de rire. La voir ainsi heureuse et décontractée me remplit d'une joie immense et profonde. Je ne veux plus la voir pleurer et surtout pas à cause de moi.

– Je t'aime! lancé-je dans un élan de bravoure, ce qui lui fait cesser tout mouvement.

– Edward, s'il te plaît!

– Non, Leïla! C'est vrai, putain, je t'aime! Et j'ai envie que tu le saches! Je t'aime tellement, tu n'as pas idée!

Elle baisse les yeux et triture ses mains nerveusement.

–Alors pourquoi tu as fait ça? prononce-t-elle dans un murmure déchirant.

–Je n'ai rien fait!

Elle essaie de reculer, mais je la bloque en enroulant mes jambes autour d'elle. Je saisis son visage pour l'obliger à me faire face. Ses yeux gris magnifiques me transpercent. Je peux y lire plusieurs émotions: douleur, peur, tristesse.

–Je te jure que je n'ai pas couché avec elle.

–Alors, sa culotte a atterri comme par magie dans ta voiture?

Elle lève le ton.

–Non! Nous sommes allés ensemble à une soirée pour faire plaisir à mon père et sur le chemin du retour elle a essayé de… enfin… tu vois, quoi!

–Et…?

Elle veut que je continue. Il y a de l'espoir.

–Et elle a enlevé sa culotte et l'a jetée à l'arrière. Ensuite, elle a essayé de me grimper dessus.

Leïla lève sa main pour me faire taire.

–C'est bon, j'en ai assez entendu.

–Non! J'ai refusé ses avances et il ne s'est rien passé. Je te jure, Leïla! Il faut que tu me croies!

Je caresse ses joues de mes pouces.

–Je ne peux pas vivre sans toi! Ces derniers jours ont été un cauchemar pour moi. Je ne dors plus, je ne mange plus, je ne suis plus que l'ombre de moi-même.

J'essaie de l'embrasser. Elle me laisse faire, mais ses lèvres bougent à peine.

–OK…

Elle chuchote contre ma bouche et mon cœur fait un bond dans ma poitrine.

–OK, tu me crois?

–OK, je veux bien considérer ce que tu viens de me dire, mais j'ai besoin de temps pour réfléchir.

Mon Dieu, je n'en crois pas mes oreilles. Elle me pardonne. Enfin, pas tout à fait, mais je m'en tape, je prends tout ce qu'il y a à prendre. Je l'enlace et embrasse chaque parcelle de ce joli visage que j'adore. Elle me pousse par l'épaule.

–Bon, maintenant, il faut que tu prennes une douche avant d'aller te coucher. Moi je vais y aller, il est tard.

–OK!

Je la lâche avec regret et essaie d'enlever mon pull. Une horrible douleur au niveau de mes côtes me fait grimacer, attirant l'attention de Leïla.

–Ça va?

Elle semble vraiment inquiète, et je décide d'en jouer. Je sais, je suis un enculé! Mais aux grands maux les grands remèdes.

–Non! J'ai besoin d'aide. Je ne peux pas me déshabiller seul.

Elle me regarde avec hésitation, essaie de jauger la véracité de mes propos. Je la supplie des yeux et, comme prévu, elle cède.

–Lève les bras!

Je m'exécute avec plaisir. Ses mains trouvent l'ourlet de mon haut et elle le retire lentement. Mon torse apparaît et je sens l'ambiance de la pièce changer radicalement. L'air se charge en électricité. Ses yeux scannent mon corps nu avec désir, et il me faut tout le self-control du monde pour ne pas la retourner et la baiser contre le lavabo.

– C'est bon. Ça ira pour le reste ? demande-t-elle dans un murmure tout en fixant ma bouche des yeux.

J'hésite à pousser ma chance, mais je décide de la laisser tranquille, sachant pertinemment que si elle reste une seconde de plus, je risque de ne plus pouvoir me contrôler, et je ne veux pas tout gâcher.

– Oui, merci pour tout ! dis-je en la serrant dans mes bras. Je t'aime ! osé-je à nouveau.

Elle ne répond pas, mais je sens son sourire contre ma nuque. Quand elle se dégage, je lui vole un dernier baiser, puis la laisse se diriger vers la sortie. Mais avant qu'elle atteigne la porte, elle se retourne une dernière fois vers moi.

– Au revoir, Edward !

– Au revoir, bébé !

Encore cette fois, elle ne proteste pas.

36

Leïla

Dans le taxi qui me ramène chez moi, je ressasse inlassablement le discours d'Edward dans ma tête: «Je ne t'ai pas trompée, Leïla. Je te jure. Je t'aime…»

Je suis perdue, complètement confuse. Impossible de démêler le vrai du faux. Moi qui pensais avoir tiré un trait définitif sur cette histoire, je me retrouve à tout remettre à nouveau en question. Le voir se faire rouer de coups par ce gros bras qui était sur le point de le tuer m'a profondément secouée, j'étais prête à tout pour le défendre, ce n'est pas vraiment la réaction d'une personne qui a fait son deuil de la relation. Un dilemme sans merci se joue dans ma tête. Ma raison me crie de me barrer le plus loin possible de lui et de son charme diabolique, mais mon cœur, mon stupide cœur, me supplie de lui redonner une chance. Et alors, quand mes hormones s'en mêlent, c'est simple, je ne peux plus réfléchir. Est-ce que je peux lui pardonner et lui faire à nouveau confiance? Même après avoir trouvé cette culotte dans sa voiture qui ne laisse aucune ambiguïté? Je serais vraiment la reine des idiotes de me laisser berner aussi facilement! Pourtant, j'ai envie de le croire!

Imbécile!

Son explication bien que répugnante est crédible, et il avait l'air tellement sincère avec ses grands yeux verts électriques. Voilà, il est là, mon problème, ses yeux, ses putains d'yeux! Je pourrais jurer qu'ils ont le pouvoir de m'hypnotiser et de me faire avaler n'importe quoi!

Ce qui est sûr, c'est que je l'aime! Bien plus que je ne veux me l'avouer. Il est arrogant, menteur, vulgaire, possessif et parfois violent, mais je suis forcée d'admettre que je suis folle de lui. Sans parler de mon envie irrationnelle de lui arracher ses vêtements.

Pathétique.

J'ai bien failli craquer tout à l'heure quand je l'ai aidé à se déshabiller. J'étais à deux doigts d'oublier toutes mes rancœurs et de me jeter sur lui pour embrasser son torse tatoué, finement musclé. Pour caresser sa peau douce et me perdre dans ses bras…

Mais qu'est-ce qui me prend, bon sang? Pourquoi je pense à ce genre de truc? Il y a encore quelques semaines, le mot «sexe» m'aurait fait rougir de honte, et là, je me surprends à constamment rêvasser de choses peu avouables. Il m'a vraiment fait perdre la tête! Est-ce parce que j'ai envie de lui, que je me laisse convaincre aussi vite!?

Je soupire longuement en me massant les tempes. Un sac de nœuds! Voilà ce qu'est devenue ma vie. Il faut que j'arrête d'y penser, en tout cas pour l'instant. Je lui ai dit que j'avais besoin de temps pour réfléchir, et c'est bien ce que je compte faire pour une fois: prendre mon temps.

J'ai l'impression que depuis que je connais Edward, tout s'accélère. Je fais des trucs insensés, et ça me terrifie autant que ça m'excite.

Il est vingt-deux heures lorsque j'arrive à l'appart, et tout le monde est déjà couché. Je suis étonnée que mon père ne m'attende pas derrière la porte pour me flanquer la raclée de ma vie comme à son habitude lorsque je rentre tard.

Dans un soupir de soulagement, je me dirige vers la cuisine le plus discrètement possible. Je suis affamée! J'espère trouver des trucs à grignoter. J'ouvre le frigo et y découvre une assiette de pâtes soigneusement enveloppées dans du papier cellophane que ma mère a dû mettre de côté pour moi. Je souris, satisfaite. Maman est la meilleure, je peux toujours compter sur elle! Je sais que ça n'a pas dû être facile de planquer ce reste. Papa met toujours un point d'honneur à finir les plats, même si cela veut dire affamer ses enfants. Il agit ainsi par vengeance. «Si on n'est pas foutu d'être là à l'heure pour manger, alors on mérite de crever de faim!», répète-t-il souvent.

Je m'installe et décide de manger froid. Ce n'est pas idéal, mais notre micro-ondes est trop vieux et risque de faire un bruit monstre si je l'utilise. La dernière chose dont j'ai besoin, c'est de réveiller toute la maison.

Au moment où je prends ma première bouchée, Benjamin apparaît torse nu devant moi. Merde, j'avais oublié qu'il était encore là, celui-là! Il a le chic pour débarquer à moitié à poil quand je suis seule. Il s'avance en faisant le séducteur et je lève les yeux au ciel. Qu'est-ce qu'il me veut encore?

–Salut ! Tu rentres bien tard !

J'acquiesce silencieusement avant de me concentrer sur mon plat. Je suis délibérément distante.

–T'étais où ?

Non mais je rêve ! Il ose me questionner alors qu'on ne se connaît pas !

–Je ne crois pas que ça te regarde !

–Moi non, mais ton frère, oui. Tu ne voudrais pas que je lui dise que tu es rentrée à une heure indécente.

–Tu me fais du chantage, là, ou… ?

–Non, pas du tout !

Il humidifie ses lèvres et se caresse le torse.

–Dis-moi, tu ne portes jamais de vêtements quand tu déambules chez les gens ? C'est plutôt ça qui est indécent !

Il ricane et s'approche dangereusement de moi.

–Pourquoi ? Ça te fait de l'effet de me voir comme ça ? Tu n'as jamais vu un vrai mec ?

Il tire une chaise et s'installe un peu trop près. Je m'étouffe presque devant son arrogance. Il pose sa main sur ma cuisse, j'ai un mouvement de recul.

–Ne me touche pas !

–Pourquoi ? Je pourrais te faire tellement de bien, si tu savais !

Il fait glisser sa main vers mon intimité. Je bondis hors de ma chaise. Mon sang cogne dans mes veines, je suis pétrie de colère.

–Je te préviens, si tu t'approches encore une fois, je hurle.

–Vas-y, crie ! Ce ne sera pas facile d'expliquer à ton père ce que tu fous là à une heure si tardive.

Mes yeux s'élargissent de surprise et de frayeur. Quel connard ! Je ne sais pas ce qui me retient de le gifler. Il se relève à son tour et décide par je ne sais quel miracle de quitter les lieux et de me laisser tranquille. Arrivé sur le pas de la porte, il se retourne et m'envoie un baiser bruyant qui me retourne l'estomac.

– À plus tard, Leïla !

Je ne réponds pas. Je suis tétanisée. Mon cœur tambourine à l'intérieur de ma poitrine à un rythme effréné. Il me faut un long moment pour me calmer. Je tremble en repensant à ses mains baladeuses sur moi. Jusqu'ici, il était lourd, me faisait des compliments, ou me matait, mais il ne m'avait jamais touchée. Il vient de franchir une limite et l'idée qu'il puisse recommencer me fait froid dans le dos.

Je devrais peut-être le balancer à mon frère, lui dire qu'il est venu au magasin et qu'il me fait du rentre-dedans, mais j'ai peur que Rayan se fâche et m'accuse d'avoir essayé de le séduire ! Comme la fois où j'ai eu le malheur de lui raconter qu'un garçon de sa classe m'avait suivie jusqu'à la maison. J'étais en troisième et j'avais eu tellement peur ! Je lui en avais parlé en espérant qu'il me défende, mais je ne pouvais pas avoir plus tort. Je me souviens qu'il m'avait frappée et insultée, m'accusant de l'avoir provoqué avec mes tenues aguichantes ! Tu parles ! Je ne portais à l'époque que des fringues trois fois trop grandes pour moi. Résultat, c'est moi qui n'avais plus le droit de sortir et, en plus, je devais me couvrir.

Depuis ce jour, je n'ai jamais plus osé me plaindre de quoi que ce soit. Le mieux que je puisse faire, c'est éviter

Benjamin jusqu'à son départ. Il ne me reste de toute façon plus que quelques jours à subir sa présence.

Je range mon plat sans même le finir. Son intrusion m'a définitivement coupé l'appétit. Je prends une douche rapide en essayant d'être la plus discrète possible, puis je me couche et m'endors instantanément, épuisée par cette journée mouvementée.

37

Leïla

– Ça va, Leïla ?

Ma sœur me caresse le dos et me tient les cheveux pour éviter que je les éclabousse. J'ai la tête dans les toilettes depuis ce matin et je n'arrive pas à me débarrasser de cette sensation de nausées. Je n'aurais pas dû manger ce plat de pâtes froides. Mon estomac n'a pas supporté.

– Tu ne devrais pas aller travailler ce matin, ma puce, suggère ma mère qui s'est jointe à nous.

– Non ! Il le faut ! Je ne peux pas laisser Camille seule au magasin. Elle a besoin de moi, on est samedi, c'est la journée la plus chargée de la semaine. Je vais juste prendre des médicaments et ça ira.

Je me relève, rince ma bouche puis me regarde dans le miroir. J'attache mes cheveux en queue de cheval haute. Je ressemble à un zombie : mes traits sont tirés, je suis pâle et j'ai d'énormes cernes sous les yeux. Je me dirige vers la cuisine. L'odeur du café me saisit et déclenche encore mon envie de vomir. Je cours aux toilettes pour me vider.

Plus rien ne sort à part de la bile et ça me tord les boyaux.

– Leïla ! Ça suffit, il est hors de question que tu ailles travailler aujourd'hui ! Tu restes ici, fin de la discussion, dit maman avec autorité, m'obligeant à retourner me coucher.

Je m'installe confortablement sous les couvertures et sens une vague de bien-être m'envahir. Il y a quelque chose de rassurant à se replonger sous sa couette chaude après l'avoir à peine quittée. Sonia interrompt mon petit moment d'extase en déposant une tasse de thé sur ma table de chevet avec deux comprimés.

– Ça va aller, ma sœur ?

– Oui ! Il le faut bien !

– Tu vas me manquer, aujourd'hui. Avec qui je vais me marrer dans le train, moi ?

Je souris, puis soupire.

– C'est ridicule, je pourrais venir avec toi ! C'est maman qui ne veut rien savoir.

– Non, c'est elle qui a raison. Reste ici et repose-toi, ça ne te fera pas de mal. Allez, j'y vais !

Elle ferme la porte. J'en profite pour consulter mon portable et envoyer un texto à Edward. Je ne sais toujours pas si je le crois, mais je ne supporte pas l'idée qu'il puisse disparaître de ma vie.

[Salut, toi ! Pas trop mal
au casque ce matin ?]

Je sais qu'il est tôt et je ne m'attends pas vraiment à ce

qu'il me réponde, alors je suis surprise quand j'entends mon téléphone vibrer.

[Hey bébé ! Oui j'ai
grave mal à la tête.]

[Il est tôt. Tu ne dors pas ?]

[Non ! Mon père va bientôt
passer me chercher.
Nous partons
en week-end pour faire
du ski.]

[Oh cool !]

[Ouais ! Tu aimes skier ?]

[Je ne sais pas,
je n'en ai jamais fait !]

[Je peux t'apprendre,
comme tu le sais,
je suis un expert
en sport de glisse.]

Je recrache la gorgée de thé que je viens à peine d'avaler !

[Pervers !]

[Tu n'as pas idée à quel point!]

[Non, mais sérieux.
Je t'y emmènerai si tu veux.
On possède un joli chalet
à Courchevel.]

Oh oui, ce serait bien! Un jour peut-être… Quand je pourrai quitter mon chez-moi pour plus de quarante-huit heures, quand il aura vraiment quitté Andrea…

Je dis ça sur le ton de la plaisanterie, mais au fond, j'aimerais tellement pouvoir partir en week-end avec lui, ou ne serait-ce que passer la nuit entière dans ses bras. Rien ne pourrait me rendre plus heureuse. Je sais que j'ai dit que j'avais besoin de temps pour lui pardonner, mais je l'aime tellement que j'ai déjà envie de lui donner une seconde chance. Est-ce que ça fait de moi une fille trop naïve, faible et cliché? Oui, sans aucun doute. Mais je n'arrive pas à être autrement. Comment font les autres filles pour être fortes? Est-ce que c'est mon manque d'expérience qui me rend pathétique ou le désespoir? Je ne sais pas, tout ce que je sais, c'est qu'Edward me rend heureuse et que mon instinct me dit de lui faire confiance. J'espère juste que je ne me trompe pas.

[Sinon, t'es bien rentrée
hier soir? Désolé, je ne t'ai pas
appelée, je me suis endormi
tout de suite après ton départ.]

[Oui, je suis bien rentrée,
mais aujourd'hui
je suis malade.
Je vais rester à la maison.]

[Oh non, bébé,
qu'est-ce qui t'arrive?]

[Intoxication alimentaire.]

[Ma princesse,
j'aimerais pouvoir te prendre
dans mes bras et t'embrasser
sur le ventre jusqu'à ce que
la douleur disparaisse!]

Je souris à sa proposition de remède enfantin. Ça me rappelle le jour où on a fait l'amour pour la première fois, ou quand je me suis blessée au doigt.

[Edward, je ne sais pas
si tu es au courant,
mais tout ne se guérit
pas à coups de bisous.]

[Quoi? Ce n'est pas vrai?
On m'aurait menti, alors?]

Je l'imagine en train d'écrire ce message et de se marrer.

Ses yeux doivent briller et ses fossettes se creuser, lui donnant cet air espiègle qui me fait craquer.

[Oui, désolée de briser
tes rêves !]

[Bébé ! Je dois y aller,
mon père est là !
Prends soin de toi.
Je t'appelle plus tard !]

Je suis un peu déçue qu'il mette fin à notre échange aussi abruptement. J'avais envie de continuer à lui parler. Il est le seul à pouvoir me faire oublier mes maux de ventre.

[OK, ben, bon séjour, alors.]

[Merci. Eh, bébé,
j'espère que tu me crois ?
Je peux espérer te voir
à mon retour lundi,
n'est-ce pas ?]

Je suis ravie qu'il me propose un rendez-vous, mais je décide de ne pas trop le montrer.

[Oui, j'essaierai de passer.]

[Oh super ! J'ai hâte !

Je te promets que je saurai
me faire pardonner!]

[J'espère bien.]

Je range mon portable avec regret et prends mon livre de chevet. *Muchachas*, de Katherine Pancol! C'est Nico qui me l'a prêté. Je commence la lecture quand j'entends quelqu'un ouvrir ma porte. Je lève les yeux de mon bouquin et, sans surprise, Benjamin apparaît.

Putain, mais ce n'est pas vrai! Il va me lâcher? Ça devient du harcèlement, là!

Bon, dans mon malheur, il est au moins complètement habillé cette fois, et c'est assez rare pour être souligné.

–Salut, t'es malade?

Il me sourit comme si rien ne s'était passé la nuit dernière et regarde partout autour de lui.

–Alors, c'est ici ta chambre?

C'est vraiment un psychopathe!

–Qu'est-ce que tu veux encore?

J'en ai plus que marre de le voir rôder autour de moi. Il est complètement dingue et me fait flipper.

–Rien! Calme-toi! Ta mère a dit que tu avais vomi ce matin, alors je suis venu voir si ça allait.

–Oui, ça va, merci. Mais je crois que si tu restes planté ici devant moi, mes nausées vont reprendre du service!

Il esquisse un sourire narquois.

–Oh, Leïla! J'aime ton petit côté tigresse. Ça ne peut être qu'un plus au niveau sexuel.

Je n'en crois pas mes oreilles. Il ne vient pas juste de me dire ça? Je suis sans voix et mets quelques secondes avant de réagir. Il en profite pour s'asseoir au bord de mon lit.

–Sors de ma chambre tout de suite! hurlé-je de rage.

Ce mec a le don de me faire sortir de mes gonds. Il secoue la tête et rit de plus belle. Il ne me prend pas du tout au sérieux, et ça m'irrite encore plus.

–Beauté, tu ne devrais pas t'énerver comme ça! Ce n'est pas du tout bon dans ton état.

Il replace une mèche qui s'est échappée de ma queue de cheval. Et c'en est trop, j'en ai par-dessus la tête qu'il me touche avec ses mains baladeuses. J'explose de colère, le pousse, il perd son équilibre mais se redresse juste à temps.

–Mais c'est qu'elle a de la force, ma petite tigresse!

Il humidifie ses lèvres, se dirige vers la porte et dit d'une voix perverse:

–Garde ton énergie pour plus tard! Tu risques d'en avoir besoin.

Il me fait un clin d'œil, auquel je réponds en lui balançant mon livre dans la tronche. Malheureusement, il l'esquive puis ricane, et finit par sortir. Mon cœur bat à tout rompre, et mes mains tremblent de frayeur. Il me faut un long moment pour me calmer. Je décide de verrouiller ma porte, pour être sûre qu'il ne mette plus les pieds dans ma chambre.

Je lâche un long soupir de désespoir.

L'éviter sera peut-être plus difficile que prévu.

38

Leïla

Le week-end passe à une vitesse fulgurante et nous sommes déjà dimanche soir. Mon frère et Benjamin sont censés partir demain à la première heure et j'en suis plus que ravie. J'en ai marre de le sentir m'observer et de subir ses remarques déplacées dès que l'occasion se présente. Il fait exprès de me frôler, de me toucher, et j'ai envie de lui décocher mon poing dans la figure à chaque fois que je le croise. Et pour une fois que l'aide de mon père ou de mon frère aurait été bienvenue, ils ne réagissent pas

– C'est l'heure du dîner ! lance maman, et tout le monde s'installe autour de la table.

Je prends soin de me mettre à l'opposé de Benjamin. Je ne veux surtout pas lui donner l'occasion de me faire du pied comme hier soir. Maman dépose un énorme plat de lasagnes qu'elle a préparé avec amour.

D'habitude, c'est l'une de mes recettes préférées, mais aujourd'hui, j'ai du mal à m'alimenter. À chaque fois que j'essaie, mes nausées reviennent me torturer.

–Pourrais-tu me passer le parmesan, Leïla, s'il te plaît? demande Benjamin.

Il m'adresse un clin d'œil séducteur et je ne sais pas ce qui me retient de hurler. Je lui donne ce qu'il demande, et il en profite pour me caresser la main.

Putain, mais j'en peux plus! J'ai hâte qu'il dégage!

– Alors, qu'as-tu préféré dans ton séjour à Paris, Ben? questionne gentiment Sonia pour faire la conversation.

Si elle savait qu'il a passé son temps à me harceler, elle ne serait pas aussi sympa avec lui. Il réfléchit un moment puis pose son regard pervers sur moi.

–J'ai fait une rencontre exceptionnelle!

–Ah oui? intervient Rayan. Tu ne m'as rien dit, pourtant!

–Oui, tu sais, quand je suis parti me balader à Paris? Eh ben, c'est là que je l'ai rencontrée.

–Elle est jolie, au moins? Comment elle s'appelle? s'enthousiasme ma sœur.

–Canon! C'est un véritable canon!

Il humidifie ses lèvres et me toise intensément.

Un haut-le-cœur m'oblige à plaquer ma main devant ma bouche, je vais vomir s'il continue!

–Elle s'appelle… Elle s'appelle Lily! ment-il effrontément.

Je sais bien qu'il fait référence à moi. Je ne comprends pas ce qu'il s'imagine en disant tout ça. Que je vais être flattée, peut-être? Il est à des millions d'années-lumière de la réalité. Je le méprise du plus profond de mes entrailles.

–Et alors, qu'est-ce qui s'est passé avec elle? s'intéresse mon frère.

–Ben, pas grand-chose pour l'instant, mais je ne désespère pas!

–On part demain, Ben! Ça va être dur.

–Ne me sous-estime pas, je suis un optimiste.

Je grogne et lève les yeux au ciel, ce qui attire l'attention de ma mère.

–Ça ne va pas, ma puce? Tu n'as pas touché à ton assiette. C'est ton ventre qui te fait toujours souffrir?

–Oui, murmuré-je.

Et ma tête à cause de l'insistance de ce connard!

Mais ça, je me garde bien de lui dire, évidemment. Maman tapote ma main pour me réconforter. Je lui souris et essaie de prendre encore une bouchée, mais je renonce immédiatement lorsque mon estomac se tord. Décidément, ça m'apprendra à m'alimenter n'importe comment.

Après le dîner, je m'occupe de débarrasser et de faire la vaisselle. Je me sens encore un peu mal, mais je ne supporte pas de rester sans rien faire.

–Leïla, avant d'aller te coucher, tu peux descendre les poubelles, s'il te plaît?

–Oui, bien sûr, maman!

–Merci! Bonne nuit!

Elle retrouve mon père dans leur chambre. Tout le monde semble avoir décidé de se coucher tôt, ce soir, ce que je compte bien faire aussi dès que j'en aurai fini avec les poubelles.

Edward m'a demandé de l'appeler avant de dormir et j'ai hâte de lui parler. Il rentre demain. Je suis plus qu'excitée à l'idée de le revoir. Il m'a tellement manqué. Son séjour semble s'être bien passé si j'en crois les dizaines de selfies et vidéos qu'il m'a envoyés, dont une en particulier où il se filme en train de descendre les pistes à une allure folle tout en criant qu'il ne pourra pas s'arrêter. *Qu'est-ce qu'il est bête!* Il arrive toujours à me remonter le moral avec son humour douteux.

Je saisis les deux grands sacs-poubelle et descends dans la cave. J'ouvre la porte puis allume la lumière. L'odeur nauséabonde qui émane de cet endroit est insupportable. Je me pince le nez d'une main et jette les déchets de l'autre dans le conteneur qui nous appartient, puis presse le pas pour quitter ces lieux au plus vite. C'est là que je sens une présence derrière moi. Je n'en suis pas sûre, mais je crois entendre quelqu'un se rapprocher. Un long frisson parcourt ma colonne vertébrale quand la lumière automatique s'éteint. Je ferme les yeux et prie intérieurement pour qu'il n'y ait personne.

Mes prières sont vaines! Je finis par me retourner dans un élan de courage, et Benjamin est là, devant moi. Son regard est sombre et sa respiration lourde. Il s'approche de moi en silence. Je recule aussi vite que je peux, mais mon dos s'écrase contre le mur.

Je suis prise au piège!

39

Leïla

–Leïla, Leïla, Leïla. Où crois-tu aller comme ça?

Il se poste à quelques millimètres de mon visage et caresse mon cou.

–Dégage, connard, ne me touche pas!

Je frappe violemment sa main puis essaie de le contourner, mais il se déplace rapidement et fait barrage de son corps.

–Hum! Tu as le sang chaud! J'aime ça! susurre-t-il avant de me plaquer contre le mur.

–Qu'est-ce que tu fais? Putain, mais qu'est-ce que tu veux?

Le son qui sort de ma gorge ressemble davantage à une supplication qu'à une question.

–Tu sais très bien ce que je veux! Et tu le sais depuis le début. Ne joue pas l'innocente avec moi, ça ne marche pas. J'ai bien remarqué ton petit jeu. J'ai bien vu que tu m'allumais comme une petite salope. Maintenant, il faut passer à la caisse.

Quoi?

Il presse son bas-ventre contre le mien.

–Mais t'es vraiment malade dans ta tête ! Bouge de là et laisse-moi tranquille !

Je le pousse de toutes mes forces, mais il bouge à peine. Il saisit mes deux mains avec l'une des siennes et les immobilise au-dessus de ma tête. Je suis clouée au mur, littéralement prise au piège. J'essaie de me dégager, mais il est trop fort. C'est terrifiant de se sentir si vulnérable. Si faible, sans défense. Qu'est-ce qu'il va me faire, bon sang ? Une sensation de panique me saisit à la gorge. Je cherche désespérément l'air qui semble quitter peu à peu mes poumons. Il faut que je réagisse, que je fasse quelque chose avant que ça aille trop loin :

–Arrête ça tout de suite, lâche-moi ! crié-je avec aplomb. Je te préviens, je vais hurler si tu me touches !

–Des menaces, toujours des menaces ! Leïla, toi et moi nous savons très bien que cette cave est insonorisée et que personne ne t'entendra.

Il sourit comme le monstre qu'il est. Mes yeux s'écarquillent d'horreur lorsque sa main déchire violemment mon chemisier.

Je me débats comme une folle. Il raffermit sa prise sur mes poignets, me faisant affreusement mal, puis effleure mes seins du bout des doigts tout en se léchant les lèvres.

Il ne va pas me faire ça. Non, ce n'est pas possible ! C'est un cauchemar ! Mon Dieu, réveillez-moi !

– Arrête, je t'en supplie !

Des larmes coulent sur mes joues.

–Oh Leïla ! Tu es tellement belle ! dit-il de la manière la plus perverse possible, et je commence vraiment à paniquer.

Son regard est sombre. On dirait presque qu'il n'est pas là et qu'il n'entend pas mes supplications. Je crains le pire. Mon système d'alerte danger s'affole, mes mains sont moites, des gouttes de sueur perlent sur mon front et mon cœur cogne contre ma poitrine, faisant bouillir mon sang. Il déboutonne mon jean d'un geste brusque.

Putain, mais il va me violer!

– Arrête, Benjamin! Ne fais pas ça! Je t'en prie. Tout mais pas ça!

Je pleure hystériquement et l'implore en espérant le faire revenir à la raison. Mais rien n'y fait. Il introduit violemment une main à l'intérieur de mon jean pour l'abaisser. Je sursaute, tape des pieds, essayant par tous les moyens de me dégager de sa prise.

–Au secours! Au secours!

–Ta gueule! grogne-t-il avant de me gifler du revers de la main.

Je m'écroule à terre, un peu sonnée, mais je n'ai pas le temps de reprendre mes esprits. Il s'allonge sur moi, m'immobilise de son corps et continue à tirer mon pantalon vers le bas. Je lutte de toutes mes forces, mais il est lourd et il me fait mal. Je suis sur le point de vomir lorsque je sens son entrejambe gonflé contre moi. Mais comment peut-il être excité dans cette situation? Il ne m'entend pas pleurer? Il ne voit pas la terreur dans mes yeux? C'est un monstre! Ce mec est un monstre!

Au bout d'un moment, je n'ai plus de force pour me débattre et abandonne la lutte. Il place une main sur ma bouche pendant que l'autre est occupée à ouvrir sa braguette.

–Voilà, c'est mieux comme ça, Leïla ! Sois gentille et ne bouge plus. Tu vas voir, ça va te faire du bien.

Je ferme les yeux pour échapper à ce cauchemar. Je pleure et prie en même temps. Je veux mourir. Je ne veux pas subir cette atrocité. Il écarte brusquement mes jambes. Un cri de dégoût m'échappe alors qu'il se positionne. Et c'est quand je n'ai plus d'espoir que j'entends la porte s'ouvrir.

–Eh, dis donc ! Qu'est-ce que vous foutez là, tous les deux ?

C'est la voix de Robert, le concierge, et je n'ai jamais été aussi soulagée de le voir de toute ma vie. Benjamin se redresse. J'en profite pour me relever et refermer ce qu'il reste de mon chemisier comme je peux. Je me recroqueville sur moi-même, cache mon visage dans mes genoux et tremble comme une feuille. Celui-ci ne semble pas remarquer mon état fébrile à cause de l'obscurité.

–Désolé, monsieur ! On n'avait pas d'autres endroits pour se retrouver ! Vous connaissez les amoureux ? ment Benjamin sans aucun scrupule.

–Je comprends. J'ai été jeune, moi aussi, mais vous ne pouvez pas rester là, désolé ! La prochaine fois, allez plutôt à l'hôtel, plaisante le concierge en lui tapotant l'épaule.

Je suis au bord du malaise, et entendre ces mots aggrave encore plus ma misérable condition. Je me sens sale, vide, souillée.

–Oui, bien sûr ! Allez, viens, chérie, on y va !

Il saisit mon coude pour me relever et je ne sais pas pourquoi, je le suis. Je pourrais crier ! Je pourrais dire à Robert et à la terre entière ce qu'il a essayé de me faire, mais au lieu de ça, je reste silencieuse et lui obéis. Mais à peine la porte passée, je me mets à courir dans les escaliers comme une folle pour rejoindre l'appart au plus vite. J'entends ses pas se rapprocher derrière moi. Oh non, pas encore ! Je vous en supplie, mon Dieu, épargnez-moi !

Je saisis la poignée. Plus que quelques secondes et je serai en sécurité.

Dans la panique, j'ai un mal fou à ouvrir la porte. Benjamin me rattrape, me retourne violemment par le bras et me plaque contre le mur du couloir.

– Il s'est rien passé, t'as compris !

Il chuchote, mais son ton est menaçant. Je garde les yeux baissés et continue à trembler.

– De toute façon, si tu dis quoi que ce soit, je nierai tout en bloc. On verra bien qui de toi ou moi Rayan décidera de croire.

Je ne réponds pas et il me secoue à nouveau.

– T'as compris ?

J'acquiesce frénétiquement d'un signe de tête mais ne dis rien. Je ne peux rien dire, je n'ai plus de voix. Il finit par me lâcher et rentrer dans l'appartement. Je me laisse glisser jusqu'au sol et pleure de rage et de désespoir. J'ai envie de crier, j'ai envie de mourir, j'ai envie de disparaître. Après quelques minutes à sangloter, je me reprends et rentre à mon tour. Je cours vers ma chambre puis m'écrase sur le lit. Je me couche sans même me changer. Je ferme les yeux, mais les images de ce soir se rejouent inlassablement dans ma tête et m'empêchent de dormir. Je réalise que je viens d'échapper au pire. Je devrais être soulagée, mais je ne peux m'y résoudre. La culpabilité me ronge. Je ne comprends pas comment j'ai pu me mettre dans une telle situation :

« Tu m'as allumé comme une petite salope, maintenant il faut passer à la caisse ! »

Qu'ai-je fait pour le provoquer ? Pourquoi j'ai honte et pourquoi je suis restée complètement muette tout à l'heure quand Robert est arrivé alors que j'aurais pu tout lui dire ?

Je ne veux surtout pas que quelqu'un le sache. Il faut que j'efface cette horreur de ma mémoire, que je l'enfouisse au fond de moi et que je fasse comme si de rien n'était pour oublier !

40

Leïla

Le lendemain, je me réveille courbaturée et déprimée. J'entends de l'agitation dans la cuisine et surtout la voix de ce salaud de Benjamin. Il est en train de blaguer et de rire avec ma mère, comme si de rien n'était.

Je me lève et m'étire en essayant d'ignorer les souvenirs obscurs de la veille.

–Hey, Leïla, t'es réveillée?

Sonia entrouvre timidement ma porte pour être sûre de ne pas me déranger.

–Oui, tu peux entrer.

–Maman m'a demandé de venir te chercher. Rayan et Ben s'en vont dans quelques minutes et elle veut que tu viennes leur dire au revoir.

Un mélange de colère et de peur m'étreint et me fait suffoquer. Voir la gueule enfarinée de ce connard de prédateur est la dernière chose dont j'ai besoin, là, tout de suite. Je n'attends qu'une seule chose: qu'il dégage, qu'il disparaisse et si possible qu'il brûle en enfer. Je le hais, j'aimerais pouvoir le crier. L'expliquer à Sonia, à ma mère, dire ce qu'il a osé me faire, mais tout reste coincé au fond de ma gorge. J'ai tellement honte.

–Non, je passe ! finis-je par répondre. Tu n'auras qu'à dire à maman que je dors encore.

–Ah ouais ? Et pourquoi ça ! Il est plutôt sympa, et j'avoue que je le trouve super mignon, moi ! Même si, évidemment, il n'a d'yeux que pour toi ! Mais bon, j'ai l'habitude, depuis le temps, que tous les mecs qu'on rencontre craquent sur ma jolie grande sœur.

Mignon ? Gentil ? C'est une blague ? C'est un putain de monstre, ce mec, et je lui souhaite de crever dans d'atroces souffrances ! Je ne crois pas avoir jamais autant haï quelqu'un de toute ma vie !

–Moi, je ne peux pas l'encadrer et je n'attends qu'une chose, c'est qu'il se barre au plus vite, dis-je un peu sèchement.

–T'es vraiment bizarre, toi, en ce moment ! On dirait que tu as pleuré, en plus ? T'es sûre que ça va ?

Non, ça ne va pas ! Et je ne suis pas sûre que ça ira à nouveau un jour. Quelque chose a été brisé en moi hier soir, je l'ai senti. Comme une brindille qui rompt sous le poids d'une chaussure. Je me sens plus fragile, plus vulnérable, à la merci de n'importe quel prédateur qui voudrait faire de moi sa proie. Mon père, mon frère, et maintenant Benjamin. L'impression horrible que je les attire, que ça ne s'arrêtera jamais, qu'il y aura toujours autre chose, que je subirai toujours des violences, que je ne tiendrai pas jusqu'à l'obtention de mes diplômes, que tout ça ne sert à rien. Je n'y arriverai pas, on me fauchera en chemin, j'en suis persuadée. À quoi bon me battre? Mon avenir est ici, là, dans cette cave à poubelles poisseuse, juste bonne à servir de punching-ball ou de sac à foutre. Mes pensées me terrifient, je sais qu'il ne faut pas que je m'y abandonne, il faut que je lutte. Si je cède, j'éteindrai la dernière petite flamme qui brûle encore en moi et qui jusque-là m'a permis d'avancer. Et si je fais ça, eh bien, il aura gagné, ils auront tous gagné. Et ça, je ne peux pas l'accepter.

Au lieu de répondre à Sonia, je me contente de hausser les épaules, trop peur qu'elle découvre ma profonde détresse et qu'elle m'y enferme à jamais. Elle n'insiste pas, referme la porte et je replonge. Je prends mon téléphone pour me distraire de mon désespoir et remarque que j'ai cinquante-quatre appels en absence d'Edward et quinze messages.

Merde!

J'étais censée le rappeler hier soir, mais pour des raisons évidentes, ça m'est sorti de la tête. Je décide aussitôt d'y remédier. Il n'est que huit heures, mais peut-être va-t-il répondre. Je m'éclaircis la gorge plusieurs fois en écoutant les tonalités s'égrainer, j'ai tellement pleuré cette nuit que j'ai peur qu'il entende au son de ma voix que quelque chose ne va pas, et je ne peux décemment pas lui dire ce qui m'est arrivé. Que penserait-il de moi?

Au moment où j'arrive à la conclusion qu'il dort encore, il répond. Le son de sa voix rauque encore endormie me réchauffe immédiatement le cœur.

–Allô, bébé? Tout va bien?

–Oui…

Je parle doucement, je ne veux pas qu'on m'entende dans le reste de la maison.

–Bon sang, Leïla, tu m'as foutu la frayeur de ma vie! J'étais à deux doigts de conduire jusqu'à La Courneuve hier soir!

–Sérieux?

–Mais oui! J'ai cru qu'il t'était arrivé un truc!

Si seulement il savait!

–Tu devais m'appeler avant de te coucher, tu te souviens? Du coup, comme tu ne l'as pas fait et qu'en plus tu ne répondais pas à mes appels, je ne sais pas, j'ai paniqué…

Je souris. Mon cœur se met à battre plus fort. Il est adorable de s'inquiéter ainsi pour moi. Ça me fait du bien et met du baume sur la plaie que Benjamin a ouverte en moi. À cet instant, je réalise à quel point il compte pour moi, à quel point il est devenu essentiel à ma sinistre vie, à quel point sa seule présence me donne envie de croire que tout ira bien, qu'il y a de l'espoir derrière ce cauchemar.

–Edward!

J'interromps son discours, mais il continue:

–Leïla, la prochaine fois que tu dis que tu vas m'appeler, tu m'appelles! Sinon, moi…

–Edward!

Je ris, amusée par sa tendance à faire des monologues interminables.

–Quoi?

Il semble légèrement irrité. Je prends une grande inspiration:

–Je t'aime!

Un long silence s'ensuit avant qu'il ne reprenne ses esprits.

–Tu quoi?

Je l'imagine surpris, en train de se passer la main dans les cheveux.

–Je t'aime! dis-je un peu plus fort, mais pas trop non plus. Les autres sont toujours dans la cuisine et, officiellement, je suis censée être en train de dormir.

–Pardon?

Je sens son sourire taquin à travers le téléphone.

–Tu m'as bien entendue.

–Non, je t'assure.

Il ment pour que je répète encore une fois.

–Je t'aime! Je t'aime! Je t'aime! Je t'aime!

–Oh, bébé! Ça veut dire que tu me pardonnes?

–Oui!

Je sais que j'oublie un peu vite l'épisode de la culotte, mais avec ce que j'ai vécu hier soir, je n'ai plus qu'une seule envie: me nicher dans ses bras pour qu il m'inonde d'amour comme il sait si bien le faire. J'en ai besoin pour réparer mon âme meurtrie.

–Putain! Princesse, tu ne peux pas imaginer à quel point je suis heureux, là! Je t'aime aussi! Je t'aime plus que tout! Tu peux passer me voir aujourd'hui après le travail? Pour que je te montre à quel point je t'aime?

–Oui!

–Promis?

–Promis!

–Bon ben, alors, à tout à l'heure, bébé.

–À tout à l'heure, Edward.

Je raccroche. Mon humeur s'égaie grâce à lui. Dès que

j'entends la porte d'entrée s'ouvrir et se refermer, j'en conclus que mon frère et son horrible pote sont enfin partis. Je souffle longuement, soulagée. La vie va enfin pouvoir reprendre son cours normal.

Je décide de me préparer pour la journée. Mon ventre est toujours un peu chatouilleux. Je ne suis pas à l'abri de vomir, mais je n'y prête pas trop attention et me dirige vers la douche. Je me frotte plus que d'habitude pour effacer les stigmates de la veille. Des pensées négatives essaient à nouveau de s'immiscer dans mon cerveau, mais je les bloque. Je ne veux pas y penser! Pour ma santé mentale, il vaut mieux que j'oublie.

***

La journée au magasin s'achève vite, et me voilà dans le taxi qui me mène chez Edward! J'ai tellement envie de le voir! Je trépigne d'impatience. J'ai l'impression que ça fait des lustres que je ne l'ai pas vu et je suis en manque de lui. J'ai envie qu'il efface avec sa douceur l'horreur que j'ai failli subir hier soir. Repenser à ça me fait frissonner, alors je ferme les yeux pour chasser ces affreux souvenirs de ma tête.

La sonnerie de l'ascenseur retentit et annonce mon arrivée dans l'appart d'Edward. Je ne le vois pas tout de suite et le cherche des yeux. Je sursaute quand je sens deux mains s'immiscer par-derrière.

– Bébé, murmure-t-il à mon oreille avant d'y déposer un doux baiser.

Mon cœur se remet à battre. Le voir, l'entendre, avoir ses mains sur moi, c'est tout ce dont j'ai besoin pour me sentir mieux. Je me retourne et l'embrasse doucement. Mes lèvres s'attardent un moment sur les siennes.

–Edward…

–Oui, bébé?

–Fais-moi l'amour!

41

Leïla

Les yeux d'Edward s'élargissent de surprise et il reste sans voix un instant. Il ne s'attendait vraisemblablement pas à ça. Moi non plus, à vrai dire, mais le voir réveille mes instincts les plus primaires.

– Tes désirs sont des ordres, princesse !

Il me fait un sourire triomphant, plonge ses mains dans mes cheveux avant de plaquer ses délicieuses lèvres contre les miennes. Un soupir d'aise m'échappe. Il m'a tellement manqué. Tout en lui m'a manqué : son odeur, sa douceur, sa façon de me faire perdre la tête. Je suis accro, complètement perdue. Comment ai-je pu croire une seule seconde que je pourrais me passer de ça ? Me passer de lui ?

Il interrompt le baiser et humidifie ses lèvres. Mes yeux sont ancrés sur sa bouche. Il se rapproche à nouveau, me caresse de sa langue, écarte mes lèvres et approfondit le baiser jusqu'à ce que nous ne soyons plus capables de respirer sans haleter l'un contre l'autre.

Ses mains parcourent mon corps avec ardeur comme

s'il essayait d'en mémoriser chaque courbe, ce qui me fait palpiter de désir. J'en veux plus. Il n'est pas assez proche. Je veux encore plus le sentir contre moi. J'enfonce mes doigts dans ses cheveux et tire dessus dans une tentative désespérée d'accélérer les choses. Sa réaction est à la hauteur de mes attentes. Il grogne et me soulève par les fesses. J'enroule mes jambes autour de lui tout en continuant à le dévorer. Le chemin jusqu'à la chambre est chaotique. On se cogne sur le mur du couloir, on manque de s'étaler plusieurs fois dans les escaliers, mais rien ne semble pouvoir altérer notre fougue. Nous sommes tous les deux comme possédés.

Une fois que nous sommes arrivés à destination, Edward me dépose sur le lit. Il retire son tee-shirt et son pantalon à la hâte sans jamais me quitter du regard. Je souris et admire la beauté de son corps parfait. Ses muscles sont finement dessinés, sa peau est légèrement hâlée, et ses tatouages lui donnent un côté sexy qui me rend folle. Il s'avance en séducteur.

–Tu vas garder tes habits, bébé?

–Oui, je veux que tu me les enlèves.

–Tu es bien exigeante aujourd'hui!

Edward dépose un genou sur le lit puis s'approche de moi, tel un félin sur sa proie. Sa tête n'est plus qu'à quelques millimètres de la mienne.

–On va te débarrasser de ça en premier, dit-il en tirant sur mon pull.

Je lève les bras et il le passe au-dessus de ma tête.

–Et maintenant, ton soutien-gorge.

Il me relève un peu, le dégrafe sans aucune difficulté et le jette au sol.

–Leïla, tu es tellement belle !

Je me crispe. Ces mots, ces putains de mots me rappellent ceux prononcés par Benjamin, et ça me glace les os. Non ! Non ! Non ! Il ne faut pas que je le laisse me ruiner ! Il ne faut plus que j'y pense ! Je secoue la tête pour me débarrasser de ces affreux souvenirs et me reconcentre sur Edward.

–Il ne nous reste plus que ton jean ! Tu devrais porter des jupes, bébé, ce serait beaucoup plus simple pour baiser !

Je ne réagis plus à ses mots crus, je commence à m'y habituer et j'avoue que quelque part, ça m'excite ! Au fond, je sais qu'il est respectueux, prévenant et attentif à mes moindres désirs, et que c'est juste une façon de parler.

Edward arrache mes chaussures puis déboutonne mon jean qu'il descend brusquement.

Il se place à califourchon sur moi, scanne mon corps de ses yeux affamés tandis que ses doigts frôlent mes tétons qui durcissent et se dressent pour lui.

–Oh, bébé ! Ton corps est tellement réceptif ! Tu n'as aucune idée à quel point j'ai envie de toi, là !

Il parle d'une voix basse et sexy. Mon pouls vient se loger dans mon entrejambe qui devient humide, et je serre les cuisses pour me soulager.

–Tu aimes quand je te parle comme ça, n'est-ce pas ?

Il continue de me caresser du bout des doigts et arrive au niveau de mon sexe. Je ne réponds pas, je rougis à la place.

–Tu n'as pas besoin de répondre. Ton corps te trahit.

Il recueille la preuve de mon excitation de son index.

–Tu vois?

Il l'insère dans sa bouche.

–Tu es absolument délicieuse, et j'ai très envie de te lécher, de te faire perdre la tête avec ma langue, mais je crois que tu es déjà prête à passer aux choses sérieuses!

Son sourire arrogant devrait m'exaspérer, mais il a raison, je suis prête! Prête à le recevoir! Prête à le sentir en moi! J'ai envie de lui! J'ai besoin de lui! Il est comme une drogue dont mon corps réclame sa dose.

Il s'abaisse et m'embrasse avec passion. Sa langue fait des merveilles dans ma bouche. J'essaie de suivre son rythme mais je suis vite à bout de souffle, trop excitée, sans doute.

–Je t'en prie, Edward!

Je prononce ces mots d'une voix haletante, presque suppliante.

–Qu'est-ce que tu veux, Leïla? Comment veux-tu que je te fasse jouir?

–Je veux… je te veux…

–Sois plus précise, bébé!

Putain, il n'est pas sérieux, là!

– Qu'est-ce que tu veux? Mes doigts?

Il les fait glisser sur ma fente humide, je sursaute de plaisir.

–Ma langue?

Il lèche mes seins l'un après l'autre.

–Ou ma bite?

Il frotte son sexe contre le mien, et je pense que je vais exploser s'il ne me soulage pas tout de suite. Le grognement de frustration qui m'échappe le fait marrer, et je ne sais pas ce qui me retient de lui arracher les yeux. Il aime par-dessus tout me rendre folle, et on peut dire qu'il y arrive très bien.

–Tout ! Tout ! Je veux tout ! finis-je par supplier.

–J'aime quand tu m'implores de te baiser !

Il rit, ses yeux brillent et ses fossettes se creusent, me faisant fondre au passage. Heureusement qu'il est adorable, cela fait oublier son arrogance. Il se relève pour enlever son caleçon et fait glisser ma culotte le long de mes jambes. Il saisit un préservatif sur la table de chevet qu'il déroule lentement sur son sexe tendu tout en me dévorant du regard. Ses pupilles sont tellement dilatées que ses yeux verts de jade ont pris une nuance plus sombre, ce qui lui donne un air primaire, presque animal. Il se rallonge, dépose une traînée de baisers sur mon ventre, entre mes seins, dans mon cou, pour finalement finir sa course sur mes lèvres. Il s'appuie sur ses avant-bras, caresse mon intimité nue, écarte mes jambes et s'immisce lentement à l'intérieur de moi. Je gémis de plaisir. Il ressort et s'enfonce à nouveau, mais cette fois, c'est encore plus profond ! Il continue ses lents va-et-vient.

Je vois bien qu'il se retient pour ne pas me faire mal. Mes mains se posent dans le bas de son dos, et je pousse pour l'encourager !

–Plus vite, Edward.

–T'es sûre ? Tu n'as plus mal ?

Il me regarde, anxieux.

–Oui, vas-y ! Je ne suis pas en sucre !

Je m'énerve et ça le fait rire.

–OK, bébé ! Mais ne viens pas te plaindre quand tu ne pourras plus marcher droit.

Il accélère la cadence. Oh mon Dieu ! Un long gémissement s'échappe de mes lèvres qu'il étouffe de sa bouche tandis que son sexe me pilonne avec force. Il saisit une de mes jambes et la place au-dessus de son épaule ! Le changement d'angle est absolument délicieux. La profondeur de ses assauts risque de me faire perdre la tête. Je crie de plus en plus fort.

À chaque fois que je pense que ça ne peut pas être meilleur, il bouge différemment, plus vite, plus lentement, ses mains sont partout et stimulent ce que le reste de son corps n'est pas déjà en train d'embraser. Mon plaisir s'intensifie. Je ne suis plus que gémissements et supplications. Il me fait un sourire triomphant.

– Oui, vas-y, bébé ! C'est ça ! Jouis pour moi !

Il entrelace nos mains et les place au-dessus de nos têtes. C'est tout ce qu'il me faut pour atteindre le point de non-retour. Mes yeux se révulsent, mes jambes tremblent. Mon vagin se contracte, et je suis à nouveau propulsée dans une dimension de plaisir intense et de félicité qui me fait perdre la tête. Mon Dieu ! C'est le deuxième orgasme de ma courte vie sexuelle et je me demande comment j'ai fait pour me passer de ça, avant. Après quelques derniers coups de reins, il se fige à son tour et se répand à l'intérieur du préservatif. Lorsque j'ouvre finalement les yeux, je le découvre nu, allongé à côté de moi, complètement essoufflé. Ses magnifiques yeux verts me regardent avec amour et il m'embrasse tendrement :

– Je t'aime, bébé !

– Je t'aime, Edward !

42

Leïla

– Bébé, réveille-toi.

J'entends la voix d'Edward du plus profond de mon sommeil. Je proteste, mais il insiste.

– Allez, ma princesse, il le faut. J'aimerais bien te garder avec moi, mais il est tard ! Je ne veux pas t'attirer d'ennuis avec ton père.

– Quelle heure est-il ? demandé-je en me frottant les yeux.

Mes paupières refusent toujours de s'ouvrir, la lumière de la pièce devient mon pire ennemi. J'ai tellement envie de dormir. Je suis épuisée en ce moment.

– Dix-neuf heures trente, ma puce.

Il a raison, il faut que j'y aille. J'ouvre difficilement l'œil et vois apparaître un Edward plus beau que jamais, souriant à quelques centimètres de mon visage. Je souris, éblouie par la perfection de ses traits. Je relève la tête et l'embrasse. Je ne peux pas m'en empêcher. Ce qui devait être un simple échange chaste se transforme vite en passion, et nos corps s'animent de ce désir que nous ne connaissons que trop bien.

Après quelques minutes, nous sommes tous les deux émoustillés et à bout de souffle. Mon Dieu, je donnerais tout pour assouvir mon désir grandissant à nouveau, mais ma vie étant ce qu'elle est, je me dois d'être raisonnable et de rentrer chez moi. Je sépare nos lèvres avec regret et me redresse pour m'habiller.

–Merci de m'avoir réveillée. Je n'avais pas remarqué que je m'étais endormie.

–Crois-moi, princesse, c'est à contrecœur que je l'ai fait. Tu dormais si paisiblement dans mes bras, et en plus j'ai découvert que tu parles dans ton sommeil. T'as failli me dire tous tes plus sombres secrets.

Il me fait un clin d'œil.

–Ah bon? Qu'est-ce que j'ai dit?

Je suis à la fois intriguée et paniquée. J'espère que je n'ai pas mentionné l'épisode d'hier soir. Il sourit tout en se caressant la nuque, ses fossettes apparaissent et mon cœur fait un bond. Mon Dieu, je suis folle de lui!

–Tu as dit que j'étais l'homme de ta vie. Que tu ne me quitterais plus jamais!

Je le regarde et secoue la tête, amusée, sachant pertinemment qu'il raconte des bêtises.

–Ah oui?

–Oui! Tu as aussi dit que tu étais dingue de mon corps et que personne ne t'avait jamais fait jouir aussi fort.

Ses yeux dansent avec humour, il est tellement adorable!

–Vraiment?

Il confirme d'un geste taquin de la tête, l'air de dire: j'y peux rien si je suis irrésistible.

Je me retourne et me penche pour attraper ma culotte que j'enfile rapidement, toujours un peu mal à l'aise d'être nue devant lui, et décide de le taquiner, histoire qu'il dégonfle un peu ses chevilles.

–Pourtant, il y a eu Norbert avant toi, et il était plutôt doué.

Edward fronce les sourcils, s'approche d'un pas de félin et m'enlace par-derrière.

–T'es sûre que ce connard était meilleur que moi? susurre-t-il à mon oreille avant de mordiller mon cou.

Ses deux immenses mains prennent mes seins en coupe. Il les masse puis emprisonne mes tétons entre son index et son pouce, puis tire dessus. Je frissonne de plaisir et me cambre contre lui.

–Oh putain! Leïla! Ne fais pas ça si tu ne veux pas que je te viole!

Mon sang se glace, des images de Benjamin qui me plaque contre le mur défilent dans ma tête. Je me dégage brutalement de sa prise. Edward recule, décontenancé par mon brusque rejet.

–Je plaisante, bébé, je n'ai pas l'intention de faire ça, tu le sais bien!

Je rougis, embarrassée par ma réaction disproportionnée. Je sais bien qu'Edward ne pourrait jamais me faire de mal, mais je ne sais pas, l'espace d'un instant, j'ai paniqué. L'espace d'un instant, ce n'était plus l'homme que j'aime qui se tenait derrière moi, mais ce connard de Benjamin.

–Du reste, je n'ai absolument pas besoin d'en arriver à de telles extrémités vu la manière dont tu me suppliais de te baiser il y a encore quelques heures, ajoute-t-il entre deux rires, même si je vois bien qu'il plaisante pour masquer son inquiétude face à ma réaction.

–Je n'en ai aucun souvenir! plaisanté-je.

–J'aimerais bien te rafraîchir la mémoire, mais on doit y aller, bébé.

J'acquiesce et m'habille.

Peu de temps après, nous descendons au parking souterrain. Edward se dirige machinalement vers sa Range Rover. Je me crispe à la vue de cette voiture de malheur.

–Ça te dérange de prendre la Mercedes à la place?

Il s'arrête et me regarde avec compassion.

–Leïla, je te promets qu'il ne s'est rien passé avec elle! Je pensais que tu avais fini par me croire.

–Oui! Je te crois, c'est juste que...

Mes lèvres tremblent. Je lutte pour retenir mes larmes et ne peux même pas finir ma phrase. Edward m'enveloppe aussitôt dans ses bras. Je me niche au creux de son cou puis respire ce parfum que j'adore. Au lieu de me calmer, sa douceur me fait d'autant plus sangloter. Putain, mais qu'est-ce que j'ai à chialer comme ça?

–Chut, chut, chut... Bébé, ne pleure pas! supplie-t-il en me serrant tendrement. Je vais prendre la Mercedes, si tu préfères.

–Merci... Désolée. Je ne sais pas ce que j'ai en ce moment, je suis un peu émotive.

Je renifle et efface mes larmes d'un revers de la main sous son regard attendri.

–Ce n'est pas grave, ma puce, je comprends.

Le trajet qui nous mène chez moi est incroyablement silencieux. Edward semble anxieux.

–Leïla ? Tu as toujours tes maux de ventre ?

–Oui et non. J'ai parfois envie de vomir, mais c'est tout ! En général, ça passe tout seul. Ça m'apprendra à m'alimenter n'importe comment. Mon estomac en a pris un sacré coup.

–Et tu dis que tu es fatiguée et émotive ces derniers temps ?

–Oui ! Je travaille trop et… où veux-tu en venir exactement, là ?

On arrive à quelques rues de chez moi. Edward se gare, éteint le moteur, se tourne lentement vers moi, puis prononce une phrase qui manque de m'achever :

–Leïla, je crois que tu es enceinte…

43

Leïla

– Leïla, je crois que tu es enceinte…

Cette phrase irréelle résonne dans ma tête comme dans un cauchemar, et il me faut quelques secondes pour réagir :

–Quoi ?!

– Écoute, rien n'est sûr pour l'instant, mais j'ai bien peur que les symptômes que tu me décris soient ceux d'une grossesse.

Edward joue nerveusement avec une de ses bagues qu'il fait rouler autour de son doigt tout en fuyant mon regard.

–Non mais tu n'es pas sérieux, là ?! C'est une blague ? Dis-moi que c'est une blague ?

–Bébé… Ne panique pas. Il faut d'abord faire un test. C'est peut-être rien ! Si ça se trouve, c'est toi qui as raison et c'est juste une intoxication alimentaire, explique-t-il sans grande conviction, et je comprends au ton de sa voix qu'il n'en croit pas un mot.

J'éclate en sanglots. Edward essaie de me prendre dans ses bras mais je ne bouge pas. Je suis immobilisée, complètement sonnée.

–Enceinte? Un test?

Distraite, je répète ces mots qui ont un goût amer dans ma bouche. Je tire sur mes cheveux, bouleversée par cette soudaine éventualité. C'est bien ma veine, ça! Je n'ai jamais rien fait de mal dans ma vie. Je n'ai jamais pris aucun risque pour éviter ce genre de problème, et la première fois que je désobéis et couche avec un garçon, je tombe enceinte?

–Non! Non! Non! C'est impossible! Ça ne peut pas m'arriver.

Je répète ces mots comme si le simple fait de nier la réalité pouvait faire disparaître ce cauchemar.

–Si, malheureusement, ça peut arriver. C'est de ma faute, putain! Comment j'ai pu être aussi con?

Il frappe violemment le volant de son poing, puis cache sa tête dans ses mains.

–Si je n'avais pas oublié de mettre cette putain de capote, on n'en serait pas là! Oh mon Dieu! Mon père va me tuer!

–Ton père? Ton père va te tuer? crié-je, furieuse de l'entendre dire ça. Edward! Et mon père à moi? Tu as pensé à ce qu'il allait me faire? Il va me massacrer!

Je pleure de manière hystérique et tremble de tout mon corps. Qu'est-ce que je vais bien pouvoir faire? Si je suis vraiment enceinte, c'est la fin pour moi. Ma famille va me renier, me jeter à la rue. Mon père n'acceptera jamais une telle humiliation. Je l'ai bien trop souvent entendu parler de la fille d'un de nos voisins qui avait, selon ses termes, déshonoré sa famille. La pauvre s'était retrouvée livrée à elle-même, sans argent, à passer de foyer en foyer. Je la croisais souvent, elle errait seule dans les parcs avec sa poussette, essayant d'éviter le regard critique des gens du quartier.

Elle était devenue un véritable paria. Bien sûr, le mec qui lui avait fait ça n'avait pas fait long feu. À peine avait-il appris la nouvelle qu'il avait disparu sans demander son reste.

Voilà ce qui m'attend: Edward va se détourner de moi, je ne vais jamais pouvoir faire mes études et je vais vivre dans la précarité jusqu'à la fin de ma vie. Quel triste destin, Leïla! Maman comptait sur moi pour la sortir de la misère et la pauvreté. «Leïla est tellement intelligente!», répétait-elle à qui voulait l'entendre. «C'est la meilleure de sa classe. Elle a que des bonnes notes. Elle ira loin dans la vie.»

Tu parles, je suis la reine des cruches, oui! Je n'ose même pas imaginer la déception que je vais lui causer.

–Qu'est-ce que je vais devenir, Edward? Je ne peux pas avoir un enfant, je suis beaucoup trop jeune et...

Des larmes coulent sur mes joues. Il me prend délicatement dans ses bras, dépose de doux baisers dans mon cou, sur mes tempes, et caresse mes cheveux. Un soupir de désespoir s'échappe de mes lèvres. Il saisit mon visage dans ses mains et plonge ses yeux verts dans les miens.

–Écoute, Leïla! Ça ne sert à rien de se torturer avec ça maintenant. Il faut attendre de faire un test pour être sûrs, et ensuite on avisera.

Je l'écoute religieusement. Sa voix se veut rassurante mais son regard le trahit. Je peux y lire de l'angoisse et de l'incertitude. Je sais qu'il est aussi stressé que moi, mais il essaie de prendre sur lui pour me remonter le moral. Je l'aime encore plus pour ça! Je devrais être en colère contre lui, car après tout, cette situation était un peu de sa faute, mais je ne peux m'y résoudre.

On reste enlacés quelques minutes dans un silence de mort, tous les deux perdus dans nos pensées. Après un long moment de réflexion intérieure, j'ose enfin partager avec lui mon angoisse la plus profonde :

– Edward ?

– Oui, mon amour ?

– Est-ce que… Est-ce que tu vas me quitter ?

Mon visage est toujours enfoui au creux de son épaule, et c'est mieux ainsi, je ne veux pas affronter son regard. J'ai peur de ce que je pourrais y voir.

– Quoi ? Non, bébé ! Pourquoi tu dis une chose pareille ?

Ses pouces caressent mes joues et il continue :

– Je t'aime ! Mets-toi bien ça dans la tête, je ne vais aller nulle part. On va affronter ça tous les deux, tu m'entends ?

– Edward… Je ne sais pas si j'aurai la force d'avorter et je ne veux rien t'imposer non plus.

Je sais que c'est prématuré et que j'anticipe les choses bien trop loin, mais je ne peux pas m'en empêcher. Je suis d'une nature angoissée. Il se tait un instant et semble réfléchir à mes mots. Son silence assourdissant me fait craindre le pire, à nouveau.

– On verra, bébé ! On traversera cette épreuve ensemble le moment venu. (Il m'embrasse tendrement.) Passe demain après ton travail ! J'irai acheter le nécessaire en pharmacie et tu pourras faire le test chez moi.

– OK !

Je me retourne pour ouvrir la portière.

–Attends!

Il attrape mon bras avant que je sorte. Je le regarde, il ouvre plusieurs fois la bouche et la referme comme s'il voulait dire quelque chose mais n'osait pas. Il finit par y renoncer puis dit:

–Je t'aime, Leïla!

–Je t'aime, Edward!

Je marche à la hâte jusqu'à mon immeuble et monte les escaliers en courant. Je vérifie l'heure avant d'ouvrir la porte: il est vingt et une heures. J'espère que mon père ne m'attend pas pour m'engueuler. Je rentre tard en ce moment, mais pour l'instant, j'ai réussi à échapper à sa vigilance et je sais bien que la chance ne va pas tarder à tourner. Je bouge discrètement la clenche, l'appartement est plongé dans le noir, signe que tout le monde dort déjà. Je lâche un long soupir de soulagement et marche sur la pointe des pieds jusqu'à ma chambre.

Je sursaute lorsque j'entends la voix de mon père s'éclaircir derrière moi. Il est assis seul sur le canapé du salon dans l'obscurité et arbore son regard noir des mauvais jours.

–Tiens! Tiens! Tiens! Devine qui a enfin décidé de rentrer à la maison?

Je frissonne et me fige. Je ne sais que trop bien ce qui m'attend.

44

Leïla

–Papa? Tu ne dors pas?

Je joue la carte de la décontraction malgré mon cœur qui tambourine dans ma poitrine.

–Non! Je t'attendais! Viens ici!

Son ton autoritaire trahit sa colère et je prie intérieurement pour qu'il ne me frappe pas. Il me fait signe de m'asseoir à côté de lui. Je m'exécute tout en évitant de le regarder dans les yeux. J'ai trop peur!

–Alors, tu étais où comme ça?

–J'étais... j'étais au travail, tu le sais bien! J'ai fait la fermeture aujourd'hui, c'est pour ça que je rentre si tard!

J'essaie d'être la plus convaincante possible, mais c'est sans compter sur ma gorge serrée qui m'empêche de prononcer ces mots sans bégayer.

–Ah bon?

Il se caresse le menton et parle d'une voix étonnamment douce. Mais ses yeux menaçants qui contrastent avec son calme surjoué me glacent les os.

–Tu fais beaucoup de fermetures en ce moment, c'est bizarre! Ta sœur ne travaille pas autant que toi!

Mes mains commencent à trembler. Je les place entre mes cuisses pour les dissimuler. S'il les voit, il va comprendre que je mens.

–Tu ne serais pas en train de me raconter des mensonges? Tu ne ferais pas ça à ton pauvre père, n'est-ce pas?

Son ton monte légèrement. Je sursaute et il ricane, ravi de ma réaction. Mon père aime asseoir la soumission de sa proie de la façon la plus perverse qui soit. Il aime dominer et être craint.

–Non! Non! Je te promets que je te dis la vérité, papa!

–Tu ne serais pas allée faire je ne sais quoi avec je ne sais qui dans la cave à poubelles, par hasard?

–Quoi?

Mes yeux s'élargissent de surprise et d'horreur lorsqu'il évoque cet endroit de malheur, et j'avale le nœud qui s'est formé dans ma gorge.

–Vois-tu, Leïla, je savais que tu étais une petite menteuse, mais je n'imaginais pas une seule seconde que tu étais en plus une sale dévergondée!

Il parle lentement et déroule son discours avec soin. Je déglutis et me sens rétrécir en écoutant son récit macabre. Les murs de la pièce semblent s'être rapprochés de moi et mes poumons peinent à trouver l'oxygène dont ils ont besoin pour fonctionner.

–J'étais donc très étonné quand notre ami Robert, le concierge, m'a fait part d'un événement très intéressant te concernant.

Ma respiration se bloque et j'ai l'impression que je vais m'évanouir.

–Je l'ai croisé ce matin et il m'a raconté, pas peu fier, d'ailleurs, t'avoir surprise hier soir avec ton petit ami sur le point de…

–Non! Ce n'est pas vrai, papa, je te jure, je…

J'essaie de rétablir la vérité, mais je suis interrompue par une violente gifle qui s'abat sur ma joue. Mes larmes jaillissent aussitôt et je couvre mon visage pour atténuer la douleur.

–Je t'interdis de me couper la parole, espèce de petite traînée!

Je tente de m'éloigner de lui, mais il me saisit par les cheveux. Je tente de réprimer un cri qui m'échappe tout de même et ferme les yeux pour ne pas soutenir son regard féroce.

–Où crois-tu aller comme ça, hein? Alors, c'est qui ce connard avec qui tu fais des cochonneries pratiquement sous mon toit?

Je reste silencieuse, j'ai trop peur.

–RÉPONDS-MOI!

Il hurle et me met un coup si violent que je suis projetée au sol. Je suis complètement sonnée. Je peux goûter le sang qui se répand dans ma bouche. Mon corps tremble. J'essaie de reprendre mes esprits, mais il se lève et se rapproche de moi. Je recule le plus vite possible en rampant. Il arrive à mon niveau et me met un coup de pied dans le ventre. Je me tords de douleur puis me recroqueville sur moi-même.

Ma mère et Sonia débarquent à la hâte dans le salon,

sans doute réveillées par ses cris. Elles me regardent toutes les deux, horrifiées, et je devine à leurs yeux que je ne suis pas belle à voir.

–Je te jure, Leïla, que si tu ne me dis pas de qui il s'agit, je vais te tuer !

Il postillonne de rage. Jamais je ne l'ai vu aussi furieux de toute ma vie, et je ne suis pas sûre que je puisse échapper au pire, cette fois. Il s'agenouille devant moi, prend ma tête dans ses grosses mains rugueuses et me menace d'un autre coup. Je lève le bras pour protéger mon visage que je sais déjà amoché.

–Arrête, papa ! Je t'en supplie, crie Sonia.

–Occupe-toi de tes affaires si tu ne veux pas subir le même sort !

Il la menace de son index puis se retourne à nouveau vers moi. La haine que je lis dans ses yeux me transperce et me fait craindre le pire.

–DIS-MOI QUI EST CE CONNARD, LEÏLA !

–C'est Benjamin ! avoué-je juste avant qu'il me frappe à nouveau. Il m'a suivie et a essayé de me violer ! Tu te souviens, quand maman m'a demandé de sortir les poubelles ?

Il réfléchit mais ne me frappe plus, ça me donne quelques secondes pour tout lui expliquer. Avec un peu de chance, il va me croire. Je rassemble mes esprits et continue :

–Il est descendu juste après moi et m'a coincée dans la cave pour me… (Je déglutis.) Pour me faire du mal.

Ma mère lâche un cri d'horreur. Mon père, lui, se fige un instant et semble considérer la véracité de mes propos.

–Tu parles de Benjamin, l'ami de Rayan ?

–Oui ! confirmé-je en l'implorant des yeux.

L'espace d'un instant, j'ai l'espoir qu'il va m'épargner, mais une fois encore, j'ai tort de sous-estimer sa cruauté. Il ricane et secoue la tête, me faisant bien comprendre qu'il ne me croit pas du tout.

–Mais tu me prends pour un con ? Tu vas jusqu'à aller accuser ce pauvre garçon poli et bien élevé pour couvrir tes saloperies ?

Il frappe mon ventre à nouveau, j'ai le réflexe de me retourner pour me protéger, il prend ça pour une tentative de me dérober à ses coups et redouble de fureur.

–Non ! hurle maman. Je t'en supplie, arrête.

–DIS-MOI ! s'entête-t-il, ignorant ses supplications.

Je les entends toutes les deux sangloter bruyamment pendant que mon père me martèle d'un nombre incalculable de coups. Sa violence est sans limites et rien ne semble pouvoir calmer sa fureur. Je reste au sol et me protège du mieux que je peux. Je n'ai même plus la force de pleurer ou d'essayer de le convaincre d'arrêter. Un dernier coup de pied s'écrase contre mon ventre et je perds connaissance.

***

Quelques heures plus tard, je me réveille, fiévreuse et haletante. Quand j'ouvre les yeux, je suis dans mon lit… je ne me souviens pas de m'être couchée, pourtant.

–Aaah !

Je me cramponne à mon estomac et me tords de douleur. Je soulève le drap et vois une énorme tache de sang qui recouvre mon entrejambe.

Putain, qu'est-ce qui m'arrive? Je suis en train de mourir.

Prise de panique, je hurle à pleins poumons.

–Au secours! Au secours!

Sonia arrive en courant et défonce littéralement la porte de ma chambre.

–Leïla, qu'est-ce qu'il se passe?

Elle se fige lorsqu'elle constate la gravité de mon état.

–Merde, Leïla! Tu saignes! Tu en as mis partout! Lève-toi, il faut aller à l'hôpital.

J'essaie de bouger, mais chaque mouvement, même le plus minuscule, intensifie ma souffrance. Je fléchis et me plie en deux tellement j'ai mal.

–Je ne peux pas bouger, Sonia, aide-moi!

Elle me regarde complètement paniquée et appelle à l'aide à son tour.

–Maman! Papa!

La dernière image que je vois, c'est celle de mon père qui me porte dans ses bras et me dépose sur la banquette arrière de la voiture familiale. J'entends leurs voix inquiètes. Je comprends vaguement ce qu'il se passe.

Le son se fait de plus en plus lointain jusqu'à complètement disparaître.

45

Edward

– Thé ou café, ce matin, monsieur Fyles?

–Un café, merci, madame Gomez!

Je suis assis au comptoir de ma cuisine, pas tout à fait réveillé et encore sous le choc de la conversation que j'ai eue avec Leïla hier soir. Je n'ai pas pu fermer l'œil de la nuit. Des milliers de questions se pressent dans ma tête. Et si elle est vraiment enceinte? Que va-t-on faire? Elle n'est pas sûre de vouloir avorter. Pour moi non plus ce n'est pas une option de toute façon… enfin, je crois.

Je suis complètement chamboulé. Mon monde est en train de s'effondrer et il n'y a rien que je puisse faire pour l'arrêter. Bien sûr, j'envisageais un jour d'être père, mais dans un avenir lointain, pas là. Pas tout de suite. Je suis encore jeune et je veux pouvoir profiter de la vie, m'amuser, sortir… sans parler de mon père. S'il l'apprend, je suis foutu! Je lâche un long soupir de désespoir, attirant l'attention de ma gouvernante.

–Ça ne va pas, mon petit? demande-t-elle, inquiète.

–Non…

–Qu'est-ce qui se passe, Edward? Racontez-moi, mon garçon! Vous savez que vous pouvez tout me dire!

Elle me donne une tasse de café fumante puis pose sa main sur mon épaule pour m'encourager à parler et me réconforter en même temps. Je prends une profonde inspiration, puis me lance:

–Vous vous souvenez de Leïla?

–Oui, la jeune fille qui vous fait tourner la tête?

–C'est ça!

–Bon, alors, que se passe-t-il avec elle?

–Il se passe qu'elle est peut-être enceinte.

–De vous?

–Ben oui, de moi! Qui d'autre? Elle n'a été qu'avec moi, elle était vierge quand je l'ai rencontrée.

–Oh oui, je me souviens des draps.

Elle esquisse un petit sourire.

–Bref… Donc, pour résumer, la première fois qu'on a couché ensemble, j'ai oublié de mettre un préservatif, et voilà le résultat.

–Mais êtes-vous sûr qu'elle est enceinte?

–Non, pas vraiment. Il faut encore qu'elle fasse un test, mais je ne me fais pas d'illusions, au fond de moi, je sais qu'elle l'est.

–Oh, mon petit! Ne vous inquiétez pas trop pour ça! Vous l'aimez, cette demoiselle?

–Oui!

–Elle vous aime aussi?

–Oui, je crois. Enfin non, j'en suis sûr.

–Bon, ben le reste, ce sont des détails. Avoir un enfant, c'est moins difficile que ça en a l'air. C'est même la plus belle chose au monde. Vous avez 22 ans, alors oui, vous êtes jeune, mais vous n'êtes pas non plus un enfant. Vous êtes largement capable de vous occuper d'un bébé. Et si ça se trouve, vous allez même finir par y prendre goût. Tout arrive pour une raison, Edward ! De plus, ce n'est pas comme si vous n'en aviez pas les moyens. Regardez autour de vous. Cet enfant ne manquera de rien.

Je reste silencieux et réfléchis un instant à ce qu'elle vient de me dire. Ses mots résonnent profondément en moi et m'apaisent. Peut-être qu'elle a raison, peut-être qu'il est temps que je grandisse et que je m'assume, que je trouve un travail au lieu de compter sur mon père. Ma petite princesse mérite au moins ça.

–Et cette pauvre Leïla ? Comment le prend-elle ? reprend Mme Gomez.

–Mal ! Elle a peur, évidemment. Elle croit que je vais la laisser tomber ! Pour ne rien arranger à l'affaire, son père est très strict. Il risque de ne pas bien réagir s'il l'apprend.

–Pauvre enfant... Il faut que vous preniez bien soin d'elle ! Après tout, c'est pour elle que ça va être le plus dur. En parlant de père, le vôtre, est-il parti en Inde ?

–Oui, et il va y rester un bon moment, à ce que j'ai compris. Heureusement, car avec ce que je traverse, je préfère le savoir loin. C'est une chose en moins à gérer. Merci, madame Gomez ! Vous ne savez pas à quel point vous parler m'a fait du bien.

–De rien, mon petit !

Je me lève de ma chaise le cœur plus léger, attrape mes clefs de voiture et décide d'aller acheter le fameux test de grossesse qui va déterminer mon destin.

Leïla doit passer après son travail et je me languis de la voir, de savoir comment elle va! Je lui ai envoyé quelques SMS ce matin, mais elle ne m'a pas encore répondu. Peut-être que je pourrais faire un crochet par son magasin, histoire de la réconforter.

Arrivé à la pharmacie, il y a une putain de queue! Je gronde intérieurement. Je déteste attendre.

–Bonjour monsieur, que puis-je faire pour vous? me demande la jeune pharmacienne, un grand sourire aux lèvres.

Je regarde derrière moi, approche mon visage du sien, puis murmure le plus discrètement possible:

–Je voudrais un test de grossesse.

–Pardon? Je n'ai pas compris.

Putain, mais elle est sourde ou quoi? C'est quoi son problème?

Je n'ai pas envie que tout le monde m'entende.

–Je cherche un test de grossesse! répété-je un peu plus fort et légèrement irrité.

Elle finit par me comprendre, me regarde un peu bizarrement avant de me donner ce que je demande.

Je sors à la hâte, marche rapidement jusqu'à Gucci Shoes. En passant la porte, j'aperçois Camille, mais pas Leïla. Je vérifie ma montre: onze heures! Serait-elle déjà partie déjeuner? Il est quand même un peu tôt.

–Edward?

–Bonjour Camille! Comment ça va? Je suis venu voir Leïla!

–Ben, elle n'est pas là !

–Comment ça, elle n'est pas là ? Pourquoi ?

–Écoute, je ne sais pas, elle ne m'a pas prévenue qu'elle serait absente. J'ai essayé de l'appeler mais elle ne répond pas. J'imagine qu'elle est encore malade.

Un long frisson parcourt tout mon corps. J'ai comme un mauvais pressentiment. Je sors vite mon portable pour l'appeler mais je tombe directement sur sa messagerie. Je passe frénétiquement la main dans mes cheveux pour me calmer, j'ai les nerfs en boule. Qu'est-ce que je peux faire ? J'ai l'étrange impression qu'il lui est arrivé quelque chose, quelque chose de grave.

–Camille ! Est-ce que tu as le numéro de sa sœur ?

–Oui ! Attends, je te le file !

Je compose le numéro qu'elle me dicte et tombe aussi sur le répondeur. *Putain, là, c'est bon, je panique !* Pourquoi ni l'une ni l'autre ne répondent ? C'est bizarre, il s'est forcément passé un truc.

Je cours jusqu'à ma voiture et décide d'aller voir chez elle si tout va bien. Je sais bien que je ne devrais pas, que ça risque de la mettre dans l'embarras avec sa famille, mais franchement, là, tout de suite, je m'en tape ! Je trouverai bien un bobard sur la route. J'ai besoin d'avoir de ses nouvelles. J'ai besoin de savoir que tout va bien.

Je roule comme un fou jusqu'à La Courneuve. Je fais du cent quarante sur l'autoroute et brûle tous les feux. Je suis mort d'inquiétude. J'arrive en un temps record et gare ma voiture en bas de son immeuble. Il est encore plus délabré que dans mon souvenir, il faut dire que la seule fois où elle m'a laissé l'accompagner devant chez elle, c'était en pleine nuit. Alors je n'avais pas remarqué à quel point il était vétuste. Il y a quelques mecs louches adossés à une murette pas loin, qui m'observent, suspicieux. Je ne passe sûrement pas inaperçu avec mon Range Rover. L'un d'eux s'approche et m'interpelle pour me demander si je cherche quelque chose, s'il peut m'aider à le trouver. Je comprends vite qu'il me propose de la drogue, il doit me prendre pour un gosse de riche venu chercher sa dose. Je décline en essayant de rester le plus poli possible, alors que j'ai envie de lui hurler de me lâcher les couilles. Putain, j'ai d'autres trucs à foutre, là, tout de suite, que d'entretenir son petit commerce illicite. Heureusement, il dégage rapidement. Je me poste devant la porte d'entrée de l'immeuble de Leïla, prêt à sonner, et réalise, frustré, que je ne connais pas son nom de famille. Il y a une multitude de possibilités. Je décide donc de tambouriner à l'entrée du hall comme un maniaque. C'est con, mais que puis-je faire d'autre? Je commence à manquer d'imagination. Un homme vient ouvrir après un bon quart d'heure de vacarme.

–Arrêtez ça tout de suite, vous allez défoncer la porte!

–Pouvez-vous m'aider, monsieur, s'il vous plaît? Je cherche une amie qui habite ici.

–Bien sûr, je suis le concierge, vous ne pouviez pas mieux tomber. Je connais tout le monde. Quelle amie? Comment s'appelle-t-elle?

–Leïla!

–Oh Leïla! La pauvre petite.

–Quoi? Pourquoi?

Mon cœur tambourine dans ma poitrine et fait bouillir mon sang.

– Oh, eh bien, j'ai vu ses parents l'emmener à l'hôpital au petit matin. Je ne connais pas le fin mot de l'histoire, mais à en juger par les hématomes qu'elle avait sur le visage, tout pousse à croire qu'elle s'est fait agresser.

– Non !

L'air quitte mes poumons. Je serre les poings de rage. Putain, est-ce que c'est son enfoiré de père qui l'a frappée ? Mais pourquoi ? Serait-il au courant ? Non, c'est impossible ! Je jure devant Dieu que s'il a posé ses mains sur elle, je vais le massacrer. Tout à coup, je réalise quelque chose qui me retourne l'estomac. Je revois la fois où Leïla m'a juré que son bleu n'était que le fruit de sa maladresse, ou quand elle a eu peur que je la frappe, toutes ces marques sur son corps. Putain, je suis trop con : c'était évident. Son père la bat.

– Est-ce que vous savez dans quel hôpital ?

J'essaie de garder mon calme pour rassembler un maximum d'informations.

– A priori, ça doit être Bon Secours, c'est le plus proche d'ici.

Je me rue vers ma voiture, entre l'adresse dans mon GPS, avant de quitter cet endroit de perdition, où je sais maintenant que ma petite princesse subit les pires violences. Je conduis à la vitesse de la lumière. Quelques minutes plus tard, me voilà à l'hôpital.

– Que puis-je faire pour vous ? me demande la réceptionniste d'un air désintéressé.

–Je cherche la chambre de Leïla… Bon sang!

Je cogne le bureau, je ne connais toujours pas son nom.

–Vous êtes de la famille?

Elle continue à regarder son registre tout en mâchant son chewing-gum. Elle écoute à peine ce que je lui dis.

–Oui, enfin non… Merde!

Heureusement, je lève les yeux et aperçois Sonia, les traits tirés, qui introduit une pièce dans la machine à café. Ni une ni deux, je me retrouve devant elle.

–Edward?! Qu'est-ce que tu fais là?

C'est la première fois qu'on se parle directement. On s'était déjà croisés, mais c'est tout. J'aurais préféré faire sa connaissance dans d'autres circonstances.

–Où est Leïla?

–Dans sa chambre, elle se repose.

–C'est laquelle?

Elle hésite un instant.

–Edward, mes parents sont là. Je ne crois pas que ce soit une bonne idée!

–Écoute, Sonia, je m'en branle de tes parents! Je veux la voir! Alors soit tu me dis où elle est, soit je ratisse l'hôpital de fond en comble pour la retrouver.

La détermination qu'elle lit dans mes yeux finit par la convaincre. Elle m'indique le numéro de chambre et je m'y précipite aussitôt. J'ouvre la porte et je la vois. Elle est là, seule, inconsciente, une perfusion plantée dans le bras. Un cri étouffé d'horreur m'échappe quand je découvre ses blessures. Son joli visage est méconnaissable, tuméfié de toutes parts.

Je m'approche avec précaution, m'installe sur la chaise à côté de son lit et dépose un long baiser sur ses lèvres. Je repose ma tête sur sa poitrine et entends son cœur battre. Je ne peux plus retenir mes larmes. La voir comme ça est absolument insupportable. Je me retourne subitement lorsque j'entends une voix derrière moi :

– Alors c'est toi le connard qui a engrossé ma fille ?

Putain, c'est son père !

46

Edward

Je me retourne et j'aperçois un homme d'environ 40 ou 50 ans. Son visage profondément ridé porte les stigmates d'une vie difficile. Il ressemble un peu à Leïla, ce qui me confirme qu'il s'agit effectivement de son père. Mais la froideur de ses traits contraste avec la douceur de ceux de sa fille.

Je me relève, serre les dents, prends une profonde inspiration et m'avance vers lui. Il me faut tout le self-control du monde pour ne pas lui sauter dessus et lui défoncer sa sale gueule de psychopathe.

–C'est vous qui l'avez frappée comme ça?

Je ne suis plus qu'à quelques centimètres de lui et fais de mon mieux pour contenir ma colère qui ne demande qu'une chose: exploser.

–Qu'est-ce que ça peut te foutre, à toi? continue-t-il. C'est ma fille, je fais ce que je dois faire pour qu'elle ne devienne pas une traînée. Et t'es qui pour me parler comme ça? T'es son petit ami, c'est ça? C'est toi qui viens la baiser dans la cave de mon immeuble?

Quoi? Mais qu'est-ce qu'il raconte? Comment ose-t-il parler ainsi de sa propre fille? Ses mots me retournent l'estomac et font disparaître le peu de patience qu'il me restait.

–Tu veux savoir qui je suis? Je suis celui qui va te donner une bonne leçon et t'apprendre à frapper les femmes!

Sans hésiter une seule seconde, je lui décoche une droite. Il s'écroule devant moi. Je me place au-dessus de lui et le bombarde de coups de poing. Des images de ma Leïla vulnérable le suppliant de cesser de la battre flashent dans ma tête et je redouble de fureur. Il se défend comme il peut mais rien ne peut m'arrêter, je suis comme enragé. Je ne me reconnais pas. Moi le riche héritier qui détruit le portrait de quelqu'un. Si mon propre père me voyait.

–Edward… Stop, je t'en supplie!

La petite voix douce de Leïla résonne derrière moi, me sort de ma transe meurtrière. Je me relève, le laissant couché au sol à moitié inconscient. J'aurais pu le tuer si elle n'était pas intervenue. Je nettoie mes phalanges ensanglantées sur mon jean puis retourne à son chevet. Leïla a sans doute été réveillée par notre vacarme. La pauvre a l'air exténué. Sa bouche est sèche, elle semble avoir du mal à parler, mais elle trouve quand même le moyen de me gratifier d'un minuscule sourire.

–Edward… dit ma princesse d'une voix écorchée, et mon cœur se serre.

Elle a l'air tellement en souffrance. Mes larmes menacent de refaire surface, alors je me frotte le visage, histoire de faire diversion.

–Leïla, ça va?

Je lui replace une mèche derrière l'oreille. Elle incline légèrement la tête pour mieux sentir le contact de ma main. La douceur de son geste me fait craquer et je pleure à nouveau. Je baisse les yeux pour lui cacher mon désarroi, puis fais disparaître mes sanglots du revers de ma manche.

–Tu veux un verre d'eau?

Il me faut deux minutes loin d'elle afin de reprendre mes esprits. Elle acquiesce. Je me dirige vers la salle de bains pour remplir un gobelet. Quand j'en sors, je remarque que Sonia et sa mère sont arrivées. Elles aident M. Connard à se relever. Son visage est en sang, il peine à tenir debout et, putain, c'est tout ce qu'il mérite, ce fils de pute!

–Qui êtes-vous? s'inquiète sa mère dès qu'elle m'aperçoit.

–Maman, c'est Edward, répond Sonia à ma place, c'est… le… le petit ami de Leïla!

Son visage vire écarlate comme si elle venait de voir l'Antéchrist. Elle me fusille du regard.

–Alors c'est vous! N'est-ce pas? C'est vous le responsable de tout ça! C'est vous qui avez violé ma pauvre petite fille? crie-t-elle en me pointant d'un doigt accusateur.

Violé? Mais elle est folle!

–Je ne l'ai pas violée! Ça ne va pas! Elle était consentante! dis-je un peu trop fort, choqué par ce qu'elle ose insinuer.

–Je ne vous crois pas! Ma petite puce n'aurait jamais fait un truc pareil délibérément, elle est pure et innocente! Vous l'avez forcément obligée à faire cette saloperie

–Écoutez, madame…

Je masse mes tempes pour me calmer et baisser d'un ton afin de tempérer cette discussion qui prend un très mauvais chemin. La dernière chose que je veux, c'est me disputer avec toute sa famille. Je sais à quel point Leïla tient à sa mère et de nous voir nous quereller ainsi n'est sûrement pas bon dans son état.

–On n'a rien fait de mal. On s'aime, c'est tout.

Je prends la main de Leïla dans la mienne et la pose contre ma poitrine comme pour accentuer mon propos.

–Si vous voulez trouver un coupable, prenez-vous-en à votre mari qui la bat violemment à la moindre occasion et qui a bien failli la tuer cette fois !

Je ne peux pas m'empêcher de lui balancer ses quatre vérités ! Après tout, elle est aussi responsable que lui. Quelle mère peut laisser ses enfants se faire violenter ainsi sans réagir ?

Leïla exerce une pression sur mes doigts pour me faire taire et je regrette instantanément ma brutale franchise.

–Pardon ?! Vous n'êtes pas sérieux, là ?

Elle parle en agitant ses mains devant elle.

–Dégagez d'ici tout de suite ou j'appelle la police !

–Et vous laisser continuer à la maltraiter ? Jamais ! Regardez-la ! (Je pointe le visage de Leïla et hurle de colère.) Regardez-la, bon sang ! Vous ne voyez pas ce qu'il lui a fait ? Vous ne les voyez pas, tous ces bleus ? Et c'est censé être moi, le méchant ? Je n'irai nulle part, vous m'entendez ! Nulle part !

Je finis mon discours essoufflé, étonné par mon audace. Ma petite princesse semble inconsolable à côté de moi. Sa mère, quant à elle, est abasourdie. Elle croise les bras puis s'adresse à Leïla.

–Dis-lui de partir maintenant!

Je regarde Leïla, mais elle ne répond pas. Si elle me le demande, je le ferai, évidemment. Ses yeux font des va-et-vient entre sa mère et moi. Cette dernière paraît de plus en plus agacée.

–Leïla! Dis-lui de partir ou tu n'es plus ma fille!

Quoi?

– Comment osez-vous lui dire ça?

J'interviens avant que ça ne dégénère. Je ne veux pas la mettre dans cette position délicate. Elle a déjà suffisamment souffert, je ne veux pas ajouter la torture mentale à la torture physique. Je m'apprête donc à partir pour soulager tout le monde, mais elle resserre sa main autour de la mienne pour me retenir.

–Non, maman, je ne veux pas qu'il parte. Je… (Elle prend une profonde inspiration.) Je l'aime!

Je suis bouche bée! Complètement sonné par ce qu'il vient de se passer, et je ne suis pas le seul, à en juger par la tronche de ses parents.

–Tu vois, je te l'avais dit, c'est une fille indigne! commente son père. Elle nous a déshonorés et elle continue à désobéir.

Le regard de Leïla s'assombrit de tristesse devant la cruauté de ce donneur de sperme, et je sens la colère me submerger à nouveau.

–Fermez-la, vous! Si vous ne voulez pas encore embrasser le sol!

–Qu'est-ce qui se passe, ici?

Nous sommes interrompus par une infirmière. Elle prend connaissance de la scène, s'attarde sur le visage fraîchement blessé du père, de Leïla, ainsi que sur les larmes de cette dernière, puis nous questionne du regard :

–Pourquoi pleure-t-elle ?

Personne ne répond.

–Je vais tous vous demander de partir ! annonce-t-elle fermement. Vous êtes en train d'énerver la jeune patiente, et dans son état, elle a besoin de calme et de repos.

Toute la famille s'exécute sans broncher, mais je refuse de bouger.

–Prends soin de toi, ma sœur !

Sonia, bouleversée, dépose un baiser sur la joue de Leïla tandis que sa mère attend impatiemment sur le pas de la porte. Je ne comprends pas la réaction de cette dernière, je croyais qu'elle était sympa.

–Tu n'es plus la bienvenue chez nous tant que tu fréquenteras ce débauché, crache son connard de père avant de quitter les lieux.

La porte se referme dans un fracas et Leïla éclate en sanglots dans mes bras.

47

Edward

J'ai réussi à négocier avec l'infirmière pour qu'elle m'accorde quelques minutes de plus avec Leïla alors que sa famille s'en allait. Elle a fini par accepter devant mon désespoir et je lui suis infiniment reconnaissant.

Ma petite princesse pleure dans mes bras depuis plus d'une demi-heure. Elle est absolument inconsolable. Son visage, inondé de larmes, est enfoui au creux de ma nuque tandis que son corps effectue des mouvements saccadés. Elle est bouleversée à un point qui fait peine à voir. On dirait qu'elle se débarrasse de maux qu'elle a accumulés depuis des années. Je serre les dents pour ne pas craquer moi-même.

– Laisse-toi aller, bébé ! Sors tout !

Mes mots l'encouragent et elle sanglote de plus belle. J'embrasse le haut de sa tête et caresse son dos. Ça me tue de la voir dans cet état, de ne pas avoir compris avant ce qui se tramait dans sa vie. Elle se faisait battre, bordel ! Toutes les fois où elle m'expliquait que son père était strict, je le pensais vieux jeu, protecteur, mais j'étais loin d'imaginer qu'il était violent, je n'avais aucune idée de ce qu'elle subissait vraiment, je la déposais tranquillement chez elle, ne me doutant pas du cauchemar qui l'attendait. J'ai envie de vomir quand j'y repense. J'aurais dû comprendre, j'aurais dû voir à travers les signaux. Si je n'avais pas été aussi aveugle, égoïste, préoccupé par mes propres petits problèmes, peut-être que j'aurais pu l'aider, la protéger, et rien de tout ça ne serait arrivé. Au lieu de ça, je lui ai fait vivre un enfer parce que j'étais trop lâche pour affronter mon père. Mais tout ça est bel et bien fini, Leïla mérite mieux que ça, elle mérite d'être aimée et chérie au grand jour, pas dans l'ombre d'une autre, pas dans l'ombre d'Andrea, et c'est exactement ce que j'ai l'intention de faire. Si je veux être avec Leïla, je dois me montrer digne d'elle.

Ma princesse finit par se calmer mais reste nichée contre moi en silence. Cela dure un certain temps, à tel point que je finis par croire qu'elle s'est endormie.

–Edward? murmure-t-elle, me prouvant ainsi le contraire.

–Oui, mon amour.

–Je suis… j'étais enceinte. C'est toi qui avais raison. Mais…

Elle se tait un instant, avale sa salive difficilement. Je retiens mon souffle car je sais ce qu'elle va m'annoncer.

–J'ai perdu le bébé!

L'entendre dire à voix haute ce que je savais déjà au fond de moi me fait terriblement souffrir, bien plus que ce que j'imaginais. Je sais! J'ai dit que je n'étais pas prêt et que je ne voulais pas avoir d'enfant maintenant, mais ça, c'était avant. Avant d'expérimenter toute cette tragédie.

–Je suis désolée, Edward.

Elle relève la tête et plonge ses magnifiques yeux gris, pleins de culpabilité, dans les miens. C'est typique de Leïla, ça! Elle vient de traverser l'enfer, un peu à cause de moi d'ailleurs, et pourtant, c'est elle qui s'excuse.

–Désolée? Tu n'as pas à être désolée! Désolée de quoi?

–De… de ne pas avoir réussi à le garder, à le protéger…

–Chut… Ne dis pas ça, ce n'est pas de ta faute. Si quelqu'un est responsable, c'est ton connard de père!

Leïla reste silencieuse à nouveau, perdue dans ses pensées. Sa tête est posée sur mon torse tandis que mes mains se promènent le long de ses bras.

–Tu penses que ça aurait été un garçon ou une fille? demande-t-elle d'une voix monotone, quasi lointaine.

Quoi? Mais pourquoi elle parle de ça? Qu'est-ce qu'elle cherche exactement? À nous faire encore plus souffrir? Y penser davantage est une véritable torture. À quoi bon? Il est mort, de toute façon! Je m'apprête à l'envoyer balader puis me ravise. Peut-être a-t-elle simplement besoin d'en parler pour mieux l'accepter? Alors, au lieu d'ignorer sa question comme le putain d'égoïste que je suis, je décide d'y répondre:

–Je pense que ça aurait été une petite fille et qu'elle aurait été aussi belle et chiante que sa maman!

Ma réponse la fait sourire légèrement et j'en suis plus que ravie.

–Et toi?

–Moi je pense que ça aurait été un garçon, un petit emmerdeur aux cheveux bouclés comme son papa!

–Emmerdeur et irrésistible, tu veux dire?

Elle rit, et ce son magique fait bondir mon cœur dans ma poitrine. Je l'aime tellement! Plus que de raison. Et je ferais n'importe quoi pour elle, pour la voir enfin heureuse.

–Edward?

–Oui, bébé!

–Qu'est-ce que je vais devenir?

–Quoi?

–Ben, tu as entendu mes parents tout à l'heure, ils ne veulent plus de moi à la maison. Ils ont trop honte de ce que j'ai fait! Je suis officiellement une sans-abri.

Leïla baisse les yeux et lâche un long soupir de désespoir. Je place mon index sous son menton pour l'obliger à me regarder.

–Bébé! Ce sont eux qui devraient avoir honte de te faire subir cette vie de merde! De toute façon, je ne t'aurais jamais laissée y retourner. Après ce que ton père a fait, je vais lui coller mes avocats au cul pour agression et homicide involontaire.

–Non, Edward, je ne veux pas que tu fasses ça.

–Et pourquoi pas? C'est tout ce qu'il mérite, ce salaud! Tu as vu dans quel état il t'a mise, sans parler de… (Ma voix se brise.) De notre bébé.

–Je sais, et crois-moi, je comprends ce que tu ressens, mais je t'en prie, il s'agit quand même de mon père, il n'a pas toujours été comme ça, et peut-être qu'il reviendra un jour à lui…

La raison pour laquelle elle continue de protéger son donneur de sperme m'échappe complètement.

– Oui, après avoir fait un tour en prison.

– Edward, je t'en prie !

Son front se plisse, et je regrette de la contrarier, c'est vraiment la dernière chose que j'ai envie de faire, putain !

– OK, Leïla, je veux bien faire ce que tu me demandes et lui éviter la taule, mais tu dois venir vivre chez moi, où tu seras en sécurité.

Elle ouvre de grands yeux éberlués et me regarde comme si j'avais perdu la raison.

– Non, Ed… Edward, je ne peux pas ! Que va dire ton père ? Il risque de te couper les vivres, tu te souviens ?

– On s'en fout de mon père ! Pour l'instant, il n'est pas là. Il est en Inde pour ses affaires. Je lui expliquerai tout, le moment venu. Et s'il me coupe les vivres, eh bien, tant pis. J'irai travailler. J'ai mon diplôme, je trouverai facilement un job.

– Mais tu détestes le monde des affaires.

– Je m'y ferai ! C'est toi ma priorité, ma princesse.

Elle sourit, soulagée, je l'embrasse et sens mon rythme cardiaque s'accélérer. Je pense chaque mot que je prononce. Je l'aime de tout mon cœur et je vais le lui prouver. Fini de penser qu'à mon cul et mes putains de privilèges.

– Ça veut dire que c'est bel et bien terminé avec Andrea ?

– Tu en doutais ?

Elle hausse les épaules, un peu confuse. C'est vrai que je ne lui avais rien confirmé. Mais tout s'est passé tellement vite depuis que j'ai pris cette décision.

– Eh bien, oui, par contre, je n'ai pas encore eu le temps de le lui dire. J'attendais que mon père parte pour faire moins de dégâts. Mais je vais le lui annoncer au plus vite, je te le promets. Je ne veux plus que tu aies à subir cette situation. Je t'aime, Leïla, et tu mérites mieux que mes magouilles à deux balles. Il m'en a fallu, du temps, pour me réveiller, mais maintenant, je vais faire ce qu'il faut, tu verras.

–Et…

Elle hésite, comme d'habitude.

–Et quoi, bébé?

–C'est sérieux, de vivre ensemble, Edward! J'ai peur de tout faire foirer entre nous, en brûlant les étapes.

J'éclate de rire devant la naïveté de sa remarque. Après tout ce qu'on vient de vivre, elle ose me parler de brûler des étapes! Elle se renfrogne car elle déteste quand je me moque d'elle.

–Tu ne crois pas que c'est un peu tard pour ça? Les étapes, on les a brûlées et on les brûle depuis le début! Notre relation est tout sauf conventionnelle, alors, franchement, on s'en fout des règles à respecter. Tu viens vivre chez moi, fin de la discussion!

Elle n'a pas le temps de me répondre que l'infirmière revient et ouvre la porte.

–Les visites sont terminées, monsieur!

–OK, bébé, je vais y aller! dis-je avec regret, je n'ai absolument pas envie de partir. Je passe te voir demain matin.

Je caresse doucement son visage en essayant d'éviter ses nombreux hématomes. Elle acquiesce. Je l'embrasse tendrement, lui murmure à l'oreille à quel point je l'aime et me dirige à contrecœur vers la sortie.

–Edward?

–Oui, mon amour?

–Pourrais-tu appeler Camille et lui expliquer la situation? Je ne voudrais pas perdre mon travail en plus du reste.

–Bien sûr! Je n'y manquerai pas. Repose-toi bien, surtout, et ne pense plus à rien, je t'aime!

–Moi aussi, je t'aime!

Je quitte l'hôpital, la tête pleine de questions. J'ignore si c'est une bonne idée de s'installer ensemble aussi vite, mais tout ce que je sais, c'est que je l'aime à m'en damner, que je ferai tout ce qui est en mon pouvoir pour que ça marche, et qu'elle ne retourne plus vivre avec sa famille de malheur.

48

Leïla

– Mademoiselle... Réveillez-vous ! Je vous ai apporté votre petit déjeuner.

J'ouvre difficilement un œil et aperçois la jeune infirmière qui était là hier.

– Bonjour...

Elle dépose le plateau sur la petite table devant moi.

– Bonjour, et merci !

– De rien, c'est mon travail.

– Non, je veux dire, pour tout. Pour ça, mais aussi pour avoir laissé mon petit ami rester plus longtemps.

La veille, j'étais tellement bouleversée que je n'ai pas pris le temps de la remercier comme il se devait.

– Oh ! Oui, il ne m'a pas vraiment laissé le choix, vous savez, dit-elle sur un ton amusé. Il est plutôt déterminé comme garçon. Il a beaucoup insisté et ne m'aurait sûrement pas lâchée si j'avais refusé.

Je souris à ces mots. C'est vrai qu'il est persévérant et sait se montrer très convaincant quand il veut.

–Il n'a pas l'habitude qu'on lui dise non.

–J'ai vu ça ! En tout cas, il a l'air fou amoureux de vous !

–Ah oui ?

–Oui ! J'ai cru que sa vie dépendait du fait qu'il puisse rester ou pas ! De plus, je ne connais pas les tenants et les aboutissants de votre histoire et ce qu'il s'est passé avec vos parents, mais il était prêt à tout pour vous défendre.

–Oui…

Le désespoir m'étreint à nouveau en repensant à l'affreux épisode de la veille. Mes parents ne veulent plus entendre parler de moi, et ce sentiment d'abandon fait saigner mon cœur à chaque fois que j'y songe. Mon père, je m'en fiche, mais maman, je ne comprends pas sa réaction. Je sais que je l'ai déçue, elle n'imaginait sûrement pas que sa petite fille parfaite puisse coucher avec un homme avant le mariage, mais bon, de là à ce qu'elle me renie, je n'aurais jamais cru ça possible. Et que va-t-il se passer pour Sonia ? Maintenant que je ne suis plus là pour catalyser la violence de mon père ? Elle va être dans son viseur. Qui va la protéger ?

–Arrêtez de vous tracasser, mademoiselle, et nourrissez-vous ! Vous avez besoin de reprendre des forces. Aucun problème ne vaut la peine qu'on se laisse mourir de faim.

La bienveillante infirmière me tapote la main pour m'encourager à manger. Je m'exécute, avale l'ensemble du plateau puis décide de me doucher.

Je marche difficilement jusqu'à la salle de bains. Mon corps blessé et engourdi me fait horriblement souffrir.

Chaque mouvement est une véritable torture. Je réussis quand même à me débarrasser de ma tenue d'hôpital et m'installe sous le jet. Le contact de l'eau chaude sur ma peau me fait un bien fou et mes muscles se détendent. Je prends mon temps sous la douche. Je me lave les cheveux à plusieurs reprises, puis me savonne. Je fléchis d'horreur quand je constate le nombre d'hématomes qui parsèment mon corps. Je n'ai jamais été aussi marquée par la violence de mon père auparavant ! Il faut dire que cette fois, il n'y est pas allé de main morte.

Au moment où je passe la fleur de douche sur mon ventre, je me fige. Oh mon Dieu ! J'ai perdu mon bébé ! Cette soudaine pensée me heurte comme une tonne de briques et fait resurgir mes larmes. Je pleure et pleure jusqu'à ce que l'eau devienne froide et me chasse. Je retourne aussitôt me coucher, n'ayant aucune envie de faire face à la réalité pour l'instant…

Quelques heures plus tard, alors que je suis profondément endormie, je sens une main caresser délicatement mon visage et dégager mes cheveux.

Je reconnais tout de suite cette douceur. La chaleur de son contact me fait sourire dans mon sommeil. J'ouvre l'œil : il est bien là. Mon Edward, plus beau que jamais. Il me regarde avec amour. Ses yeux verts magnifiques rencontrent les miens et son visage s'illumine.

–Bébé ! Désolé, je ne voulais pas te réveiller.

–Ce n'est pas grave.

Je me redresse, il s'empresse de placer l'oreiller derrière mon dos.

–Ça va? Comment tu te sens? T'as mangé? Tu veux que j'aille t'acheter un truc à la cafétéria? Ils sont passés te voir, ces putains de docteurs?

Edward me bombarde de questions et ça me fait rire.

–Pourquoi tu ris?

–Pour rien! Embrasse-moi!

J'ouvre grand les bras. Il semble un peu surpris mais ne tarde pas à plaquer ses lèvres contre les miennes, et c'est tout ce qu'il me faut pour me sentir mieux.

–Bon, alors, tu as réfléchi à ma proposition?

–Quelle proposition?

–De venir vivre avec moi!

–Hum… Pas vraiment. En même temps, tu ne m'en as parlé qu'hier soir.

Edward n'a pas le temps de continuer que nous sommes interrompus par le docteur Guérin. Ce dernier est jeune, grand, blond, avec un sourire de présentateur télé.

–Alors, Leïla? Comment vous sentez-vous ce matin?

Il saisit mon poignet pour vérifier mon pouls. Ses mains sont froides, ce qui me fait sursauter.

–Votre ventre ne vous fait plus souffrir?

–Non, ça va.

Il soulève ma tunique pour appuyer sur mon abdomen.

–Euh, vous êtes sûr que c'est nécessaire? Elle vient de vous dire que ça allait, intervient Edward.

Bon sang, il ne peut pas s'empêcher d'être jaloux! Je lève les yeux au ciel.

–Et vous êtes…?

–Je suis Edward Fyles, son petit ami!

Son ton est sec et arrogant. Il ne manquerait plus qu'il pisse dans les quatre coins de la chambre, histoire de bien marquer son territoire. Le docteur secoue la tête, amusé, et continue son auscultation.

–Tout semble normal. On va vous garder encore cette nuit par précaution et vous pourrez sortir dès demain matin. Leïla, je voulais vous faire part de quelque chose, mais c'est privé.

Il regarde Edward pour lui faire comprendre de débarrasser le plancher. Celui-ci ignore délibérément sa requête silencieuse, l'obligeant ainsi à la verbaliser.

–... Pouvez-vous nous laisser une minute, s'il vous plaît?

–Euh... Oui, bien sûr... Bébé, je serai dans le couloir. Si tu as besoin de quoi que ce soit, n'hésite pas.

–Oui, merci.

À peine Edward a-t-il passé la porte que le docteur se lance:

–Bien! Vos parents ont dit qu'un inconnu vous aurait agressée dans la rue. Vous confirmez ces propos?

Je baisse les yeux, gênée par sa question. J'avale le nœud qui s'est formé dans ma gorge.

–Oui, c'est bien ce qu'il s'est passé.

–Je voulais juste m'assurer que c'était effectivement le cas, car vous savez que vous pouvez toujours porter plainte pour maltraitance. Je peux vous fournir un rapport médical qui fera état de l'ensemble de vos blessures.

Il me regarde avec tristesse. Je fuis ses yeux bleus empreints de compassion qui me transpercent et tente tant bien que mal de retenir mes larmes.

–Non merci. Je vous assure que ce n'est pas nécessaire.

– Mme Berre, la psychologue du service, va passer vous poser quelques questions.

J'acquiesce, même si je sais pertinemment que je ne lui dirai rien car, malgré les violences que j'ai subies, je n'ai aucune envie de mettre ma famille dans l'embarras.

Le docteur Guérin quitte la pièce et j'éclate à nouveau en sanglots. Edward s'empresse de revenir à mon chevet et de me serrer dans ses bras.

49

Leïla

Après quelques minutes à sangloter comme une idiote, je décide enfin de reprendre mes esprits et me dégage des bras d'Edward. Je sèche mes larmes d'un revers de la main et renifle à plusieurs reprises.

–Tiens!

Il me tend un mouchoir.

–Merci!

–Il faut que j'arrête!

–Que tu arrêtes quoi?

–De pleurer… Je suis trop faible et je ne fais que ça, dis-je entre deux hoquets.

–Bébé, tu rigoles? Tu as le droit de pleurer. C'est la moindre des choses avec tout ce qui t'est arrivé! Si j'avais été à ta place, j'aurais démonté toute la chambre d'hôpital.

Sa réponse me fait sourire. Il est toujours dans l'extrême. Il prend mon visage entre ses paumes et dépose une multitude de baisers sur mes lèvres. J'aime la façon dont il me traite avec amour, patience et délicatesse. J'ai l'impression d'être la chose la plus précieuse au monde et qu'il est prêt à tout pour me protéger.

–Je t'aime, princesse!

Notre étreinte est interrompue par des coups frappés à la porte. Edward lève les yeux au ciel et grogne:

–Quoi encore? Putain, on ne peut pas être tranquille cinq minutes! Elle a besoin de repos, bordel de merde!

La porte s'ouvre lentement, et je vois apparaître Sonia et Nicolas avec un grand bouquet de fleurs.

Je bondis de joie. Mon ami m'a tellement manqué.

–Salut chérie! Alors comme ça, tu es prête à tout pour ne pas aller bosser! plaisante-t-il pour masquer l'angoisse que je lis dans ses yeux.

Je ne sais pas si Sonia lui a dit toute la vérité, mais il semble en savoir beaucoup plus qu'il n'y paraît. Bien que nous soyons proches, Nico et moi, je n'ai jamais osé lui raconter les détails sordides de ma triste vie. Je crois que maintenant c'est fait et, quelque part, ça me soulage.

–Oui! Comme tu vois, j'ai fait fort cette fois!

–J'avoue que parmi tous les scénarios qu'on avait inventés pendant nos pauses déjeuners, celui-là dépasse de loin tous les autres.

Nicolas me prend dans ses bras, suivi de ma sœur.

–Bonjour, beau gosse! Tu prends bien soin d'elle, j'espère, lance-t-il à l'attention d'Edward.

–J'essaie! répond ce dernier en me regardant amoureusement.

Je rougis à l'intensité de son regard.

–Beurk! Arrête ça tout de suite! On dirait que tu la baises

des yeux! Elle risque de tomber enceinte, attention... Oups! Trop tard!

Si n'importe qui d'autre avait fait cette blague déplacée, nous aurions été horriblement mal à l'aise, mais il s'agit de Nico et de son don unique pour la dérision. Nous éclatons tous les quatre de rire.

–Ça va, Leïla? chuchote ma sœur.

–Mieux que j'en ai l'air!

–Je suis heureuse d'entendre ça! Je n'ai pas dormi de la nuit tellement j'étais inquiète.

Ses yeux sont remplis des larmes qu'elle essaie de contenir.

–Oh, ma sœur, tout va bien, ne t'en fais pas...

Je la prends dans mes bras et la réconforte.

–Désolée de pleurnicher comme ça. Je suis venue ici pour t'apporter mon soutien pas pour aggraver ton cas.

–Bébé! Je vais y aller et te laisser discuter tranquillement avec tes proches, nous interrompt Edward.

–Non... Pourquoi? Reste!

–Oui, reste, ajoute Nicolas. Et enlève ton tee-shirt, il fait chaud dans cette chambre.

Edward le regarde avec des yeux ronds, pris de court par sa remarque inappropriée qui sort de nulle part. Nicolas ne se démonte pas et lui fait un clin d'œil.

–Il est complètement dingue, ton pote, Leïla, dit-il d'un ton amusé tout en s'avançant vers moi pour m'embrasser.

–Totalement!

Je confirme et lui rends son baiser.

–Au revoir, mon amour!

–S'il te plaît! Ne pars pas!

J'attrape sa main et prends une voix de petite fille pour l'amadouer. Il inspire profondément et semble hésiter quelques secondes.

–Bébé ! J'ai des trucs à faire…

–Des trucs à faire ?

Des images d'une Andrea nue sur un lit l'attendant s'immiscent dans ma tête et brouillent mon bon sens.

–Qu'est-ce que t'as de plus important à faire que d'être avec moi ?

Je suis irrationnelle et j'ai sûrement l'air ridicule à agir comme une enfant gâtée, mais je m'en fiche. J'ai besoin de lui ! Sa présence est la seule chose qui apaise mes tourments et m'empêche de sombrer dans la dépression.

–Je t'assure, Leïla, j'aimerais pouvoir rester, mais il faut que je prépare l'appart et que j'achète le nécessaire pour ton installation demain.

Il dit ça comme si j'avais déjà accepté sa proposition.

–Ah !

Je suis bouche bée. Je ne sais pas quoi dire. Je ne lui ai rien confirmé, pourtant. Je ne suis toujours pas sûre que ce soit la meilleure chose à faire, mais connaissant Edward et sa détermination, je crois que ce n'est pas la peine d'essayer d'argumenter. De plus, je n'ai pas vraiment beaucoup d'options : soit je vais vivre chez lui, soit je vais vivre sous les ponts.

–OK !

J'abdique et il colle un long baiser sur mes lèvres.

–Je t'aime, bébé ! Prends soin de toi et, surtout, ne laisse pas ce connard de médecin te tripoter sans raison.

Je secoue la tête.

–Edward, il est docteur! C'est son boulot d'ausculter ses patients.

–Ce n'est pas une raison. S'il te touche, je lui coupe les couilles!

Il sourit et ses fossettes se creusent, me faisant fondre littéralement.

–Tu es fou!

–Oui! Fou de toi!

Il m'embrasse à nouveau avant de se diriger vers la sortie.

–Au revoir!

Il salue ma sœur et Nicolas de la main avant de quitter la pièce.

–C'est un dieu vivant! crie Nicolas en s'éventant exagérément le visage.

–Oui, il est plutôt pas mal!

–Pas mal? Je lui saute dessus dès qu'il réalise qu'il est gay!

Nous rions tous les trois de concert et ça me fait le plus grand bien.

Nous passons le reste du temps à rire et papoter. Nous feuilletons ensemble des magazines people en se délectant des derniers potins. Qui couche avec qui? Qui trompe qui? Aucun sujet lourd n'est abordé, et c'est tout ce dont j'ai besoin.

–Je vais chercher des cafés, propose Nico. Vous voulez un truc, les super frangines?

–Ouiiii! répondons-nous toutes les deux avec enthousiasme.

–OK! OK! Du calme! C'est juste un café! Ce n'est pas le corps nu du magnifique Edward!

–Arrête avec ça, il est à moi!

Je mords mes lèvres pour ne pas pouffer de rire.

–C'est ce que tu crois.

Il me tire la langue puis sort pour accomplir sa mission, me laissant seule avec Sonia.

–Comment ça va à la maison? m'empressé-je de lui demander. Est-ce que papa s'en est pris à toi? Sonia, je ne veux pas qu'il te fasse du mal, et moi partie, il n'y a plus personne pour te défendre.

–Ne t'inquiète pas, Leïla, je crois qu'il a pris peur avec toutes les questions que les médecins lui ont posées sur tes blessures. Il craint de ne pas les avoir convaincus et a peur qu'on enquête sur lui. Il ne sait pas non plus ce que pourrait faire Edward et je crois que tout ça le stresse. Enfin, c'est ce que je l'ai entendu dire à maman, alors je ne pense pas qu'il va me frapper de sitôt. Quelque part, tu continues de me protéger, murmure-t-elle d'une voix quasi inaudible.

–Au moins, cette tragédie aura servi à quelque chose.

–Toujours à voir le bon côté des choses, hein?

Elle baisse les yeux pour me cacher ses larmes, j'ébouriffe ses cheveux.

–Hey, Sonia, qu'est-ce qui t'arrive? Où est passée ta bonne humeur légendaire? fais-je avant de la prendre dans mes bras.

Son air lugubre me fait mal au cœur. Sonia, ma petite sœur, mon rayon de soleil, mon roc, si elle perd sa joie de vivre à cause de moi, je ne réponds plus de rien. Heureusement, elle retrouve vite son joli sourire, je sais qu'il est un peu forcé, mais c'est un début.

–Comment va maman?

J'ai besoin de savoir si elle est aussi déçue que je le crains.

–Mal! Elle ne comprend pas que tu aies pu coucher avec un homme avant le mariage. Tu la connais, elle est à cheval sur les traditions!

Aïe!

Je soupire de tristesse. Je m'en veux terriblement de ne pas avoir été à la hauteur de ses attentes.

–Mais ne t'inquiète pas, elle t'aime et elle finira par te pardonner. Il lui faut juste un peu de temps pour avaler la pilule, me rassure Sonia.

–Tu crois?

–Oui, j'en suis sûre, Leïla. Ne te tracasse pas trop avec ça! Tu sors quand de l'hôpital?

–Demain matin si tout se passe bien.

–Déjà? Et tu vas faire quoi? Tu vas aller où? me demande-t-elle, angoissée.

–Edward m'a proposé de venir vivre chez lui.

–Ah, c'est ça dont il parlait tout à l'heure.

–Oui!

–Je suis contente pour toi, fait-elle d'une voix faussement enjouée.

Son visage tombe légèrement et je sens une vague de tristesse m'envahir. Sonia et moi avons toujours été ensemble. Elle est la meilleure sœur qu'on puisse rêver d'avoir. Toujours là pour moi, toujours là pour me réconforter et me faire rire. Notre vie de famille n'a jamais été simple, mais nous avons toujours fait front toutes les deux. Du coup, j'ai l'impression de la laisser tomber.

–Tu devrais partir toi aussi, osé-je suggérer dans un élan de bravoure. (Ses yeux rejoignent les miens.) Oui ! Pourquoi pas, après tout ! insisté-je en espérant la convaincre.

–Leïla, la problématique est la même. Et maman ?

–Ben, peut-être que si on part toutes les deux, elle réalisera à quel point papa est un connard et qu'il faut qu'elle le quitte une fois pour toutes.

Elle réfléchit longuement en se mordant le creux de la joue, mon cœur se soulève de bonheur lorsqu'elle me dit :

–Peut-être… Si tu l'as fait, je pourrais peut-être m'en aller également, mais je dois attendre d'avoir 18 ans, sinon ce serait trop compliqué. Je passe mon bac dans quelques mois, après j'aviserai.

–Super ! Je t'aiderai, Sonia, financièrement et autre, quels que soient tes projets, je serai toujours là pour toi. Tu es ma petite sœur adorée, après tout.

Nous nous enlaçons tendrement et restons silencieuses un moment toutes les deux, savourant intérieurement l'espoir de ce plan d'évasion, quand Nicolas revient les bras chargés.

–Et voilà ! Vous êtes servies, mesdemoiselles ! Sucre, lait, il y a tout ce qu'il faut !

Nous sirotons nos boissons tranquillement et continuons à bavarder un moment jusqu'à ce que l'infirmière mette fin à la visite. Sonia et Nicolas m'enlacent avant de partir. Je me couche aussitôt après avoir dîné. Je repense à la conversation que j'ai eue avec Sonia et je m'endors le cœur rempli d'espoir.

50

Leïla

Aujourd'hui, je quitte l'hôpital. Edward est arrivé tôt ce matin pour m'apporter des vêtements de rechange qu'il a gentiment achetés pour moi. Il attend patiemment sur mon lit en jouant avec la télécommande pendant que je prends une douche. Je suis une véritable boule de nerfs. Une tempête de questions souffle sous mon crâne.

Comment va se passer la cohabitation avec Edward? Que va-t-il arriver quand son père va l'apprendre? Et Andrea? Nos problèmes sont devenus tellement graves ces derniers temps que cette pimbêche est passée aux oubliettes.

Je passe ma tête sous le jet en espérant que l'eau qui glisse sur moi me débarrasse également de mes angoisses. Je finis de me rincer puis sors de la douche et m'enveloppe dans une serviette avant de m'habiller.

Edward me détaille de haut en bas dès que je passe la porte.

–Tiens, bébé, c'est pour toi!

J'ouvre le paquet qu'il me tend. Oh mon Dieu! Je n'en

crois pas mes yeux. Toutes ces fringues viennent de la boutique Chanel ! J'ai suffisamment lorgné leurs vitrines pour savoir qu'il s'agit de la dernière collection d'hiver et que ça a dû lui coûter un bras. Je continue à fouiller et découvre également de la lingerie : des sous-vêtements brodés blanc, rouge, noir.

– Je ne connais pas tes préférences, du coup j'en ai pris plusieurs.

– Merci !

Je souris devant tant de gentillesse. Je n'ai vraiment pas l'habitude d'être gâtée comme ça, mais je pourrais vite m'y habituer. Je m'assois sur le lit à ses côtés.

– Tu veux que je t'aide ? Je crois que tu es encore bien trop fatiguée pour t'habiller toute seule.

Il m'adresse son sourire le plus malicieux. Quel charmeur !

– Oui, merci !

Je suis totalement capable de me débrouiller, mes blessures ne me faisant plus souffrir, mais pourquoi me priver de ses mains douces et expertes ?

– On va commencer par la pièce maîtresse.

Il sort une jolie culotte finement brodée.

– Laquelle tu veux ?

Ses yeux brillent de mille feux lorsqu'il prononce ces mots avec enthousiasme. On dirait un enfant qui déballe son cadeau de Noël.

– La noire !

– Très bon choix ! susurre-t-il, séducteur, avant de s'accroupir devant moi.

Je l'observe dans ses gestes. Je suis fascinée par sa

beauté. Il me l'enfile lentement, la fait glisser le long de mes jambes. Je me redresse pour l'aider et frissonne lorsque ses bagues frôlent mes cuisses. Il finit sa mission par un baiser sur mon sexe, puis me regarde langoureusement :

–J'ai hâte de pouvoir te l'enlever tout à l'heure.

Ses mots résonnent contre mon intimité et font littéralement vibrer tout mon corps.

–Moi aussi !

Il serre mes hanches et lèche mon sexe au-dessus du tissu. Je plonge mes doigts dans ses cheveux. Et voilà, ça va dégénérer… ou pas.

Il se redresse, me laissant bouillir de désir et de frustration.

–Tu en as autant envie que moi, petite coquine, murmure-t-il contre mon cou.

Il sourit comme un diable, laissant apparaître ses fossettes alors que ses yeux brillent. Comment pourrais-je résister à ça ? À lui ? À son charme destructeur ? Il promène ses lèvres sur ma nuque, mes joues. Ma peau sensible se couvre de chair de poule et j'oublie tout ! J'oublie que je suis dans une chambre d'hôpital avec du passage dans le couloir. J'oublie que je viens de subir une atrocité et que ma vie a tout des montagnes russes ! Plus rien ne compte à part lui, moi et mon envie pressante qu'il me fasse l'amour.

–Mais il va falloir être patiente, beauté ! dit-il en arrivant au coin de ma bouche.

Il mord ma lèvre et passe sa langue dessus. Je ne suis plus qu'une guimauve. Il se penche pour attraper le soutien-gorge assorti et ouvre ma serviette qui tombe au sol. Ses grands yeux verts s'illuminent d'excitation à l'idée de découvrir mes seins, mais, soudain, ses sourcils se froncent, et son humeur s'assombrit. Il remarque sûrement la multitude d'hématomes qui couvrent encore mon corps.

– Oh, bébé!

Edward m'enlace. Je suis encore à moitié nue et un peu émoustillée, et son étreinte ne va pas arranger mes affaires.

– Je te jure que j'aurais dû tuer ton salaud de père! C'est tout ce qu'il mérite!

Sa voix se brise et j'ai l'impression qu'il est sur le point de pleurer. Oh, mon Edward! Le voir ainsi bouleversé me brise le cœur. Il semble prêt à tout pour moi, pour me défendre, et ça me fait l'aimer encore plus.

– Tu l'as quand même bien amoché!

– Oui, mais la prochaine fois qu'il s'approche de toi, je lui... je lui casse les dents!

Une image de mon père édenté apparaît dans ma tête et ça me fait rire.

– Je t'aime! Mon petit Mike Tyson!

– Mike Tyson? (Il lève un sourcil amusé.) Est-ce que tu viens de faire une plaisanterie?

– Oui!

– Ça veut donc dire que tu vas mieux?

– Oui.

Ma note d'humour semble l'apaiser un peu, ce qui me ravit.

– Super! Alors où en étions-nous? Ah oui, le soutien-gorge. Si ça ne tenait qu'à moi, je ne couvrirais pas ces deux merveilles, mais bon! Qui suis-je pour décider?

Il caresse mes seins puis se penche au-dessus. Je sens son souffle chaud sur ma peau. Il prend un téton en bouche, le suce puis le mordille. Je grogne et lui arrache violemment le soutif des mains pour l'enfiler à la hâte, car je n'en peux plus de son petit jeu d'allumeur.

– Maiiiis !

Il proteste, je lui tire la langue et continue de m'habiller sous son regard affamé.

– T'es pas cool, bébé ! C'était mon boulot, ça !

Il fait mine de bouder et va s'asseoir sur le rebord du lit. Je le rejoins après m'être complètement vêtue. Je m'installe à califourchon sur ses genoux, essaie de l'embrasser pour me faire pardonner, mais il résiste en scellant ses lèvres en signe de protestation.

Ah, il veut jouer, alors on va jouer !

Je presse mon entrejambe contre sa cuisse. Un gémissement mêlé de plaisir et de surprise lui échappe, et j'en profite aussitôt pour glisser ma langue et approfondir le baiser.

– Hum… Excusez-moi, jeunes gens.

Je bondis sur mes pieds au son de la voix du docteur Guérin et suis affreusement mal à l'aise à l'idée que nous ayons été surpris comme deux adolescents en chaleur. Mon bouclé de mec, quant à lui, ne semble pas du tout perturbé, au contraire. À en juger par son sourire narquois, il paraît plutôt fier.

– Désolée !

– Mademoiselle, vous pouvez sortir aujourd'hui, mais vous devez faire attention à votre santé ! Ce qui veut dire éviter d'aller travailler pour les trois prochains jours. Et… on évite toute activité intense ! Pas de sexe non plus !

Il sourit en regardant Edward.

– Quoi !? s'insurge l'intéressé, comme si on venait de lui annoncer la pire des nouvelles.

– Oui.

– Pendant combien de temps ?

– Quelques jours.

– COMBIEN ? DEUX, TROIS, UNE SEMAINE ?

– Une semaine, ça devrait aller.

Le docteur Guérin semble amusé par son attitude plus que déplacée. Moi, par contre, je suis mortifiée.

– Je vous ai fait un arrêt de travail, mademoiselle.

– Merci !

– Prenez bien soin de vous ! Et surtout, ne vous laissez plus faire par qui que ce soit !

Il tapote mon épaule.

– Au revoir !

La porte se referme.

– Ouais, c'est ça, au revoir, docteur, crache Edward, les dents serrées.

Je me retourne vers mon mec et, sans surprise, il a l'air blasé.

– Une semaine ?!

Il me prend dans ses bras et répète :

– Une putain de semaine ! Je ne sais pas si je vais pouvoir me retenir pendant si longtemps, surtout si tu promènes ton joli petit corps sexy partout.

Il me dit ça comme si c'était la fin du monde, et je ne

peux m'empêcher d'éclater de rire, et lui aussi. Il prend ma main, embrasse l'intérieur de mon poignet, puis dit cette phrase qui me redonne espoir en la vie :

– Allez, viens, ma princesse, on rentre chez nous !

ÉPILOGUE

Un an après

– Pour la semaine prochaine, mes chers étudiants, je vous propose de faire le résumé et l'analyse de l'œuvre complète de Françoise Dolto.

Un brouhaha de mécontentement s'élève de l'amphithéâtre. Mais M. Pavari, l'un des profs les plus redoutés de la Sorbonne, semble se foutre de la réaction des étudiants comme de sa première chemise.

– Attendez, monsieur, c'est beaucoup trop court comme délai, s'insurge une étudiante au premier rang.

Ce dernier balaie sa protestation d'un haussement d'épaules et répond :

– Vous êtes jeunes, vous avez plein d'énergie, c'est le moment ou jamais de l'utiliser à bon escient. Profitez de ces années de fac pour vous cultiver et peut-être, qui sait, faire un jour la différence dans ce monde qui court à sa perte.

Un sourire satisfait étire ses lèvres. Visiblement fier de son petit effet, le fantasque vieil homme met le chapeau bohème, décoré d'une plume, qu'il porte toujours et qui constitue un peu sa marque de fabrique, range ensuite ses affaires et quitte la salle sans plus de cérémonie, laissant derrière lui une assemblée de mécontents.

De mon côté, je ne proteste pas. Évidemment que le délai est un peu court et que cela implique de devoir étudier des soirées entières, en plus du reste, mon boulot à mi-temps à Gucci Shoes, Edward, mais je suis tellement contente d'être à cette place, d'avoir réussi à intégrer la Sorbonne et de faire les études de psychologie dont je rêvais, que je ne me plains pas. Au contraire, je remercie tous les jours le ciel de me donner l'opportunité de m'instruire, d'apprendre et d'obtenir de bons diplômes comme j'en rêvais quand j'étais petite fille et que mon horizon me semblait bien étroit. Il faut revenir de l'enfer pour apprécier le paradis.

À l'époque, j'avais tellement peur de ne jamais y arriver, à cause de mon père, du manque d'argent et du peu de perspective qu'une pauvre fille de banlieue comme moi pouvait espérer. Toute ma vie, on m'avait appris à me faire petite, à ne me faire remarquer ni par mon physique ni par mon esprit, à ne pas beaucoup attendre de la vie non plus. On ne me le disait pas concrètement, mais c'était présent partout autour de moi. Trop peu de gens qui réussissaient à La Courneuve, trop peu de bons exemples à suivre.

Et voilà qu'aujourd'hui je suis ici, parmi tous ces étudiants privilégiés, on me demande mon point de vue, on me demande de réfléchir, de remettre en question mes croyances, on me demande d'aller plus loin, plus haut, de viser la lune. Comment ne pas exulter et réaliser à quel point je suis chanceuse? J'ai toujours voulu ça, une vie normale, ne pas être frappée, ou brimée, pouvoir sortir et m'amuser de temps en temps, avoir un avenir au-delà des murs de ma ville. Cela me paraissait être un rêve si lointain. Je voulais m'en sortir mais je ne savais pas si ça allait être possible. Maintenant, j'y crois. La route est encore longue, je ne suis qu'en première année, mais j'ai mis le pied à l'étrier et rien ni personne ne pourra plus m'arrêter.

Je rassemble mes affaires à mon tour et quitte l'amphithéâtre, c'est le dernier cours de la semaine, je n'enchaîne pas avec le boulot comme certains jours, alors Edward s'est proposé de passer me chercher. Quand je dis «s'est proposé», je veux dire «a lourdement insisté». Je ne sais pas ce qu'il trame exactement, mais j'ai eu l'étrange impression que je ne pouvais refuser sa proposition sous aucun prétexte. Il doit avoir quelque chose derrière la tête, je ne le connais que trop bien, une surprise ou un truc dans le genre. J'espère juste qu'il n'a pas encore décidé de préparer le dîner. La dernière fois qu'il s'est lancé dans une recette hasardeuse, nous avons tous les deux frôlé l'intoxication alimentaire! Heureusement, depuis, il n'approche plus la cuisine, et c'est mieux ainsi.

À part ses talents culinaires discutables, Edward est le meilleur petit ami qu'on puisse rêver d'avoir: doux, prévenant, drôle, captivant. Il a tenu toutes ses promesses, et même au-delà. Il m'a accueillie chez lui et m'a beaucoup épaulée. Nous avons traversé de douloureuses épreuves suite à la perte du bébé, mes débuts loin de mes parents n'ont pas été faciles, je faisais beaucoup de cauchemars et je craignais pour la sécurité de ma sœur. Il m'a soutenue et m'a permis d'apaiser mes tourments les plus profonds. Je ne suis pas complètement remise et il arrive parfois que des souvenirs de violences rejaillissent dans mon esprit et me fassent hurler dans la nuit, mais il est toujours là pour me réconforter et me rassurer. Son amour est sans limites, et je sais que j'ai beaucoup de chance de l'avoir.

Notre cohabitation, contre toute attente, se passe à merveille. Pourtant, ce n'était pas gagné ! Ni lui ni moi n'avions d'expérience en la matière. J'avoue qu'au début j'étais réticente à l'idée de m'installer avec lui. J'avais peur que cela endommage notre récente et fragile relation. Mais je ne pouvais pas avoir plus tort. Nous sommes plus proches aujourd'hui que jamais.

Pour moi qui ai grandi dans une famille où la violence et les insultes étaient le quotidien, être chez lui en sécurité dans cette bulle d'amour est une aubaine, un véritable miracle.

Je me dirige vers la sortie et ouvre les lourdes portes en bois qui me séparent encore de l'extérieur. Une bourrasque glaciale fait virevolter mes cheveux dans tous les sens. J'entends aussitôt le klaxon d'une voiture et vois apparaître le Range Rover d'Edward. Parfait timing ! Je souris et cours vers celui-ci à la fois parce que j'ai froid et hâte de me réchauffer, mais aussi parce que j'ai très envie de le voir. Ça fait à peine quelques heures qu'on s'est quittés, pourtant j'ai l'impression que ça fait une éternité qu'il ne m'a pas touchée, embrassée, enrubannée de douceur. Tout mon corps réclame sa dose quotidienne d'amour.

–Salut, toi !

–Hey, bébé !

Je le regarde avec admiration. Il a attaché ses cheveux en *man bun*, j'adore quand il fait ça. Il est tellement sexy et je l'aime tellement !

–Comment s'est passée ta journée ? demande-t-il en prenant mon visage en coupe.

Ses lèvres sont à quelques millimètres des miennes et je ne peux pas me concentrer sur autre chose que l'envie de les dévorer.

–Embrasse-moi d'abord, après je te raconte.

–Mmmh ! (Il sourit.) Tes désirs sont des ordres, princesse.

Il dépose une dizaine de petits baisers sur ma bouche. Les uns plus rapides que les autres.

–Ça va comme ça ou tu en veux plus ?

–Plus, s'il te plaît.

–Petite gourmande, réplique-t-il en grondant.

Il plonge ses mains dans mes cheveux et me roule une pelle d'anthologie, un truc tellement intense que j'ai l'impression qu'il va m'avaler toute crue.

–OK ! OK ! OK ! C'est bon ! C'est bon !

Je ris et il interrompt le baiser.

–Tu es sûre, parce que j'ai encore plein de salive à partager.

–Beurk ! Pourquoi tu dis des trucs dégueu, à chaque fois ?

–Parce que je t'aime ! Bon, alors, et cette journée ? Raconte-moi tout ! fait-il en s'insérant dans le trafic parisien.

–Ben, M. Pavari, le prof de pédopsychologie, nous a ajouté un devoir de dernière minute, à rendre pour la semaine prochaine.

Il me regarde, offusqué.

–Ah merde ! Il abuse. Tu bosses déjà tellement. C'est quoi, le sujet ?

–Résumer l'œuvre de Françoise Dolto.

–Ça a l'air chiant !

–Non, c'est intéressant, mais ça va me prendre un temps fou. Avec le magasin et tout…

–Tu sais ce que j'en pense, Leïla. Arrête ce job qui t'épuise et concentre-toi sur tes études. Moi, je m'occupe du reste.

Je mets un point d'honneur à participer aux frais, même si Edward refuse chaque fois mon argent, m'affirmant que c'est son comptable qui tient les cordons de la bourse. Mais je ne veux pas accepter cette excuse et fais les courses dès que possible, ce qui a le don de l'exaspérer. Il peut dire ce qu'il veut, je n'aime pas l'idée de me sentir entretenue. J'apprécie son aide, mais j'ai besoin de lui rendre la pareille quelque part.

À part ce point de discorde, qui nous a valu bien des disputes, on s'entend à merveille. Il faut dire qu'il est facile à vivre, toujours de bonne humeur et tellement drôle, il met beaucoup d'ambiance dans la maison. Il est également attentif à mes moindres besoins et n'hésite pas à se rendre serviable pour me faire plaisir : des massages, me faire couler un bain, commander la nourriture que je préfère, me laisser des Post-it avec des mots d'amour ou des avances salaces sur le miroir de la salle de bains. Ce savant mélange entre douceur, gentillesse et grain de folie me fait complètement craquer et j'ai l'impression de l'aimer encore plus chaque jour qui passe.

– Alors, tu vas lâcher ton job, Leïla, et me laisser m'occuper de toi?

– Tu sais ce que j'en pense, Edward, dis-je en imitant sa voix.

– Oui, oui, oui, avec tes histoires ridicules de femme entretenue. Je ne t'entretiens pas, je t'aide, ce n'est pas pareil. Et crois-moi, tu me le rends au centuple. Dois-je te rappeler la pipe d'enfer que tu m'as faite ce matin?

Il fait danser ses sourcils de manière suggestive, je rougis en me remémorant la scène.

– Pervers!

– Tu n'as pas idée à quel point... Je peux t'aider, si tu veux, pour ton devoir sur Dolto? reprend-il sur un ton plus sérieux. J'étais plutôt doué pour résumer des trucs pendant mes études.

– Merci, mon amour, mais ça devrait aller. Il va juste falloir que je m'organise un peu mieux pour me dégager du temps. De toute façon, c'est bientôt les vacances, alors encore un petit effort et je pourrai me reposer à ce moment-là.

– Putain, j'ai hâte! On va enfin pouvoir baiser tranquille dans les quatre coins de l'appart.

– On le fait déjà, il me semble.

La passion entre nous est toujours aussi vivace. Je pensais que les choses allaient se calmer avec le temps, mais non, je crois qu'elles se sont même intensifiées. Et ne comptez pas sur moi pour m'en plaindre.

– Ouais, mais cette fois on pourra prendre notre temps et faire durer le plaisir.

Il m'adresse un clin d'œil coquin, et je sens un muscle se contracter dans mon bas-ventre. Il faut que je me calme, sinon ça va se terminer comme la dernière fois, où on n'a pas réussi à attendre jusqu'à la maison.

– Est-ce qu'il t'arrive de penser à autre chose qu'au sexe? fais-je hypocritement.

– Oui, je ne suis pas non plus un obsédé, je pense à plein d'autres trucs aussi… Ma tête entre tes jambes. Tes doigts agiles agrippant ma bite…

– Stop! Stop! Stop! C'est bon, j'ai compris.

Il rit sans quitter la route des yeux alors que son pouce dessine des motifs circulaires sur ma cuisse, allumant le feu à tout mon corps.

– Bon, alors, et toi? Qu'est-ce que tu as fait aujourd'hui?

Après avoir annoncé à Andrea qu'il la quittait (ce à quoi elle ait très mal réagi au début et l'a menacé de tout raconter à son père), Edward a pris la décision de trouver du travail si jamais son père lui coupait les vivres. Mais ça n'a pas été le cas, ce dernier est bien trop occupé avec ses affaires en Inde, alors, pour l'instant mon bouclé de mec continue d'explorer ses options. Cela se traduit par des heures entières enfermé dans l'une des pièces de l'appart qu'il a transformée en atelier et où il fait « son art », comme il dit. La plupart du temps, je n'ai pas le droit d'y entrer, il semble toujours en train de créer, d'inventer, de fabriquer.

Son dernier projet, c'est de me prendre en photo à chaque occasion, quand je me lève, au petit déjeuner, quand je lis un bouquin ou fais mes devoirs, quand on se balade dans les rues de Paris, mes éclats de rire ou mes moments d'intenses réflexions, tout est immortalisé grâce à son appareil photo professionnel et hors de prix qu'il me braque constamment sous le nez. Parfois, je suis exaspérée, mais je refuse de le manifester, de peur de freiner son élan artistique qui semble le rendre si heureux. Je veux qu'il continue dans ce sens, qu'il assume son talent et le développe. Alors, si je dois lui servir de cobaye, ou de muse, comme il aime à me le répéter, c'est un bien petit sacrifice. Qui sait? Je finirais peut-être par le convaincre de croire en lui et de s'inscrire aux Beaux-Arts.

–Je n'ai rien fait de spécial aujourd'hui, me répond Edward, interrompant mes pensées.

Il s'éclaircit la gorge, caresse sa nuque. Drôle de réaction. D'habitude, il ne se prive pas de raconter sa vie en long, en large et en travers. La longueur de ses histoires est souvent l'objet de mes moqueries, mais je le taquine, car, en fait, j'adore. Je le trouve tellement intelligent et l'écouter m'expliquer pendant des heures, avec passion des trucs qui pourraient sembler insignifiants est un véritable plaisir.

–Ah ouais? Pas d'événement particulier que tu voudrais partager avec moi? Aucun connard ne t'a coupé la route pour t'emmerder? Ton coach de boxe ne t'a pas mis une raclée? Personne ne t'a volé ta place de parking?!

– Non, rien de tout ça!… Bon, bref… On est vendredi, c'est enfin le week-end! Qu'est-ce que tu veux faire ce soir, bébé?

–Je sais pas, je pensais que tu m'avais préparé une surprise.

– Ben, tu as tellement insisté pour venir me chercher.

– Ça, c'est parce que je t'aime, et je ne veux pas que tu t'épuises dans les transports en commun. D'ailleurs, quand est-ce que tu passes le permis ?

– Edward ! On en a déjà parlé. Quand j'aurai suffisamment économisé.

Il grogne de frustration. Il insiste pour me l'offrir, mais je refuse catégoriquement, et ça le rend fou.

– Quelle tête de mule, je te jure ! fait-il, mi-amusé mi-sérieux, avant d'ajouter : Pour en revenir à ce soir, je n'ai rien prévu de spécial à part un Netflix *and chill*. Désolé de te décevoir, ma princesse.

Il me jette un coup d'œil rapide.

– Ça me va ! m'exclamé-je en souriant. Je compte de toute façon me coucher tôt.

Lorsque nous arrivons à l'appart et que les portes de l'ascenseur s'ouvrent sur notre intérieur, je comprends que non, je ne me suis pas du tout trompée, il m'a bien préparé une surprise, et j'ai l'impression que cette fois il s'est donné à fond. Toutes les lumières sont éteintes, une multitude de bougies éclairent le couloir, et un tapis de pétales de roses blanches recouvre le sol.

Je me retourne, bouche bée, vers Edward qui hausse timidement les épaules comme pour s'excuser de m'avoir menti, caresse sa nuque et arbore un sourire nerveux.

– Edward, mais qu'est-ce que… ?

Sans un mot, il prend ma main, y dépose un long baiser et m'invite à suivre le chemin que tracent les roses et les bougies et qui nous mène jusqu'à la chambre. Il ouvre la porte puis me fait une révérence chevaleresque pour m'inviter à entrer.

Je ris devant son geste cérémonieux, qui ne lui ressemble pas du tout et m'exécute, à la fois excitée et intriguée à l'idée de découvrir sa surprise. Le connaissant, je suis sûre que c'est un truc sexuel. Et cette fois encore, il me surprend. Je découvre, le cœur battant, que l'un des murs de la chambre est recouvert de photos : des portraits de moi. Les grands posters, en papier fin, sont en noir et blanc, ils représentent les petits moments de vie qu'il a immortalisés ces derniers temps. Enfin, il y a une grande photo au centre sur laquelle nous nous embrassons. Alors le voilà son projet ! Il le partage enfin.

Je continue de m'approcher, complètement chamboulée et émue, je passe une main tremblante sur les clichés : je me trouve superbe, j'arrive à peine à croire que c'est moi. Comment a-t-il fait ça ? J'ai l'air tellement heureuse et décontractée sur les photos, j'ai l'impression de me voir pour la première fois à travers ses yeux à lui. Cette lumière… c'est fou que ça rende si bien.

– Edward, c'est magnifique, tu es vraiment doué.

Je continue à faire glisser mes doigts sur chacun des clichés.

Edward m'enlace par-derrière et pose son menton au-dessus de ma tête.

– Tu aimes ?

– Si j'aime ? J'adore, tu plaisantes ! Tu as fait un formidable travail.

– Génial ! J'espère que tu vas encore plus adorer la suite.

Il me retourne lentement, puis prend mes mains dans les siennes et me regarde avec une telle intensité que mon cœur se met à battre à fond dans ma poitrine. Mon Dieu, ce que je l'aime.

–Leïla, la première fois que je t'ai vue, j'ai su que tu étais spéciale. Tu as une flamme en toi, quelque chose de rare, une force et une fragilité en même temps, et c'est ce que j'ai modestement essayé de capturer à travers ces photos.

–Merci, Edward. Je…

Il place un doigt sur mes lèvres pour me faire taire, ferme les yeux un instant et, lorsqu'il les rouvre, j'y découvre une lueur qui me bouleverse.

–S'il te plaît, bébé, laisse-moi finir.

J'acquiesce, il s'éclaircit la gorge, puis continue :

–Tu es entrée dans ma vie il y a presque deux ans, pour y foutre un sacré bordel et pour finalement y donner tout son sens.

Je souris et avale le nœud qui s'est formé dans ma gorge. Il me rend nerveuse avec son ton solennel, je n'ai pas l'habitude de le voir comme ça, sérieux et profond. J'ai l'impression qu'il va m'annoncer un truc grave.

–Tu me remercies souvent de t'avoir sauvée, mais crois-moi, mon amour, c'est moi qui devrais te remercier, car c'est toi qui m'as sauvé. Tu m'as révélé, tu m'as donné envie d'être meilleur, de croire en mes rêves. Tu as réussi à combler un vide en moi dont je ne soupçonnais pas l'existence. Et, mon Dieu, tu continues de m'épater tous les jours et de me rendre tellement heureux. Je sais bien qu'on est jeunes, et qu'on a le temps, mais, putain, j'ai pas envie d'attendre, je suis persuadé d'une chose, c'est que tu es la femme de ma vie. Que je n'aimerai jamais que toi!

Mon cœur manque un battement et je place machinalement mes mains sur mes joues pour m'assurer que je ne rêve pas, que je ne suis pas dans l'un de mes nombreux fantasmes où Edward me demande en mariage. Il s'agenouille devant moi, mes mains tremblent et mes jambes flageolent.

–Edward, qu'est-ce que tu fais?

Il sort une petite boîte noire devant mes yeux ébahis, l'ouvre, et je vois apparaître une bague, une magnifique bague en or blanc avec un joli diamant au centre. Elle est parfaite, jolie et discrète. Mon Dieu, je ne rêve pas, il est bien en train de faire ça. Je ne peux empêcher mes larmes de surgir.

–Leïla Sabri, veux-tu faire de moi l'homme le plus heureux du monde en devenant ma femme?

Je le regarde, complètement éberluée, des larmes de joie inondent mes joues, je hoche frénétiquement la tête pour toute réponse, incapable de prononcer le moindre mot.

–Je suppose que ça veut dire oui.

–Oui! (Je pleure et ris en même temps.) Oui! Oui! Oui! répété-je pour m'assurer que ce moment est bel est bien réel.

Il glisse le magnifique bijou à mon doigt puis se redresse. Il est également au bord des larmes, et ça donne un éclat magique à l'émeraude de ses yeux. Il prend mon visage en coupe.

–Je t'aime, mon amour! Je n'arrive pas à croire que tu

aies dit oui! Tu dois être aussi dingue que moi.

–Tu en doutais?

–Pas une seconde.

Il sourit, toutes fossettes dehors, ses larmes se mêlent aux miennes lorsqu'il m'embrasse tendrement avant de me serrer dans ses bras.

Il me lâche, efface ses larmes du revers de la main, je fais de même, on se regarde longuement, tous les deux ivres de bonheur.

–Bébé, on va faire ça, on va vraiment faire ça?

Il a l'air aussi sonné que moi. Il regarde ma main et la pose sur son cœur, je le sens battre à tout rompre.

–Toi et moi, partenaires de crimes jusqu'à la fin de notre vie, dis-je, la tête remplie de rêves.

–Tu es sûre de toi? Tu sais dans quoi tu t'engages?

–Oui! Et rien ne peut me rendre plus heureuse. Je t'aime, Edward, plus que tout au monde, tu es mon meilleur ami et mon meilleur amant, je remercie tous les jours le ciel de t'avoir mis sur ma route.

–Moi aussi, je t'aime, putain, tu ne sais pas à quel point je t'aime.

–Si, là, je crois que je sais, fais-je en lui agitant ma toute nouvelle bague de fiançailles sous le nez. Je l'adore, elle est sublime, tu ne pouvais pas trouver plus parfait.

–C'est vrai? Elle te plaît?

Plutôt que de lui dire à quel point elle me plaît, je décide de le lui montrer. J'attrape Edward par le col et l'embrasse à pleine bouche. C'est le genre de baiser qui s'intensifie en moins de temps qu'il ne faut pour le dire. Mes mains commencent à s'aventurer partout pour le déshabiller, j'ai envie de lui, mon Dieu, ce que j'ai envie de lui. J'appuie mes seins contre sa poitrine, il grogne lorsque mes doigts s'affairent à déboutonner son jean. Il me bloque soudain.

–Non, bébé, on ne peut pas faire ça!

C'est bien la première fois qu'il refuse du sexe, je l'interroge des yeux, un peu prise au dépourvu.

–Crois-moi, j'en ai autant envie que toi, mais nous ne sommes pas seuls.

–Quoi?

–J'ai une deuxième surprise pour toi.

Il me fait son plus beau sourire, celui qui fait ressortir ses fossettes et briller ses yeux, celui qui m'a fait craquer la première fois que je l'ai vu, et qui continue de me faire craquer aujourd'hui.

–Je ne suis pas sûre de pouvoir survivre à une seconde surprise, plaisanté-je.

Il prend ma main dans la sienne, comme il l'a fait tout à l'heure, et me conduit jusqu'au salon. Au moment où il actionne la lumière, j'entends hurler «surprise!» et vois apparaître tous nos amis habillés sur leur trente-et-un. Il y a Zack, Paul, Julien, Louis, Nico, Camille, et même… Oh, mon Dieu, ce n'est pas vrai, Sonia, ma petite sœur, est là!

J'ai beaucoup culpabilisé de laisser ma sœur et ma mère derrière moi. Même si maman se refuse toujours à me parler, je m'inquiète pour elle. Mais grâce à Edward et mes cours de psycho, j'ai appris à accepter le fait que je ne puisse pas l'aider tant qu'elle ne décidera pas de quitter mon père. Elle a fait ses choix et je dois les accepter.

Évidemment, je serai toujours là pour elle si un jour elle a besoin de moi, mais pour l'instant je ne peux rien faire, me sacrifier n'est plus la solution. Il a fallu que quelque chose de grave, comme la perte de mon bébé, m'arrive pour que je le comprenne enfin. Maintenant, c'est chose faite. Sonia, elle, ne vit plus chez mes parents. Elle a eu son bac avec mention et s'est inscrite dans un programme Erasmus au nez et à la barbe de mon père. Je l'ai aidée à financer son projet et du jour au lendemain, elle s'est retrouvée à Barcelone, libre et heureuse. Mes parents l'ont très mal pris, mais ont tout de même cédé devant sa détermination. La vérité, c'est que mon père évite d'en venir aux coups pour se faire obéir depuis l'incident qui m'a menée à l'hôpital. Non pas qu'il regrette ou remette en question ses méthodes d'éducation, mais il veut se faire discret et éviter d'attirer l'attention des services sociaux. Alors, Sonia a pu en profiter, espérons que cette épée de Damoclès soit suffisante pour qu'il ne s'en prenne plus jamais à maman. En tout cas, je suis très heureuse pour Sonia, on se parle sur Skype tous les jours et elle a l'air de s'éclater comme une petite folle. Elle a même reçu la visite de Rayan, un week-end, et lui a fait faire le tour de la ville, avant de partager les clichés sur Snapchat. J'étais la première surprise de cette soudaine complicité fraternelle. Selon Sonia, il s'est assagi et serait moins con. Visiblement, faire des études de médecine à Strasbourg, fréquenter d'autres personnes que les mecs du quartier à la mentalité étriquée lui auraient réussi, à moins que ce soit sa nouvelle petite amie qui ait une influence positive sur lui. Il continue quand même de me considérer comme la dernière des traînées qui a mal tourné et dont Sonia doit éviter de suivre l'exemple. Alors je ne pense pas qu'il ait tant changé que ça.

En tout cas, voir ma sœur ici est inattendu et j'en pleurerais bien de joie!

–Et voilà la troisième surprise, susurre Edward à mon oreille en pointant son doigt sur Sonia.

Elle s'avance vers moi et me prend dans ses bras. Je trépigne de bonheur et la serre aussi fort que je peux. Nous sautillons comme deux petites filles, le cœur débordant de joie. Sonia, ma moitié, ma sœur.

–Leïla, tu m'as tellement manqué! dit-elle en me tenant à bout de bras et me dévisageant, un peu émue.

–Toi aussi. Mais comment tu as fait pour venir? Je veux dire, on s'est parlé à midi sur Skype et tu étais toujours à Barcelone.

–Disons que mon futur beau-frère est une personne pleine de ressources.

–Et un sacré cachottier, à ce que je vois.

Je le regarde par-dessus mon épaule.

–Crois-moi, ça n'a pas été facile de tout organiser derrière ton dos, heureusement tout le monde a joué le jeu.

–Oui! C'était super dur pour moi de te mentir à chaque fois qu'on se parlait, j'ai souvent failli gaffer, tu sais, m'avoue Sonia.

–Je suis impressionnée, toi qui ne sais pas garder un secret...!

Je lui ébouriffe gentiment les cheveux. Quand on était

plus petites, je ne lui disais rien car elle était incapable de tenir sa langue.

Pas le temps de réaliser ce qui m'arrive qu'une tornade nommée Nicolas me saute dessus et s'écrie :

– Chérie ! C'est moi qui me suis occupé de la déco, ça te plaît ?

– C'est vraiment top ! J'adore merci.

C'est vrai qu'il a fait un super boulot. La pièce est décorée en blanc et doré, il a disposé des roses blanches, des iris et des tulipes sous verre, des bougies partout, et a même pensé à installer un *photobooth* dans le coin. Nicolas fait des études pour devenir décorateur d'intérieur. Il est donc officiellement le décorateur de toutes nos soirées. Au Nouvel An, il s'était particulièrement appliqué et avait créé une ambiance boudoir.

– Putain, Leïla, je n'arrive pas à croire que tu vas épouser l'homme de ma vie, plaisante-t-il en jetant un coup d'œil à Edward qui est maintenant en train de discuter avec Zack, Paul, Louis et Julien.

Ses quatre meilleurs amis, qui sont aussi devenus les miens, le charrient, comme d'habitude.

– Ah ah ! Je te promets que je te le prêterai de temps en temps.

– Ouais, c'est ça, menteuse ! Tu ne veux déjà pas m'envoyer les photos d'Edward nu que je t'ai demandées.

Je secoue la tête, amusée. Ce mec est vraiment dingue.

– Bon, allez, montre-moi cette bague.

Je tends la main et aussitôt Camille, qui s'est jointe à nous, s'extasie devant la splendeur :

– Eh ben, il ne s'est pas foutu de ta gueule !

– C'est clair ! Elle a dû lui coûter un bras, ajoute ma sœur.

– Putain, ça doit être cool d'être riche. Tu es sûre qu'il n'a pas un frère jumeau gay à me présenter ? balance Nico, nous faisant toutes pouffer de rire.

Nous passons le reste de la soirée à discuter, rire et boire du champagne. Sonia nous raconte sa vie trépidante à Barcelone, sous les yeux émerveillés de Paul qui semble avoir craqué pour elle. Nico, quant à lui, rivalise de folie pour contrer l'intérêt que suscite l'autre excentrique de la bande, Louis. Si ces deux-là ne passaient pas leur temps à se faire la guerre, ils pourraient devenir les meilleurs amis du monde. Ils ont le même franc-parler, le même humour sans tabou et un sens de la repartie déroutant. En même temps, leur compétitivité ridicule nous fait toujours passer des soirées mémorables.

Les verres et les éclats de rire s'enchaînent, tout le monde fait un passage obligatoire dans le *photobooth* pour immortaliser ces moments inoubliables qui resteront à jamais gravés dans nos mémoires. Je regarde autour de moi et je réalise à quel point j'ai de la chance d'être ici, entourée de tous les gens que j'aime, et je ne peux m'empêcher d'être émue aux larmes quand je pense à la petite fille triste et battue que j'étais. Je lui avais promis une vie meilleure et je crois que j'ai tenu mes promesses.

Edward apparaît derrière moi et m'enlace par-derrière alors que je me tiens un peu à l'écart des discussions.

– À quoi tu penses, ma princesse ?

–À rien… Edward?

–Oui, bébé?

–Tu m'aimes?

Il me retourne, plonge son regard dans le mien et me répète cette phrase qu'il me dit depuis le début:

–Tu n'as pas idée à quel point!

FIN

REMERCIEMENTS

J'aimerais remercier toutes mes lectrices de Wattpad. 3,6 millions de vues, 3,6 millions d'amour. Des commentaires qui m'ont tantôt fait rire et tantôt fait pleurer. C'est grâce à leur enthousiasme et leurs encouragements que j'ai continué d'écrire cette histoire. À chaque fin de chapitre, elles me criaient : « La suite ! » m'obligeant parfois à faire des nuits blanches pour ne pas les décevoir. À ma première lectrice, Beytie @Aidena.B, merci ! Tu as été la première à me lire, à commenter et à me faire croire en moi.

J'aimerais également faire une dédicace à Caroline @Mona_a, ma partenaire d'écriture : tu as beaucoup de talent, pour écrire, pour faire des couvertures de rêve et des trailers haletants, tu as toujours été là pour m'écouter et me conseiller, sans toi, je ne sais pas où j'en serais.

Laetitia @hamfreeze, merci ! Ta bonne humeur et tes commentaires ont toujours été un régal pour moi. Continue d'écrire, ne t'arrête pas.

Enfin, j'aimerais faire une dédicace à Émilie, mon éditrice. Retravailler mon texte avec toi a été un véritable plaisir, tu es bienveillante, encourageante et pertinente. Grâce à toi, j'ai réussi à me questionner, à approfondir certains points de l'histoire et épaissir les personnages. Merci d'avoir cru en moi et de m'avoir donné cette superbe opportunité.

Extrait

INITIE-MOI

Liv Stone

1

LE RECRUTEMENT

– Un thé Earl Grey, deux toasts grillés et trois kiwis, s'il vous plaît.

La commande est toujours la même. Le rituel du matin au café du coin. Le serveur affiche un demi-sourire charmé, je suis sûre qu'il a envie de répliquer « Je sais » depuis quelques semaines maintenant. Sara mordille une cuillère en face de moi, sa tablette Lugh allumée sous les yeux, ses longs cheveux bruns s'échappant lentement mais sûrement d'un chignon hasardeux. Elle remonte ses lunettes sur son nez tout en marmonnant :

– C'est ce matin le fameux rendez-vous…

Ensemble, on a ouvert un cabinet de TAP, « thérapie adaptée

et personnalisée », un concept dont nous sommes fièrement les inventrices. Il s'agit d'analyser les besoins du patient et de lui proposer un programme thérapeutique adéquat. Le patient a alors le choix entre une thérapie à domicile ou des séances dans notre cabinet. Le mois dernier, le magazine *Santé* de Chicago a publié un article si élogieux à notre sujet que notre agenda s'est rempli sur l'année. Travailleurs en détresse, personnes souffrant de traumatismes, malades en rémission… notre panel est plutôt large.

– De quel rendez-vous parles-tu ? lui demandé-je en poussant mes affaires de la table alors que le serveur y dépose notre petit déjeuner.

Comme à son habitude, Sara a commandé tout ce que nous contre-indiquons à nos patients en quête d'un quotidien sain : du café, un croissant au beurre avec de la confiture et un plantureux beignet à la crème de marrons. J'imagine bien les gros titres chocs qui mettraient à bas notre notoriété actuelle : « Prônant la diététique, Sara Anderson se bâfre de beignets ! »

– Celui du type bizarre qui n'a pas voulu donner de détails et qui veut qu'on signe un contrat de confidentialité alors qu'on est déjà tenues au secret médical. Comme si on allait donner une conférence de presse dès la première consultation…

– Une star peut-être ?

– À Chicago ?

– Pourquoi pas ?

Sara hausse les épaules, peu convaincue. Elle est la partie « rationnelle » de notre affaire. La comptable, la manager, la communicante. Alors que moi, je suis plus « créative ». Je réfléchis à de nouvelles idées et de nouveaux traitements. C'est pour ça que depuis quelques jours, je teste la présence de plantes rares dans la pièce où nous discutons avec les patients. Elles procurent un sujet sur lequel rebondir lorsqu'on est dans une impasse. J'ai même fini par leur parler en les dorlotant. Sara a tant ri la première fois qu'elle m'a surprise ! Elle me dit souvent que je n'ai pas la tête sur les épaules et que je vis dans un merveilleux univers fait de licornes scintillantes. Ces licornes m'ont toujours laissée perplexe, mais, j'avoue, j'ai probablement un petit côté romantique. Dans le travail comme dans les histoires d'amour. Sara le trouve exaspérant, mais elle me le réclame dès qu'elle est dans une mauvaise passe. Ce petit côté adouci. Ça plaît aux patients nerveux et pessimistes.

– Nul doute que cette personne pourrait nous ouvrir les portes du star-system si elle est contente de nous, réfléchit-elle en portant à sa bouche le croissant dégoulinant de confiture. Les stars sont de véritables névrosées.

– Je t'imagine bien te rendre chez Ryan Gosling pour quelques massages, dis-je avec un sourire amusé.

– Chloe Dashwood, gronde-t-elle avant de se décider à sourire à son tour. Moi aussi, en fait. Mais peut-être qu'il préférera un traitement en cabinet, et ce sera pour toi.

Sara s'occupe principalement des patients à domicile et moi au cabinet, notre équilibre de travail est parfait. Tous les matins, après notre passage au café, on va au bureau pour recevoir de nouveaux patients ou discuter des soins pendant deux heures avant de filer chacune de notre côté.

–Je ne vois pas vraiment Ryan Gosling patienter dans notre magnifique salle d'attente tous les lundis.

Sara se met à rire en secouant la tête.

– Pour changer de sujet, enfin, oui et non : où en es-tu avec ton Ryan ?

Bon sang, je n'échapperai pas à cette discussion. Ryan Banks est un ami d'enfance de Sara qui vient de refaire surface. Lorsqu'elle a découvert son célibat, elle s'est lancée dans une périlleuse mission d'entremetteuse.

– Mon Ryan ? Il ne m'appartient pas, dis-je sur le ton de la plaisanterie tout en croisant les doigts pour qu'elle ne poursuive pas.

– Pas encore, insiste-t-elle en papillonnant.

Je commence par pousser un petit soupir pour la décourager, mais elle reste pendue à mes lèvres. Si je lui dis que son côté rentre-dedans m'agace, elle va me reparler de ma quête insensée de l'homme parfait en 3D : doux, drôle et démonstratif.

– Je ne sais pas si je vais le rappeler, dis-je sans grande conviction en ramassant mon carré blond derrière mes oreilles, comme à chaque fois qu'un sujet me gêne.

– Pourquoi ? Il m'a dit que tu lui plaisais.

– Ryan est pas mal, mais n'est pas Gosling qui veut.

– Chloe, tu ne vas pas te marier avec lui, mais tu pourrais au moins t'éclater. Et qui sait, le sexe peut mener à l'amour.

Je retiens une grimace comme je peux. Ryan Banks est à dix lieues de ma conception d'une histoire d'amour. Il est trop sûr de lui, grossier, vantard, et il a les mains baladeuses. Je crois sincèrement qu'il se dédouble pour être si amical avec Sara et si antipathique avec moi.

– Depuis quand tu n'as pas couché sans espérer un mariage au bout ?

Je bois une gorgée de thé, de plus en plus embarrassée. Sara peut être cash alors que je ne le suis absolument pas.

– Pourquoi devrait-on coucher juste pour coucher ? Je préfère trouver d'abord un homme qui me plaît.

Sara acquiesce, habituée.

– Très bien, répond-elle en regardant sa montre. Allons voir si l'autre Ryan va se présenter à nous, alors.

Je sais que je la déroute un peu avec mon caractère réservé, elle qui a eu tellement d'aventures. Sara n'est pas à la recherche de l'homme parfait. Elle ne veut pas de famille, pas de mariage, juste vivre comme ça lui chante. Je ne sais toujours pas si j'envie son impulsivité ou si je la crains. J'ai toujours été très prudente. Peut-être trop. La seule barrière que Sara s'est imposée est celle du travail : pas d'histoire avec les patients. Cette règle est valable pour nous deux. Ce qui rend Ryan Gosling déjà frustrant si jamais il franchit le seuil de notre porte.

Une fois la note réglée, Sara prend mon bras avec un large sourire et nous sortons du café pour traverser la rue.

– On voit Dan ce soir.

– Franchement, est-ce qu'il n'a pas le plus beau des mariages ?

C'est toujours ma conclusion lorsque l'on évoque notre meilleur ami et ancien compagnon de galère de l'université, Dan Burton. Il a rencontré Jon par hasard, et ça a été le coup de foudre. Ils se sont mariés quelques mois plus tard seulement. Jon est l'homme idéal, médecin reconnu et amateur d'art. Dan, lui, termine ses longues études de pédiatrie et découvre la fatigue de l'internat. Mais ça ne l'empêche pas de nous retrouver le plus souvent possible dans un nouveau bar et de partager quelques verres.

– Si, il a le plus beau des mariages. Et aussi des maris, ajoute Sara sans chercher à me contredire.

Sur ce point, il n'y a rien à dire, le couple de Dan est parfait. Même Sara l'admet.

J'ouvre la porte d'entrée de notre immeuble qui réunit plusieurs sociétés, dont la nôtre : Dashwood et Anderson. Nous grimpons dans l'ascenseur en réfléchissant à quelle personnalité célèbre pourrait bien se présenter à nous. Lorsque nous poussons la porte du cabinet, Prune Page, notre secrétaire, bondit de son bureau, à la fois excitée et paniquée. C'est tout Prune. Elle est efficace, consciencieuse, mais aussi survoltée. Un peu ronde, le visage plein de taches de rousseur, les yeux gris, Prune est une adepte des robes vintage des années 1950. Aussi, suivant le mouvement ascendant de sa propriétaire, le jupon en tulle se déploie brusquement sous nos yeux, tel un parapluie.

– Votre premier patient est déjà là ! Il attendait même devant la porte quand je suis arrivée. Mais je n'étais pas en retard, j'étais un peu moins en avance que d'habitude, Lila n'a pas dormi de la nuit, je crois qu'elle fait ses dents, on a eu une nuit terrible…

Ah, la conversation « bébé »… Prune ne nous a encore jamais posé la question, mais Dan m'a déjà sorti deux fois l'indémodable « Et toi, c'est pour quand ? » même sans que je sois casée.

– Il est où ? s'enquiert Sara.

– Dans la salle d'attente, je lui ai proposé une infusion ou un thé ou un smoothie, mais il n'a voulu que du café, et je…

Sara lève sa main pour arrêter son débit alors que je regarde ma montre en me disant qu'il est drôlement en avance.

– Ne t'en fais pas pour ça, dis-moi plutôt s'il a récemment joué dans un film ou non.

Je vois Prune cligner des paupières, perplexe. Le ton de Sara est très sérieux, totalement en décalage avec sa demande.

– … Non, finit-elle par répondre.

– Flûte.

– Préviens-le que nous allons le recevoir, dis-je pour couper court aux diverses interrogations qui n'allaient pas manquer de surgir.

Je me dirige jusqu'à notre bureau pour allumer les deux ordinateurs et ouvrir les rideaux. Nous n'avons qu'une belle et grande table pour recevoir à deux nos patients. Sara quitte sa veste et renoue son chignon avec précipitation, je sors mon carnet et mon stylo. Nos gestes sont rapides. Malgré ma volonté de marquer notre professionnalisme, j'ai hâte moi aussi de savoir à qui nous avons affaire.

– Prête ?

J'acquiesce avec entrain. Ce patient mystère va peut-être nous faire passer à un niveau supérieur, avec une nouvelle clientèle et, pourquoi pas, nous permettre de recruter de nouveaux thérapeutes pour agrandir notre bureau. S'il est satisfait, au bout du compte, il pourrait rompre la confidentialité de sa thérapie et parler de nous autour de lui. Cette rencontre peut être décisive ! Nous ouvrons la porte qui communique avec la salle d'attente.

Une silhouette masculine nous tourne le dos. Je retiens mon souffle en tentant de discerner quelque chose de familier. L'homme porte un beau costume bleu saphir à la coupe ajustée. Les cheveux châtains, la taille plutôt mince, il semble penché sur son portable à en croire les tressaillements de ses bras repliés devant lui. Le suspense est insoutenable, je le sens chez Sara qui me frôle. L'homme n'a pas réagi à l'ouverture de la porte.

– Monsieur ? appelle alors Sara d'une voix posée, ne reflétant absolument pas son précédent état d'esprit.

La silhouette se retourne. Il est plutôt élégant, le mouchoir blanc plié dépassant discrètement de la poche de sa veste et la cravate noire et fine l'attestent. Son visage est anguleux, un peu émacié, mais pas maladif. Il a les pommettes hautes, les yeux un peu secs et sombres. Il est le genre de personne dont l'âge reste un mystère. Il pourrait avoir 25 comme 40 ans. Ses mains tiennent comme prévu un portable à l'écran large qu'il a du mal à quitter pour nous témoigner un peu d'attention. Puis il jette un œil sur sa montre et sa mince bouche se tord. Il ne pouvait pas mieux témoigner de son impatience.

Les épaules de Sara s'affaissent et je comprends tout de suite pourquoi. L'homme est un parfait inconnu.

***

– Vous dites que vous ouvrez à neuf heures, mais en vérité, c'est plus neuf heures cinq.

Sara retient difficilement un soupir peu coopératif. Mais je compense en ouvrant mon carnet avec détermination. Il a clairement besoin de nous. J'ai toujours voulu aider les gens à reprendre le contrôle de leur vie. Des séances de discussion couplées à un traitement physique, kiné, yoga, relaxation, m'ont toujours paru très efficaces pour parer à des angoisses, des traumatismes ou des névroses.

– Pourquoi êtes-vous là ? demandé-je avec un sourire confiant.

L'homme sort une carte de sa poche intérieure et me la tend.

– Marius Hands. Je travaille pour Lugh.

Je note qu'il refuse de se considérer comme un patient.

Lugh n'a plus besoin de présentation, l'entreprise spécialisée dans l'électronique est devenue une multinationale en quelques années, offrant travail et prospérité à Chicago et au-delà. On est loin de la star de cinéma, mais Marius Hands semble accorder beaucoup d'importance à son job, et si notre thérapie lui convient, il pourrait nous faire de la pub. Les cadres de Lugh, c'est plutôt une bonne ressource, en fin de compte.

– Je viens pour mon boss, se contente-t-il d'ajouter.

Bien. J'ai déjà eu des cas de stress au travail dû à des supérieurs hiérarchiques fous.

– Est-ce que votre relation de travail vous empêche de vous réaliser ?

– Bien sûr, comme tout rapport dominant-dominé, réplique-t-il sur un ton un peu sec. Mais ce n'est pas moi votre client, c'est lui.

Au même moment, Sara et moi partageons un regard indécis. « Client. » Je me demande s'il a choisi le terme en toute connaissance de cause.

– Que voulez-vous dire ? questionne Sara.

Marius lève les yeux au ciel.

– Que c'est mon boss qui doit suivre une thérapie et que votre cabinet a été choisi. Vous n'êtes pas très perspicaces.

– C'est absolument hors de question, dis-je sur un ton un peu plus ferme. Le patient doit lui-même venir de sa propre volonté. Une tierce personne ne peut pas prendre rendez-vous à sa place. Vous vous êtes clairement trompé de cabinet.

– Ce n'est pas ma décision, mais plutôt celle du conseil d'administration de Lugh.

Sara s'affaisse dans son fauteuil en croisant les bras.

– Pourquoi un conseil d'administration enverrait quelqu'un en thérapie ?

– Est-ce que le secret médical s'applique à… ce que vous êtes ?

– Oui, grogne Sara en fronçant les sourcils.

– Bien. Vous vous souvenez peut-être de l'accident de voiture qui a secoué M. Skylar il y a deux ans ? Il s'en est plus ou moins remis physiquement, comme vous avez pu le constater. Mais mentalement, c'est plus complexe. Le conseil d'administration craint de plus en plus la pente autodestructrice qu'il semble avoir empruntée. Je vous laisse le soin d'analyser les multiples formes que prend cette pente dans les journaux à scandale et autres réseaux sociaux. Bref, le CA lui a imposé une thérapie s'il ne veut pas être écarté pour inaptitude au travail. Le conseil a envisagé plusieurs cabinets avant d'arrêter son choix sur Dashwood et Anderson.

Marius s'arrête là, guettant une réaction qu'il espère immédiate, mais Sara et moi restons muettes. Alexander Skylar est le nouveau Kennedy, la star de la ville, le *self-made-man* tout-puissant, le créateur de Lugh. Jamais je n'aurais cru un jour l'avoir, lui, comme patient. Ce n'est pas vraiment mon truc de suivre les potins, mais certaines de ses frasques sont bien arrivées jusqu'à moi. De mon point de vue, c'est une chose commune à tous les milliardaires, et non pas symptomatique d'un traumatisme. On n'a jamais vraiment tout su de cet accident de voiture qui a fait deux morts. Je sais seulement que le P.-D.G. a failli y laisser la vie et qu'il a dû subir une longue hospitalisation.

– Eh bien ? insiste Marius Hands.

– Hum. Encore une fois, si M. Skylar ne vient pas de lui-même, je vois mal ce que nous pouvons faire, dis-je d'une voix peu assurée.

L'homme pousse un soupir et se lève d'une traite pour quitter la pièce. Sara bondit aussitôt.

– Attendez ! Discutons, ne nous emballons pas

Je lui fais les gros yeux. Imposer une thérapie va à l'encontre de l'éthique, ce n'est absolument pas le but de notre cabinet.

– Est-ce que M. Skylar a accepté de suivre cette thérapie ? continue Sara.

Les mâchoires serrées, Marius se rassoit. J'ai la sensation qu'il se faisait finalement une joie de quitter notre bureau.

– Oui, réplique-t-il sombrement.

– Parce qu'il est obligé, ajouté-je à voix basse tout en me tournant vers Sara.

– Ça ne veut pas dire qu'il n'a pas besoin d'aide, insiste ma collègue avec un grand sourire forcé. Que pouvez-vous nous dire de plus sur son état ?

Je me contente de croiser les bras, peu encline à collaborer à cette mascarade.

– Pour le moment, son comportement n'affecte que sa vie privée, mais le CA estime qu'il peut porter préjudice à Lugh depuis l'incident qui a eu lieu il y a dix jours.

Il s'arrête là alors que nous attendons la suite. Il s'aperçoit que nous ne percutons pas.

– L'altercation avec un membre du CA ? indique-t-il comme s'il parlait de l'assassinat de JFK. Vous ne lisez jamais la presse ?

– Non, répondons-nous en chœur.

Marius lève les yeux au ciel.

– M. Skylar est allé voir l'un des membres du CA chez lui et a… détruit son bureau en le menaçant, je cite, de « brûler sa carcasse de sale con ». Le tout sous l'emprise de l'alcool. La police a dû intervenir.

– Il est violent comme ça ? ne puis-je m'empêcher de questionner, un peu inquiète.

– Habituellement non. D'où ce rendez-vous.

Je rouvre mon carnet pour noter : emportement violent, alcool.

– Quelque chose d'autre ? demande Sara.

– Il se plaint de douleurs au dos, mais les médecins assurent qu'il n'y a rien.

– Des sortes de douleurs fantômes, probablement, dis-je tout en l'écrivant.

– Pardon ? relève Marius, perplexe.

– Des restes d'un traumatisme physique, qui indiquent que le traumatisme est en fait mental. On en parle aussi pour les personnes qui ont été amputées et qui ressentent quand même des douleurs dans les membres disparus.

Il acquiesce et je décèle, pour la première fois depuis qu'il est là, un soupçon d'approbation. Sara se dandine très discrètement sur sa chaise. Elle sait que je commence à m'intéresser au cas.

– Nous allons devoir le rencontrer pour établir un protocole de traitement.

– Nous savons déjà comment vous fonctionnez, coupe-t-il. M. Skylar ne viendra pas ici. La thérapie aura lieu dans l'une de ses maisons secondaires pendant quinze jours.

Marius Hands a décidément l'art et la manière de nous devancer sans tenir compte de notre avis.

– C'est l'une des conditions, ajoute-t-il en devançant ma protestation.

Je me tourne vers Sara qui devra donc s'occuper du cas. Son visage d'habitude si frais a légèrement blêmi

– Euh, OK, dit-elle, prise de court. Mais nous évaluons toujours le temps de la…

– Si après quinze jours il n'y a pas d'amélioration, le CA devra prendre une décision. Laquelle d'entre vous s'en occupera ?

– Je m'occupe de la thérapie à domicile, indique Sara.

Le regard de Marius passe d'elle à moi avec une petite moue. Il semble subitement gêné et se redresse dans le fauteuil en se raclant la gorge. Puis il affiche un petit sourire qui se veut conciliant.

– Je ne préférerais pas.

– Pardon ? réplique immédiatement Sara.

– Ne le prenez pas mal, mais… mon boss a un faible pour les brunes, il vaut mieux qu'il ne s'égare pas.

Sara vire au rouge. Je suis tout autant embarrassée et agacée. Je me lève, attrape le bras de mon amie et nous excuse avant de nous enfermer dans la salle de massage attenante.

– On ne peut pas accepter, c'est n'importe quoi !

– Je sais, oui.

Je me mets à faire les cent pas. Je sais que Sara a très envie d'un contrat qui changera la donne et qu'elle craint aussi de s'engager sur un terrain glissant. Mais de mon côté, je ne me sens absolument pas rassurée à l'idée de devoir me retrouver face à face avec un homme instable qui n'en fera certainement qu'à sa tête. Travailler en cabinet m'a toujours plu et sécurisée.

– En même temps, c'est un sacré contrat.

– Un contrat peut-être, mais pas une véritable thérapie.

– Mais son cas t'intéresse.

Sara m'attrape par les épaules.

– Et en plus, ils ne feront jamais de mauvaise pub si la thérapie capote.

Je me renfrogne.

– Chloe, ils ont choisi notre cabinet parmi d'autres, donnons-leur raison. Quinze jours, c'est rien. Et puis, tu es la meilleure, tout le monde ne dit que du bien de tes séances.

Elle attrape mon bras et nous rentrons dans le bureau. Marius est debout, il ne masque plus son impatience.

– Le contrat de confidentialité est là, dit-il en indiquant un rouleau de papier aplati qu'il a dû sortir de sa poche intérieure. Vous commencez demain, rendez-vous à l'embarcadère à huit heures.

Il pivote pour sortir.

– Une minute ! le retiens-je, agacée par son comportement. Quel embarcadère ?!

– L'embarcadère privé de Lugh, précise-t-il en hachant chacun de ses mots, comme si c'était l'évidence même. Vous partez en hydravion quinze jours sur son île. À demain.

Marius Hands ouvre la porte et la claque sans ménagement, nous faisant tressaillir toutes les deux.

– Bon, ça s'est plutôt bien passé, se réjouit Sara.

Je vocifère :

– Une île ! Il n'est pas question que je m'enferme quinze jours sur une île !

***

– Donc, si je résume, notre Chloe va se retrouver deux semaines seule avec Alexander Skylar, récapitule Dan, hilare.

On partage beaucoup avec lui. Jamais de noms, certes, mais ce cas est si extraordinaire que nous faisons cette entorse en le faisant jurer, sur sa qualité de futur pédiatre, de garder le secret. Après plusieurs verres dans ce nouveau bar que nous testons, le Goéland, la situation dramatique qu'est la mienne devient un sujet de plaisanterie pour Sara et Dan. Je ne bois jamais assez pour ne plus avoir conscience de ce que je dis, contrairement à mes amis, mais j'avoue qu'une cuite à cet instant me semble bien tentante.

– Sur une île, précisé-je à nouveau sombrement.

– Je suis vraiment curieuse de savoir ce que tu vas découvrir dans la tête d'un homme pareil, dit Sara en sirotant son quatrième mojito.

– S'il te plaît, révèle-nous qu'il est gay, supplie Dan. Il ne sera plus cet homme inaccessible, mais une icône pour toute ma communauté.

– Skylar n'est pas gay, réfute Sara. Il est tout ce qu'il y a de plus hétéro.

– Trésor, derrière chaque don Juan, se cache…

– Une femme ? interrompt Sara avec un large sourire.

– Un queer, précise Dan.

– Ou peut-être qu'il cherche seulement à ne plus penser, dis-je de mon côté. Hands a parlé d'autodestruction.

– Trouver une femme dans chaque port, facile comme moyen de ne plus se prendre la tête, je l'applique moi aussi très souvent avec de beaux marins, s'amuse Sara.

Dan trinque à sa phrase. Je n'arrive pas vraiment à me réjouir de cette situation. Quelle légitimité puis-je avoir avec Skylar alors qu'on lui impose une thérapie ? Tous les jours, je vois des hommes et des femmes qui sont lessivés par la vie, qui n'arrivent plus à suivre ou qui ne se remettent pas d'un accident, mais je n'ai encore jamais eu de don Juan alcoolique qui peut tout casser sur un coup de tête. Milliardaire et puissant en plus du reste. J'ai parcouru toute la presse après le rendez-vous. Alexander Skylar fait partie des plus grosses fortunes américaines, voire mondiales. Il sort avec des actrices ou des mannequins. C'est un véritable cliché sur pattes. Pourtant, une fois passés ces poncifs, j'ai découvert qu'il maintient son entreprise sur trois piliers : la production américaine est basée aux États-Unis, pas question de délocaliser, et c'est le cas pour chaque production dans chaque pays où elle est vendue ; chacun de ses employés a une assurance santé béton ; tout effort écologique sera fait, de la manière dont sont extraits les matériaux indispensables à la fabrication des appareils jusqu'à l'énergie propre des bureaux et des ateliers.

Il ne doit pas être un si mauvais garçon que ça.

– Chlo, tout va bien ? s'enquiert Dan en posant sa main sur la mienne.

– Oui.

– C'est l'île qui te tracasse ?

– Non, dis-je en coupant Sara. Ça ira. Elle doit être suffisamment grande et large comme ça.

Je vois mes deux compagnons serrer les dents, pris d'une

envie de rire. Mais quelle bande d'esprits mal tournés !

– À la largeur et à la grandeur de Ryan Gosling, fait Dan en levant à nouveau son verre. Nous l'appellerons ainsi pour éviter toute fuite d'informations, déclare-t-il solennellement avant de boire une gorgée de sa caïpirinha.

– Vous pensez qu'un conseil d'administration peut réellement défaire un P.-D.G. de ses fonctions ?

Sara relâche sa paille pour me répondre.

– Généralement, le conseil d'administration est composé des principaux actionnaires, le P.-D.G. est celui qui a la part la plus importante.

– C'est toujours une question de taille, approuve Dan.

– Mais ça ne veut pas dire que le P.-D.G. est toujours majoritaire, continue Sara. Si tout le CA s'unit contre lui, le CA peut avoir la majorité, alors que, pris un par un, aucun n'a plus que lui.

J'acquiesce. Il a dû se mettre à dos l'ensemble du CA. Dire que la décision repose sur le rapport que je vais écrire… ça me semble ridicule ! Je grommelle dans mon coin, prête à appeler l'odieux Hands et lui dire que je ne serai pas là demain.

– Chlo, tu ne pourras pas contrôler cette situation, déclare gravement Dan.

– Je dirais même que cette thérapie va très probablement se vautrer et qu'il ne faudra pas que tu culpabilises. On n'aura peut-être pas de pub, mais on s'en sortira quand même avec une jolie somme, se contente-t-elle de fredonner, totalement désinhibée par l'alcool.

– Redites-moi combien ils vous paient pour ces quinze jours ? rebondit Dan.

– Quinze mille dollars, murmure Sara qui tressaille à chaque fois qu'elle prononce le montant.

Notre ami secoue la tête, incrédule. Moi j'ai plutôt l'impression qu'on s'est vendues. Et Dan a raison. J'ai peur de ne pas maîtriser la situation et je déteste perdre le contrôle. Je sens que je ne vais pas en dormir de la nuit… Je suis presque tentée d'avaler trois mojitos de plus d'un coup, mais je suis trop soucieuse pour cela.

Enfin, je n'ai plus le choix. Je pars demain, je dois me faire une raison. Je ne choisis pas seule, on a pris cette décision ensemble, Sara et moi. Impossible de leur faire faux bond, à elle et au cabinet. J'ai aussi accepté parce que cette personne a besoin de nous, a priori. Je ne peux pas abandonner son cas avant même d'avoir essayé.

– Et toi, trésor, quel homme occupe tes nuits en ce moment ? enchaîne Dan en regardant Sara.

– Aucun, soupire-t-elle. Mon ex, le dernier en date, voulait qu'on regarde une série ensemble. Genre, une fois par semaine, on se retrouve sur son canapé avec du vin pour regarder la télé. Mais qui accepterait ça ?

Je n'ose pas lui répliquer que ça m'aurait davantage plu que le plan à trois que m'a proposé Ryan Banks, lors de notre premier rendez-vous, alors qu'on n'avait même pas encore atteint le dessert.

– L'inconscient, se moque Dan.

– T'es sûre que ce n'est pas une excuse pour une séance de pelotage romantique sur canapé ? dis-je en choisissant un angle que je sais qu'elle comprendra.

– Qui se pelote devant *Game of Thrones* ?

Je partage un regard avec Dan avant que nous haussions les épaules, préférant tous deux ne pas confirmer que l'ex de Sara a en effet fait preuve d'un élan audacieux.

addictives

Romans déjà parus et à paraître

Rose Becker
Le Bébé, mon milliardaire et moi (aussi en poche)
Noël, mon milliardaire et moi
Torride, sexy & dangereux
Le père Noël était (presque) parfait
Forever You – saisons 1 et 2
Dangerous

Anna Bel
Bad & Perfect

Phoebe Campbell
Tes ordres sont mes désirs – volumes 1 à 3 (aussi en poche)
Lui résister… ou pas – volumes 1 et 2
Fast
Lui résister… ou pas – l'intégrale
You Again
Single Daddy – Try Me if You Can

Mia Carre
Bad for You
Teach Me Everything

Olivia Dean
À lui, corps et âme – volumes 1 et 2 – en poche
Dangerous Rider

Stuart Evans
Roméo & Jules
Sea, Sex & You

Ann Fox
Spring Break – l'intégrale

Emma Green
Toi + Moi : L'un contre l'autre (aussi en poche)
Toi + Moi : Envers et contre tout (aussi en poche)
Toi + Moi – Seuls contre tous (aussi en poche)
Call Me Baby – volumes 1 et 2
Love Me if You Can

Call Me Bitch
Kiss Me if You Can
Bliss. Le faux journal d'une vraie romantique – volumes 1 et 2
Jeux interdits
Jeux insolents
Fallait pas me chercher ! – volumes 1 et 2
Corps impatients
Cœurs insoumis
Bliss – Le faux journal d'une vraie romantique – l'intégrale
Âmes indociles
Cent facettes de Mr Diamonds – l'intégrale
Jeux imprudents
(Im)parfait
Une toute dernière fois
Love Me if You Can – l'intégrale
It's Raining Love !
Kiss Me if You Can – l'intégrale
The Boy Next Room
Call Me Baby – l'intégrale
Call Me Bitch – l'intégrale
PS : Oublie-moi ! (à paraître en octobre 2019)

Kim Grey
Apprends-moi – My Stepbrother
Insolent Bastard

Megan Harold
Tout pour lui – volumes 1 et 2 (aussi en poche)
Sublime-moi ! – poche
Juste toi et moi – volumes 1 et 2
Insupportable… mais à tomber !
Arrogant Player
Breaking the Rules

Julie Huleux
Alpha Player

Kate Jacobson
Révèle-moi – volumes 1 et 2

Amber James
Contrôle-moi – poche

Lucy Jones
Perfect Lover. Envoûte-moi ! – poche
Bad Secrets

Sienna Lloyd
Mords-moi !

Nina Marx
Soumets-moi ! – volumes 1 à 3
Escort Girl. Diamonds Private Club – poche
Rock You – l'intégrale de la trilogie *Soumets-moi !*

June Moore
Étreinte – volumes 1 à 3
Étreinte – l'intégrale

Caroline Mongas
Mariage forcé – Un contrat indécent (à paraître en novembre 2019)

Zoé Murat
Stepbrother Love

Clara Oz
Resist or Not ?
Arrogant
Te séduire, te trahir

Heather Powell
Je te veux – volumes 1 et 2

Lisa Rey
Love Challenge

Lise Robin
Infiltrée – Sex, Drugs & Danger
Love Scandal

Alex Roussel
Ch't'aime. Moi non plus !
The Casting

Ana Scott
Dark Ride

Mina Shepard
Mon milliardaire, mon mariage et moi

Gabriel Simon
Sex Friends – Mon boss et moi

Ève Souliac
Perfect Mistake
Sexy Mistake

Liv Stone
Love Lessons

Lisa Swann
Attractive Bastard
Adore-moi ! – l'intégrale

Louise Valmont
Play with Me
Toi & moi, c'est compliqué !
Mine Again

Chloe Wilkox
Ordonne-moi ! – volumes 1 à 3
Ordonne-moi ! – l'intégrale
Wild Love – Bad Boy & Secret Girl – saisons 1 et 2
Extreme Lover – l'intégrale

Luv

Romans déjà parus et à paraître

Ana K. Anderson
Indompté

Fanny André
À jamais. Une vie pour l'Autre

L.S. Ange
Cash Girl. Combien tu m'aimes ?

Sophie Auger
Be with Me

Sonia Birdy
L'Initiation

Juliette Brunel
Delicious

Anne Cantore
On the Road with You
Promets-moi – Louise et Marco

Sarina Cassint
Avec toi… peut-être
Insolent Boss

Nora Davy
Absolute Boss
Don't resist

Gwen Delmas
Noël, toi & moi
Perfect Boss

Cléa Dorian & Ninon Vars
Dark Love

Audrey Dumont
The Pink Panthers

Lil Evans
Savage Rider
Crash & Burn

Ena Fitzbel
Sexy Disaster

Chrys Galia
TOI (mon ex, ton ex) & MOI
Dark Revenge

Alexandra Gonzalez
Shades of You

Erin Graham
Teach Me Love

Joh Harper
Crazy Love

Iris Julliard
Prends-moi contre toi
Catch & Shoot

Lucie F. June
Fight with Darkness

Sara June
Rider in the Dark

Lena Jung
Mon coloc, mes désirs et moi

Ella Lores
Mariée par accident à un connard arrogant rencontré la veille

Jessica Lumbroso
Emma X. Secrète et insoumise

Mila Marelli
Dark Man in Love

Mag Maury
Fast Games
No Love, No Limits

Jeanne Pears
Insupportable coloc

Jeanne Périlhac
Only You… & Me

Silvia Reed
Darkest. La dernière heure

Avril Rose
Challenge Me
Coffee, Sex & Law

Jana Rouze
Effet de vague – saisons 1, 2 et 3

Wendy Roy
Une seule fois (ou presque)

Sophie S. Pierucci
L'Inconnu de l'ascenseur et moi
My Stepbrother – L'initiation

Ana Scott
À corps brisés

Gabriel Simon
Toi & Moi, à cet instant précis

Cara Solak
Perfect Obsession

Liv Stone
Initie-moi. Mes jours contre tes nuits

Lena K. Summers
Perfect Bad Boy

Lily Tortay
Dance for me

Flore Valier
Ta peau contre la mienne

Dark Man in Love

Mila Marelli

Ils n'ont rien à perdre. Du moins, c'est ce qu'ils croient...

Tatoueur renommé, Aaron porte en lui la souffrance atroce de la mort de son frère, sauvagement assassiné par sa compagne. Brisé, Aaron est pris dans une spirale de destruction et de dégoût des êtres humains, des femmes en particulier. Sauf qu'il y a Ashley, sa nouvelle voisine, solide et fragile à la fois. La jeune femme va bousculer le quotidien, perturber les nuits et faire voler en éclats les fermes résolutions d'Aaron. Deux caractères bien trempés, deux âmes détruites, une passion déchirante...

Auteure : Sonia Birdy

Edisource – Éditions Addictives
100, rue Petit, 75019 Paris
Imprimé par FINIDR – Lipova cp. 1965 – 73701 Cesky Tesin,
République tchèque
Dépôt légal : septembre 2019 – Achevé d'imprimer : août 2019
ISBN : 978-2-37126-315-4
Réf. contrat : ZILA_001